KB261077

맨땅에 펀드

맨땅에 펀드

땅, 농부, 이야기에 투자하는 발칙한 펀드

반비

● 이 책은 2012년 3월부터 12월까지 지리산닷컴(www.jirisan.com) 사이트에서 진행한 '맨땅에 펀드' 프로젝트의 주간보고서를 단행본 형태로 수정·보완한 것이다. 또 이 책의 말미에는 지리산닷컴 사이트에서도 공개된 바 없는, '맨땅의 펀드'의 민낯이라 할 최종 결산 자료가 실려 있다.

●● 중간 중간 삽입된 '배당 안내문'은 실제 배당 시 동봉되었던 편지를 수록한 것이다.

당연히,

경제 개념 없는 '맨땅에 펀드' 투자자들에게

결산 보고를 대신하여 이 책을……

차 례

프롤로그

지리산으로 이사 온 경상도 출신 디자이너

여기는 전라남도 구례군 토지면 오미리 오미마을이다. 마을 사람들은 오미동이라고 부른다. 고향도 아니고 특별한 연고가 있는 것도 아닌 지리산 서편 전라도 땅에 경상도 남자가 이사를 왔다.

2006년 5월 31일 구례읍에 이삿짐을 풀기 하루 전까지 나는 서울 연신내 골방에 컴퓨터 몇 대 놓고 마누라와 나 달랑 두 명이 일하는 불패의 기

업, 이른바 재택근무 프리랜스 디자이너로 밥벌이를 하고 있었다. 하늘 사이즈가 도시생활자의 살림살이 형편을 말해주는데, 역시나 우리는 손바닥만한 하늘을 베란다 빨래 사이로 흘깃 쳐다보는 정도로 누리면서 도무지 끝이 보이지 않는 일 속에서 허우적거리며 살고 있었다. 돈 안 되는 일 70%와 돈 되는 일 30%가 우리 부부를 지탱하는 작업의 실체였다. 지나온 시간의 인생대차대조표를 경제 중심으로 살펴보면 암울했다. 70%의 돈 안 되는 일을 하기 위해서 30%의 돈 되는 작업을 했다는 혐의를 지우기 힘들었다. 우리의 노동은 건물주와 은행을 살찌우는 데 주로 사용되었고 나머지 돈은 모두 '소비하자'는 생활패턴이었다. 나에게 있어 '저축의 생활화'는 중동과 미국이 화해할 가능성보다 낮았다. 아주 오래전부터 '저축할 수 없는 형편'은 '저축하지 않는 삶을 지향하는 철학'으로 둔갑했다.

아무래도 '형편'보다는 '철학'이 좀 있어 보인다. 그러나 그런 철학이 변하지 않는다면 당시 이미 마흔을 넘긴 늙은 디자이너의 미래는 분명 장밋빛은 아니었다.

2000년 무렵에 주로 드나들던 어느 온라인 게시판에서 전라도 구례 출신의 한 남자를 만났다. 세상에, 겨우 게시판이라니! 여하튼 당시 그 남자는 일본에서 공부 중이었다. 미디어를 전공한다고 했다. 나에게 지리산닷컴(www.jirisan.com)이라는 사이트를 만들어달라는 제안을 했다. 까짓거, 하면 되지 뭐. "언제 만들까요? 얼마 줘요?" 아니란다. 지리산에 내려와서 만들어야 한단다. "저보고 서울 떠나서 지리산 자락에 내려가서 살라고요?" 옴마, 이 아저씨 완전 웃긴다.

결국 그 웃기는 아저씨는 2002년 일본 생활을 청산하고 고향 구례로 돌아왔고 미디어와는 무관한 산야초 농장을 만든다고 해발 800m 고지에서 황무지와 이종격투기를 시작했다. 이후로 구례는 우리에게 일종의 환기구이자 탈출구로 자리 잡았다. 구례에서 하늘은 시야 15도 정도의 각도가 아니라 360도로 펼쳐진 것이었고 인간은 간혹 그런 환경에서 휴(休)를 취할 권리와 필요가 있다는 것을 알게 되었다. 얼마 후 마음과 몸이 지쳐서 한계점에 도달했을 때 우리 부부는 '확 저질러버릴까?'라는 주제로 대화를 시작했다. 고민은 길지 않았고 준비는 간단했다. 보유자산이 심플하면 이사가 힘들지 않다. "내려가면 뭐 해서 먹고 살 건데?"라는 주변의 무한반복 질문에 대해 "서울에 살면 얼마나 안정적인데?"라는 대꾸를 남기고 2006년 5월 30일 해거름에 연신내를 떠났다.

오미동에 던져진 지리산닷컴 사무실.

운명

오래전 나는 한동안 나라에서 좋아하지 않는 일에 관여했다. 1991년 봄에 같이 일하던 동료들이 서울 영등포로 일제히 주소지를 옮기면서부터 내 업무는 훨씬 가중되었다. 나를 보호해주기 위해서 포도청에서 찾는다는 소식이 들리기도 했지만 국가예산을 낭비하기 싫어서 그분들을 피해 다녔다. 고속버스를 편하게 탈 수 없는 조건이었던 탓에 광주에서 회의를 하고 남의 차를 얻어 타고 남원으로 올라서서 부산으로 가기 위해 구례-하동을 잇는 19번 국도를 달리고 있었다. 5월이었을 것이다. 차창에 머리를 기대고 석양에 빛나는 구례 들판의 황금빛을 멍하게 바라보았다. 그때 나는 그 황금색이 몇 년 후 내가 사주에도 없는 펀드라는 것을 운영할 밀 들판이라는 사실을 당연히 몰랐다. 예쁘다는 생각만 했다. 그리고 혼잣말로 중얼거렸다. 이 마을에 살고 싶다……. 그 마을이 바로 오미동이었다.

2006년에 구례읍에 살림집을 장만하고 2007년에 오미동에 지리산닷컴 사무실을 던져놓았다. 이동 가능한 조립 컨테이너 박스로 만든 사무실은 말 그대로 던져놓을 수 있는 어른을 위한 장난감 집이었다. 결국 나는 그로부터 16년 전에 중얼거렸던 '이 마을에 살고 싶다.'는 말을 실행하게 된 것이다. 의도하지 않았고 그냥 그렇게 흘러왔는데 도착해보니 그 마을이었다. '운명'이라는 좀 멋있는 표현이 적절해 보였다. 그리고 그때부터 '농사짓는 바보들'과 '농사도 모르는 바보'의 좌충우돌 드라마가 시작되었다.

단순 명확한 시골살이

그로부터 지금까지 많은 일들이 있었다. 그것은 사소하면서 중요한 일들이었고 복선과 이면이 없는 직설적이고 원색적인 일들이었다. 평생을 도시에서 살았던 남자가 별 무리 없이 시골 마을에 정착할 수 있었던 것은 시골의 단순 명확함 때문이었을 것이다. 머리 굴릴 일 없는 환경은 그림이 명확하다. 미국 국무부 대변인 성명서 같은 언어는 이곳에서 도통 먹어주질 않는다. '좋다, 싫다, 꺼져라, 남아라'라는 의사표현이 명확하니 나와 색깔이 맞는 것이다. 그런 곳에서 나는 마을신문을 만들고 몇몇 농부들의 농산물 판매에 관여하거나 힘든 일을 당한 농부를 돕거나 이곳의 이야기를 글로 써서 팔아먹는 일을 지난 7년 동안 했다.

나를 지칭하는 이곳 사람들의 수식어도 다양하다. 사진박구(사진작가라더라), 컴터쟁이(컴퓨터로 뭘 만든다더라), 인터방(인터넷으로 뭘 판다더라), 권 사장, 권 주사, 권 기자, 컨테이너 삼촌(지리산닷컴 사무실은 컨테이너 조립식 시설물이다), 형님, 그 새끼, 어이, 이장님(지리산닷컴에서 나의 닉네임), 권산(필명), 삼식이(권상식이라는 본명이 와전되면서 마을 엄니들이 나를 부를 때)……. 내가 하는 일에 대해서도 의견이 분분하다. 컴퓨터로 뭐를 한다, 인터방에서 뭐를 판다, 글을 쓴다, 글씨를 쓴다, 사진을 찍는다, 원래 돈이 많다, 진짜 돈 없이 입에 겨우 풀칠한다더라, 마을 일로 돈을 많이 돌라묵고(횡령해) 산다더라, 서울 일 받아서 한다더라, 구례군청 일 받아서 떼돈 벌었다더라…….

귀농귀촌 신입생들에게 나는 종종 "무엇을 상상하건 그 이상을 보게 될 것이다!"라는 일종의 시골살이 헤드카피를 말해준다. 시골로 이사를 결정할 때 우리 부부의 가장 큰 불만이자 우려는 '극장의 부재'였는데 막상 살아보니 인근 도시로 영화를 보러 나들이하는 일은 점점 희박해지고 있다. 마을이라는 무대에서는 너무나 많은 캐릭터들이 하루도 빠짐없이 등장하는 스물네 시간 영화를 상영하기 때문이다. 사실 영화를 보고 싶다는 생각 자체가 들지 않는 것이다. 생각해보라. 일상적으로 거의 변희봉, 거의 오달수, 거의 윤여정 '급' 연기력과 아우라를 갖춘 배우들이 등장하는 리얼 드라마가 기막힌 풍경을 배경으로 펼쳐지는데 뭔 놈의 영화 생각이 나겠는가. 더구나 장르도 다양해서 마카로니웨스턴에서 판타지까지 모든 장르가 가능하다. 주류는 역시 컬트와 페이크 다큐멘터리지만.

"무엇을 상상하건 그 이상을 보게 될 것이다!"라는 표현만 보고 '인류의 운명을 건 마지막 전쟁'이나 '지구를 지키기 위한 최후의 결전' 같은 규모를 생각할 필요는 없다. 대부분은 저예산 또는 무예산 영화들이라 이야기는 단순 소박 명료하다. 복선이나 이면은 없다. 원색적이고 직선적인 영화들이라 해석이나 설명을 필요로 하지 않는 장점이 있다.

예를 들자면, 민주주의를 파괴하려는 세력의 음모를 다루는 영화다. 시골판 「JFK」라고 할 수 있다. 단, 사건을 파헤치는 젊은 검사는 등장하지 않는다.

마을이장 경선이 있던 날 나는 마을선거관리위원으로서 엄니(어머니 또는 할머니)들에게 기표 방법에 관해 안내드리는 역할을 맡고 있었다.

"엄니, 이걸로(볼펜 대) 1번 홍길동 어르신, 2번 장길산 어르신 중에서 찍기 하시고 저 종이박스에 넣으시면 됩니다이."

"긍께. 누굴 찍어?"

"아니, 그것까지는 제가 가르쳐드리면 안 되구요."

"괘안아. 그냥 끝꺼정 갈차줘야제."

비밀투표의 원칙이 시퍼렇게 살아 있는 법치국가에서 있을 수 없는 일이다.

"정 그러시다면…… 홍길동 어르신을 찍으세요."

잠시 후 다른 엄니가 등장.

"엄니, 이걸로 1번 홍길동 어르신, 2번 장길산 어르신 중에서 찍기 하시고 저 종이박스에 넣으시면 됩니다이."

"누구 찍어?"

"나 참, 그것까지 제가 알려드리면 안 되구요."

"수평댁은 갈차줬담서?"

"헉! 그게…… 음…… 정 그러시면 장길산 어르신을 찍으세요."

"수평댁은 홍길동이람서?"

마을 방송과 관련한 영화는 시나리오가 풍부하다. 시골판 「구타유발자들」에 해당한다.

"회관에서 알려드립니다. 지난밤에도 ○○○씨 댁과 ○○○씨 댁 대문

앞과 회관 앞에 개가 똥을 쌌습니다. 혹시 개를 푸실 때에는 남에 집 앞에 똥을 싸지 안토로옥~ 잘 타일러서어 내보내시기 바랍니다아~. 아무리 이장 말이 개소리 가타도오~ 개를 풀지 맙시다아~."

개똥과 관련한 영화는 20부작 정도가 가능할 정도로 풍부한 이야기를 담고 있다. 이런 이야기들은 술자리에서 즐기는 뒷담화 소재로 적절하다. 에피소드 차원의 이야기들은 넘쳐나고 나에게, 너에게, 우리들에게 구체적인 피해를 주는 것은 아니다. 문제는 돈이 개입되는 시골 블록버스터 급 영화다. 시골판 「돈의 맛」이나 「쩐의 전쟁」에 해당한다.

시골 마을의 관광지화

도시를 제외한 지자체의 생존 방법은 어떻게 하면 도시 사람들을 많이 유인해서 이곳에서 돈을 쓰고 가게 할 것인가에 집중되어 있다. '체험마을'이라는 키워드로 검색을 해보라. 해당 검색어로 등록한 마을 사이트만 1000개 정도 보일 것이다. 모든 시골 마을의 관광지화가 진행되고 있는 것이다. 바야흐로 농촌은 농사가 아닌 관광으로 생명연장의 꿈을 꾸고 있는 것이다. 눈 밝은 이들은 자연스럽게 어떤 예산이 존재하는지 알아보고 마을로 그런 예산을 유치한다. 한 번 예산이 투입되면 연이어 대기 중인 형제·자매 예산들이 입장하기 시작한다. 예산은 '집중화'라는 특징이 있다. '돈을 뿌린 모양'이 나와야 하기 때문이다. 공평성이라는 잣대로 마을마다 예산을 분배하면 "도대체 뭔 일을 했나?"라는 소리를 듣기 십상이다. 소형·중형·대형 자치단체장들은 업적의 시각화를 선호한다.

예산이 투입된 전국의 모든 마을이 그런 것은 아니겠지만 나와 연관된 두 마을의 경우 4년 동안 각각 20억 원 정도의 예산이 투입되었다. 그리

고 시골 정서, 마을 공동체 같은 개념은 붕괴되었다. 물론 강바닥에 버려진 액수와 비교할 수 없는 작은 돈이겠지만. '필요'에 부응한 예산 투입이었다면 마을 사람들이 조금 더 행복해졌을 것이다. 마을에는 '돌라묵었다(횡령했다)', '오찌받았다(리베이트를 받았다)'는 말들이 날아다녔다. 아이러니하게도 예산 집행 확인 사살 차 마을 입구에 세워진 입간판은 '행복마을'이었다. 나 역시 귀촌 3~4년차 시간대에는 그 예산을 소비하는 일에 일조했었고 마을이 도시에 결코 '꿀리지 않게' 꾸미는 이른바 지역 커뮤니티 디자인에 관심을 가지고 있었다. 그러나 그런 일은 애당초 안 될 일이었다. 관과 민은 서로를 철저하게 불신하기 때문에 '창조적 돈 쓰기'는 원천적으로 차단되어 있었다. 발전이라는 용어와 행복이라는 용어는 평행선이었다. 뭔가 발상의 전환을 필요로 했다. 이를테면 '맨땅에 헤딩' 할 수 있는 정신 같은 것 말이다.

한동안 침묵했다. 그러나 제 버릇 개 주겠는가. 나는 태생적으로 뭔가 일을 벌이는 인간형이다. 그러나 이전과 달라진 점은 마을이 아닌 '나의 즐거움을 위해서' 일을 벌인다는 점이다. 마을과 예산이 결합되면 뭔가를 합의하고 설득해야 한다. 그 과정은 아주 피곤하거나 불가능한 일이다. 그냥 그 동네에서 힘 있는 놈 생각대로 되는 것이다. 그렇다면 마을에서 힘 있는 놈이 되는 것이 지름길인데 나는 외지 것이 아닌가.

'독립영화'에서 '독립'의 개념적 핵심은 자본으로부터의 독립이다. 자본을 주물럭거릴 수 없는 이력서라면 독립해야지. 뭔가를 만들고 싶은데 간섭도 받기 싫다면 저예산 영화가 아니라 무예산 영화라도 시작하는 것이다. 개인적으로 시골살이 2.0 스토리 영화를 만들고 싶었고 자본은 없었다. '맨땅에 펀드'는 이런 사적인 욕구가 출발점이었다. '모든 기존'에 시비를 걸고 싶은 철없는 투자자들을 모집해서 블록버스터 영화만 상영하는 극장을 향해 돌맹이 하나 던지는 것이다.

"무엇을 상상하건 그 이상을 보게 될 것이다! 커밍 수운!" ●

시작

일의 시작과 마무리

2012년 2월 21일 화요일 아침. 오미동 들어서서 사무실로 좌회전하는데 트랙터가 구례의 유명한 고택 운조루(雲鳥樓) 아래 땅을 갈고 있다. 운조루는 중앙정부에서 중요민속자료로 지정한 270여 년 정도 된 고택이다. 마을의 역사와 일상에서 중심이 되는 일종의 오미동 랜드마크에 해당한다. 사무실이 오미동에 자리 잡은 이후 운조루 사람들과 나는 친근한 관

계를 유지해왔고 많은 도움을 주고받았다. '맨땅에 펀드' 임대 농지 역시
운조루 소유다. 또 운조루 셋째 아들 류정수는 펀드의 주력 멤버이기도
했다.

혼잣말을 중얼거렸다.

"시작이군."

이야기는 2011년으로 거슬러 올라간다.

2011년 5월 29일 오미동. 모 단체가 주관하는 토종 종자 채종밭 파종을 한
다음 날이다. 거의 콩 종류를 파종했다. 원래 논으로 사용하던 땅이라 밭
으로 적절하지는 않을 것이나 토종 종자를 보급한다는 취지에 동의하기
에 관심을 가지고 지켜보았다. 밭 1000평은 가꾸기에 쉽지 않은 면적이다.
보기에도 넓다. 물론 일을 하다 보면 훨씬 넓어진다.

2011년 10월 6일 오미동. 파종 행사가 끝이 난 이후 단 한 번도 밭을 돌보
는 손길은 없었다. 토종이란 말은 유기농이란 단어와 어울리고 그 조합은
세심한 눈길과 손길이 합세해야 잘 가꾸어질 것이란 예고이기도 하다. 너
무도 뻔하지만 6월을 넘어서면서 풀을 잡는 일은 힘들어진다. 초기에 풀
을 다스리지 못하면 그렇다. 콩밭이 아닌 풀밭을 보면서 어쩌면 다음 해에
내가 이 풀밭 위에 서 있는 모습을 보았을 것이다. '맨땅에 펀드'라는 프로
젝트를 머릿속에서 구상하던 시기였다. '주인 없는 밭'은 풀이 무성하기
마련이다. 마음이 제법 불편했던 것은 시작은 창대했지만 과정과 마무리
가 없는 일을 지켜보는 것이었다.

일을 시작한 의미는 당연히 아름답지만 과정과 마무리가 엉망이면 그
일 자체의 진정성을 신뢰하기 힘들다. 좋은 의미를 인식하는 것과 실행하

모 단체가 토종 종자 채종밭 파종을 한 모습. 주로 콩 종류다.

그해 10월경 풀이 무성한 밭 모습.

한 해가 지난 2012년, 텅 빈 밭.

는 것은 전혀 다른 차원이다. 수확 시기가 제법 지났지만 풀밭의 주인들은 나타나지 않았고 결국 전화기를 잡았다. 통화를 하고 난 후 기분이 좋지 않았다. 콩을 수확할 것인지를 물었고 만약 수확하지 않을 생각이면 내가 사람을 사서 수확해도 되겠냐고 물었다. 상대방의 대답은 "토종 종자는 아주 중요합니다."라는 우리 농업을 징글징글하게 사랑하는 사명감이 가득한 내용이었다. 그렇구나. 그래서 나타나지 않았구나. 젠장. 그러고도 제법 시일이 지나서 풀밭의 주인들은 얼마간 남은 콩을 수확해 갔다. 물론 깔끔함과는 거리가 먼, 멀칭 비닐이 겨우내 삭풍에 휘날리는 을씨년스러운 풍경을 남겨주는 것도 잊지 않았다.

청십자운동, 사발통문, 그리고……

"땅을 빌려줘도 그 사람이 이쁘게 혀야지, 그라녀면 맴이 안 좋아."

'맨땅에 펀드'는 묵은 숙제이거나 어쩌면 시작하지 말았어야 할 일이다. 사실 이 일의 모태가 되는 공상은 훨씬 전에 시작되었다. 서울에서 구례로 이사 온 지 만 2년 정도 시간이 흐른 2008년 여름 무렵이 되었을 때 시골에서 농협이라는 조직이 상상 이상으로 한심하고 도저히 개선 가능성이 없는 조직이라는 사실을 깨달았다. 시골에서 농협은 어쩌면 지자체보다 더 큰 영향력을 가지고 있다. 큰 영향력을 가진 조직이 악성 종양 같은 존재라면 지역 전체의 미래는 암담하다. 개선 가능성 제로라는 개인적인 진단은, 표면적으로 환자와 의사가 같은 사람이라는 것에 있었다. 대다수 농민은 농협을 욕하고 그들의 대다수는 농협 조합원이다. '수매'라는 제도는 양날의 칼이었다. 물론 사태를 이렇게 만든 양아치들은 중앙의 관료와 브로커들이지만 '농협의 허수아비 주인 농민'들은 오랜 시간 너무 많은 거래를 지속한 까닭에 스스로 손발을 자를 수 없다.

　어느 날, 잘 이해하지도 못하는 장기려 박사의 '청십자운동'이 생각났다. 내 생각의 뼈다귀는 '관의 개입이 없는' 모종의 작업이었다. 1000명 정도의 조합원을 모집하고 농협과는 다른 성격의 보험 상품과 농민 대출 상품을 상상했다. 그리고 1000명 단위의 새로운 조합이 전국적으로 1000개 정도 생겨나는 상상을 했다. 100만 명이다. 중앙으로 집중된 거대화된 100만 명이 아닌, 수평적인 힘을 가진 1000명이 모인 1000개의 조합. 핵심은 거대해지지 않는 것이다. 거대해지면 끝장이다. 지금의 거대한 직거래 단체인지 회사인지에 대한 나의 불만은 몸집이 코끼리라는 것이다. 거대한 몸집을 유지하기 위해서는 많은 에너지와 시스템을 필요로 한다. 에너지와 시스템을 확보하고 유지하기 위해서 더 큰 놈을 이겨야 한다. 누군가를 이기지 않아도 되는 형식이 필요하다. 우리 사회 진보진영 각 부문의 어떤 모습들에 대해 개인적으로 자주 하는 표현이 있는데, "삼성을 이기기 위해서 삼성을 닮아간다."는 것이다. 큰 싸움을 이기기 위해서 그만큼 큰 무엇을 만들 필요는 없다. 작은 힘이 단결하는 방식이 옳다. 그래서 작게, 여럿이, 하나가 망해도 999개는 영향을 받지 않는, 누군가 잘난 놈이 권력과 운영을 독점하려면 즉각 해임시킬 수 있는 시스템. 갑오년 어느 날 밤에 만들었다는, 밥그릇을 중앙에 두고 너와 내가 높고 낮음이 없이 이름 석 자 사방팔방으로 나열했다던 그 시스템, 그 정신, 그런 조직, 그런 일을 상상했다. 돈 드는 일도 아니고 그냥 생각하는 것인데 뭐. 사발통문을 도상으로 CIP작업을 진행하다가 그만두었다. 내가 왜 이러고 있지? 밥벌이 일이나 하자.

　실행할 수 없는 기획, 즉 공상이었다. 세상에! 그런 일을 하려면 얼마나 피곤하겠는가! 그리고 마누라는 얼마나 극심하게 반대하겠는가! 조용히 살고 싶다고 시골 와서 이 뭐하는 짓이냐고! '맨땅에 펀드'는 그런 공상의 한 줄기를 옮겨 온 것이다.

맨땅에 헤딩하기

2011년 여름, 토종 채종밭의 풀들이 쑥쑥 자라는 것을 보면서 '맨땅에 헤딩하기'라는 말이 생각났다. 그래, 맨땅에 헤딩하기지. 후배 중에 별명이 맨땅이 있었지……. 온갖 맨땅과 관련한 말들이 생각났다. '유시민 펀드'와 '박원순 펀드'가 있었다. 그것은 물권이 아닌 사람이라는 컨텐츠에 투자하는 펀드다. 그러다가 불현듯, '맨땅에 펀드'!

해가 바뀌고 2012년이 되었다. 개인적으로 '맨땅에 펀드'는 농사를 짓는 일이 아니라 농사를 짓고 팔아치우는 전 과정에 관한 이야기를 전하는 일이라고 생각했다. 그러다 보니 농사를 어느 정도는 이해 할 수 있어야 가능한 일이기도 하다. 최소한 작물을 선정하는 나름의 관점과 기준이 있어야 하고 파종과 수확 시기, 한 작물을 수확하고 난 후 무엇을 심을 것인가에 대한 계획이 있어야 하는 것이다. 그런 기준으로 보자면 나는 적합한 인력은 아니다. 2월이 되도록 다른 일들에 밀려 '맨땅에 펀드'를 신경 쓸 여력이 없었다. 점점 초조해지기 시작했다. 이 일은 무엇보다 특정 작물의 파종 시기를 놓치면 진행할 수 없는 일이다. 막연히 '봄이 오면' 시작할 것이란 염두만 있었는데 어떤 작물은 2월 말이면 파종을 하기도 한다.

수많은 우려 속에서

2월 초가 되어서야 운조루 바로 아래 1000평 조금 넘는 논을 '농지임대차

왼쪽에서 두 번째 흐릿하게 보이는 것이 지리산닷컴 사무실이다.

계약서'를 정식으로 작성하고 빌렸다. 땅을 빌렸으니 진짜 시작해야만 하는 것이다. 그리고 역시 운조루 소유의 파도리 언덕, 개인적으로 '폭풍의 언덕'이라고 부르는 곳에 있는 1000평 감나무 밭(이 책 5장을 참조)을 역시 임대했다.

2월 21일. 운조루 아래 논을 트랙터로 갈기 시작했다. 여러 번 갈아야 할 것이란 소리를 들었다. 지난해의 콩밭 수확이 늦었기 때문에 풀씨는 물론이고 콩까지 땅으로 무수히 떨어졌으니 여러 번 뒤집지 않으면 풀을 감당하기 어려울 것이란 마을 노인들의 훈수였다. 물론 훈수도 100번 정도 반복되면 괴롭다.

"저거 인자 농사 지을라믄 맷 번을 갈아야 헌당께. 글케나 풀을 무카놓고……."

"어이, 자네가 저 논에 머를 한담서? 저거 기배네 집서 넘어 오는 물 잡

아야제 그라녀면 못하네.”(41쪽 참조)

“약 안 하고 한다고? 못 혀! 택도 없어!”

“비닐을 안 씌운다고? 감자 한 주먹도 안 나와!”

“토종으로 한다고? 하이고 환장하겠네.”

시작도 하기 전에 마을에는 ‘컨테이너’가(지리산닷컴 사무실은 컨테이너 조립 시설물이라 마을에서는 컨테이너 또는 컨테이너 삼촌이라고 부른다.) 무엇인가를 한다는 소리가 무성하고 우려와 비판과 조언과 비난과 힐난과 걱정과 재미난 구경에 대한 기대가 난무했다. 시작한다는 것 이외에 어떤 디테일한 기획안도 나오지 않은 ‘맨땅에 펀드’는 출발부터 마을의 전문가 집단으로부터 폭력적인 컨설팅에 시달렸다.

3월 중순에는 출발해야 한다. 물리적인 시간이 그렇다. 하지 감자를 다음 주부터 심을 시기이기 때문이다. 이 일은 철저하게 농사의 절기에 의해 운영되어야 한다. 기획안을 완료해야 하고 펀드 운용 계획서와 약정서도 만들어야 한다. 그러면서 땅도 만들고 작물도 심고 채취도 해야 한다. 엄니들 작업 일수 계산과 공평하게 노임을 지불할 수 있는 인력 파악과 배당도 기획해야 한다. 택배 비용 산출, 총괄 인력 인건비 산출, 포장재 준비, 펀드 CIP 제작, 종이 인쇄물도 준비해야 하고, 도시 옥상텃밭운동 팀에게 종자를 보급하는 기획, 다양한 토종 종자를 확보하는 문제……. 에이 씨…… 뭐가 이렇게 많아. 나 안 할래! ●

첫 파종

02

2012년
3월

소보다 비싼 소똥

펀드 모집도 하기 전인 2월 28일 퇴비를 했다. 이후에 이 퇴비가 문제가 된다는 것을 깨달았지만 농사라고는 도통 모르는 사람 입장에서 '퇴비를 해야 한다.'는 당연지사에 해당한다. 감자를 우선 심기로 했다. 2월 말부터 심는다고 했다. 종자도 준비가 되어 있지 않았다. 마을 농가의 씨감자는 이미 신청을 받은 상태고 원래 가급적이면 토종으로 파종을 할 생각이었기 때문에 마을에서 신청하는 것은 염두에 두지도 않았다.

농협 퇴비는 사용하지 않을 생각이었기 때문에 묵은 소똥 퇴비를 주문했다. 소똥을 62만 원어치 맨땅에 퍼부었다. 정말 단지 맨땅에 소똥을 뿌렸을 뿐인데 돈이 나가기 시작했다. 감자는 퇴비를 많이 해야 한다는, 역시 수백 번의 훈수가 반복되었다. 별 생각 없이 남들 농사짓는 것 기록만 했었는데 막상 내 돈이 나가기 시작하니 정신을 좀 차려야겠다는 각성이 들었다. 감나무 밭은 아직 퇴비를 하지도 않았는데, 그곳도 1000평이니 최소 50만 원……. 그러면 "똥 값이 100만 원이 넘어야? 이거 장난 아니다! 아, 그냥 농협 퇴비로 할걸 젠장!" 그 겨울은 소 값이 폭락해서 송아지 한 마리에 3만 원이라는 흉흉한 소식이 들려오던 시절이었다.

우습지도 않은 외인구단

3월 10일 토요일. 역사적인 '맨땅에 펀드' 첫 파종을 하는 날이다. 하루 전에 한 번 더 갈아엎고 트랙터로 거칠게 고랑을 내었다. '맨땅에 펀드' 첫 파종은 지리산닷컴 식구들 손으로 하는 것이 의미 있겠다는 생각을 했다. 물론 여전히 정확한 산수를 예측할 수 없다는 이유도 많이 작용했다. 엄밀하게는 1년 동안 진행하는 데 소요되는 정확한 비용 산출을 하기 힘든 것이다. 펀드 모집도 하기 전에 인건비를 퍼부을 수는 없는 노릇이다. 아침 8시에 집결하기로 약속했지만 8시 30분에 일을 시작했다. 대략 한 마지기, 즉 200평 정도 면적에 감자를 심기로 했다. 손바닥만한 마당 텃밭에 감자를 심은 것이 하루 전인데 이날 작업할 땅의 면적으로 살펴보니 한숨이 살짝 새어 나왔다.

밭으로 내려서 보니 많이 거친 상태였다. 일전에 비가 온 상태에서 트랙

터로 갈아엎다 보니 흔히 하는 말로 땅은 '떡이 진' 상태였다. 더구나 멀리
서 보면 밭고랑이 나 있었지만 막상 내려서니 금이 그어진 상태라고 할까
나. 곡괭이로 고랑을 쳐올리는 작업이 우선이었다. 동원된 선수들은? 한
숨이 나오는 농사 경력의 소유자들로 가득하다. 나, 그림 그리는 스무 살
아들 영후, 도시에서 10년 동안 회계 업무만 한 귀촌 2년차 인턴 박. 더구
나 인턴 박은 당일 새벽까지 상사마을 청년회와 부녀회 합동 술자리에 참
석했던 관계로 신선한 아침에 순수한 알코올 냄새가 가득한 상태였다. 그
리고 지리산닷컴 K형과 K형의 아내인 지리산노을 언니, 땅 주인이자 조력
자 운조루 류정수 선수, 보다가 하도 답답해서 도우미로 결합한 오미동 마
을 사무장 '무얼까?'(물음표까지 포함해서 이게 닉네임이다.)가 이날의 인력이
었다. 공포의 외인구단이 아닌 우습지도 않은 외인구단이 엉성한 자세로
일을 시작하려는 순간, 대평댁이 밭으로 내려섰다. 앞으로 '맨땅에 펀드'
에서 수석펀드매니저로 활약하게 될 마을의 엄니다.

"9시에 보자더만 오지게 서둘러 샀네. 고랑 내는 꼬라지 하고는……. 호
랭이 똥구녕을 씹어불것네."

통상 '호랭이 물어가것네.'가 마을에서 엄니들이 자주 사용하는 표현
인데 '똥구녕을 씹어불것네.'는 처음 듣는 언어 조합이다. 대략 '환장하겠
네.'나 '돌아버리겠네.' 수준의 심오한 뜻을 가진 듯하다.

"쪼갰남?"

감자를 바로 심을 수 있는 상태로, 눈이 살아 있는 부분으로 잘라 놓았
는지 여부를 묻는 것이다. 역시 교관이 뜨니 분위기가 심상치 않다.

"영판 잘 쪼겠구만."

감자 상태를 살펴본 대평댁은 바로 작업할 수 있겠다는 의사를 이렇게

"호랑이 똥구녕을 씹어불것네!" '맨땅에 펀드' 수석펀드매니저 대평댁.

표명했다.

농사는 지을 게 못된다

남자들은 고랑을 쳐올리는 작업을, 여성과 어린 층은 감자를 심는 역할을 맡기로 했다. 그럼에도 불구하고 이들 중 누구보다 텃밭에 익숙한 지리산 노을 언니가 곡괭이를 들고 선두에서 진도를 나갔다. 숨소리가 거칠어지고 시작한 지 10분도 되지 않아서 역시 농사는 지을 게 못된다는 확신이 온다. 며칠 전 여자 노인정에서 남원댁은 봄이 왔다는 소리를 하고 진저리를 쳤다. 한 해 농사 정해진 코스가 시작된 것에 대한 몸의 반응이었다.

이날 심은 감자는 통상 우리들이 가장 흔하게 보고 먹었던 '수미감자'와 '자주감자'였다. 토종 감자를 구하기 위해 짧은 시간이지만 나름으로 알아봤지만 농사를 지어봤던 사람들은 대체적으로 말리는 분위기였다.

대평댁이 감자를 잘 잘라놓았는지 검사 중이다.

감자 눈이 너무 많아서 조리하기 전에 손이 너무 많이 가고, 역시 눈이 너무 많아 보관이 어렵다는 것이었다. 보관 중에 싹이 많이 난다는 소리다. 그리고 통상 감자의 특징을 설명하는 '분'이 적어서 별 맛이 없다는 말씀들. 무엇보다 이 면적만큼의 씨감자를 구할 수 있는 시기가 아니다. 역시 모든 문제의 출발점은 준비 부족과 경험 부족. 그래서 익숙한 수미감자와 그래도 나름 특색 있다는 자주감자로 결정했다. 자주감자조차 온라인이나 변산 등에서 종자를 구하기 힘들었다. 엉뚱하게 구례장에서 다량의 자주감자를 발견하고 절반의 양을 채웠다. 씨감자 종자 값으로 16만 7000원이 들어갔다. 돌아서면 돈이 나간다.

"야, 이거 씨감자 값보다는 더 많이 수확해얄 것 아냐!"

지리산노을 언니가 씨감자 네 박스 쪼갠다고 지난밤에 제법 시간을 보냈을 것이다. '가운데 손꾸락으로' 한 뼘씩 간격을 두고 심으라는 펀드매니저의 지시가 내려졌다. 이날 대평댁 한 분만 펀드매니저로 모신 것은 무엇보다 감자 파종은 그렇게 힘든 일이 아니어서 우리들 손으로도 가능할 것이란 판단 때문이기도 하지만, 무엇보다 사공이 많아 배가 산으로 가는 사태를 막고 싶었던 목적이 더 크다. 옆에서 지켜보면 같은 이야긴데 엄니들은 표현만 달리 해서 제각각의 주장을 앞세우는 경우가 많기 때문이다.

쿠오바디스?

"내가 감자만 20년을 심었어. 나 시킨 대로 흐믄 된당께."

그러나 최광두 어르신 등장.

"이거 감자 일케 하면 한나도 못 건진다."

"예?"

"감자는 요로코롬(고랑 측면을 가리키며) 야불떼기에 심고 고랑을 쳐올림서 덮어. 이렇게 고랑 가운데로 심어불믄 이거 한나도 안 돼야. 글고 감자는 햇볕을 봐야제!"

자연스럽게 대평댁을 바라볼 수밖에.

"아 긍께 내가 그렇게 할라고 했는디 오니까 고랑 가운데다가 심어났더라고. 그래서 할 수 없이 그렇게 했제."

나 이런! 펀드매니저가 지금에 와서 '이제는 말할 수 있다.'는 뉘앙스로 돌변한다. 그러는 중에 양동댁이 아랫 뜸에서 올라와서 다시 말을 보탠다.

"하이고 감자 일카믄 안돼. 야불떼기로 심어야제."

어린 양들은 지도자들의 논쟁 가운데 뛰어들 엄두를 낼 수도 없고 고개를 땅으로 처박고 귀는 쫑긋 세운다. 쿠오바디스(Quo Vadis)? 흰 감자(수미)는 막 작업을 끝내었다. 설마 파내고 다시 심어야 한다는 결정?

"글고 중간에 물길을 하나씩 터줘야제 이렇게 해가꼬 물 차면 감자 다 배려버리네."

그래, 어쩐지 일을 하는데 고랑이 너무 길더라. 다시 농사의 달인들은 한쪽에서 계속 「100분 토론」을 진행했다. 그리고 잠시 후에 도출된 결과를 가지고 왔다.

"그냥 하던 대로 혀!"

왜 그런 결론이 내려졌는지 우리들은 알 수 없었지만 원래 하던 대로 하라고 한다. 이런 장면에서 자신의 존재감을 '괜히 한번 휘젓고' 가는 것으로 표현한 것이 아닌가 하는 의심이 든다.

"긍께 나 하잔대로 허믄 되는디 뭣헌다고 와서 간섭을 해싸코……."

"엄니도 아까 말씀이 좀 다르지 않았소?"

"아, 뻘건 감자 똥구녁이나 따!"

제공받는 즐거움 말고 만들어가는 즐거움

나는 대평댁 옆에 앉아 자주감자 똥구멍 자르는 보직을 받았다. 흰 감자 (수미)가 아닌 다른 종에 대해서 적대감을 가진 대평댁은 자주감자가 못 내 마음에 들지 않았지만 '남의 밭' 일이니 길게 따지고 앉아 있을 이유는 없었다. 마을의 엄니들은 항상 같은 종자만을 심었다. 이유는 항상 같았 는데, "작년에 참말로 겁나게 잘 되었기" 때문이다. 대평댁을 따라 눈대중 으로 엄지손가락 마디만한 자주감자 똥구멍을 따면서 그동안 나누지 못 했던 대평댁과의 한담을 즐겼다.

"엄니, 이거는 너무 잘고 심어봤자 안 되겠지요?"

"냅둬. 감자는 독해서 얼추 전부 살아."

"엄니, 끝나고 짱께 한 그릇 하시고 들어가세요."

"나는 그거…… 우동 시켜줘, 오래간만에. 짜장 그거 한나도 맛없다. 짬뽕도 독하고."

세 시간 정도 작업을 하고 감자 파종은 끝이 났다. 눈짐작으로 봐서는 200평이 아닌 250평 정도 파종을 한 것 같다. 세 시간 전에 땅으로 내려서서 바라본 밭고랑은 막막했는데 그래도 몇 사람 어울려 일을 하다 보니 예정한 시간대로 끝이 났다. 일이 끝나니 아무래도 즐겁다. 여럿이 함께 하니 더 즐겁다. 막상 감자 파종을 끝내고 나니 앞으로 지리산닷컴 식구들이 모든 파종을 진행하는 방안도 괜찮을 것 같기도 하다. 몸이 느끼는 뿌듯함 같은 것. 모두들 희희낙락이다. 아들 영후에게 물었다.

감자 파종을 끝내고 모두들 희희낙락이다.

"일해보니까 어떠냐?"

"느낌이 좋아. 아니 좀 다른 느낌. 처음이라 그런지. 그런데 대……평……댁?이라 그랬나? 그 할머니."

"응."

"그 할머니 순간 이동해. 나한테 뭐라고 이야기하고 내가 대꾸하고 돌아보면 100m 저쪽에 가서 다른 사람하고 이야기하고 있고……"

"시골 할매들은 원래 그래."

옥산식당으로 갔다. 짬뽕 팔아 딸 키웠다는 옥산식당에서 짬뽕 여덟 그릇, 짜장면 두 그릇, 우동 한 그릇을 시켰다. 인턴 박은 그제야 속이 풀리는 모양인지 연신 짐승 같은 소리를 낸다. 지리산노을 언니는 일이 끝나고 '따순 밥' 해서 먹기를 원했지만 밭일 끝나고 그게 쉬운 일은 아니다. 이런 날은 짜장면을 함께 먹는 것도 재미있는 일이다.

더운 김이 오르고 밥을 나눈다. 흔히 하는 말대로 이게 다 잘 먹고살자고 하는 짓이다. 가능하면 그 짓을 즐겁게 하자는 것이다. 가능하면 그 짓을 함께하고, 가능하면 여럿이 생각해볼 수 있는 방식으로 하자는 것이다. 우리들 스스로 즐거워보자는. 제공받는 즐거움 말고 만들어가는 즐거움. 날씨가 추워진 탓에 짬뽕 국물이 더 얼큰하게 느껴진다.

'맨땅에 펀드' 시작했다. 펀드 모집도 받지 않은 상태에서 일단 일을 헤쳐 나가고 있다. 곧 토란과 땅콩 종자를 준비해야 하고 뭐도 준비하고 뭐도 준비하고 산나물도 한 번 정도는 펀드 가입자들에게 보내야 할 것이고 산마늘, 곰취, 고사리, 쑥부쟁이……. ●

맨땅에 펀드 투자설명서 V1.0

‘맨땅에 펀드’ 출발한다. 나름대로 약간 비장하기도 하다. 이틀 동안 ‘투자설명서’를 만드느라 대부분의 시간을 소비했다. ‘이렇게 해도 되나?’ 하는 불확실성으로 가득한 마음과 상황이지만 그냥 모집에 들어간다. 부족한 부분은 차츰차츰 수정하고 채워 나갈 것이다. 아래 ‘투자설명서’를 자세히 읽어보시고 결정하시면 좋겠다. 어처구니없는 투자설명서를 읽고 난 후에도 펀드 가입 의사가 여전하시다면 이장에게 메일을 주시라. 메일 주시면 한 번 정도 더 의사를 확인하는 절차를 거치고 계좌와 펀드 번호를 보내드리겠다. JIRISAN2012-001, 첫 번째 고객님을 기다리고 있겠다.

'맨땅에 펀드' 출사표

한국 농업의 위기라고 말합니다. FTA 다 뭐다, 수입농산물이 어쩌구저쩌구, 소리는 무성하지만 한국 농업의 근본적인 위기는 '농사를 업신여긴' 산업화와 세상의 물신화로부터 출발했습니다. 5000년이라는 한반도 사람살이 역사는 불과 100년이 되지 않는 시간 동안 급속한 변화를 겪었고 그것은 물론 전 세계적인 흐름이었습니다. 청년들이 도시를 향해, 돌아오지 않을 먼 길을 떠나기 시작한 지 어언 60여 년이 지났습니다. 그들에게 시골은 진작에 '고향'이 되었고 그들의 자식들에게 시골은 선산이 있는 작은 마을에 불과합니다. 그리하여 시골에는 언젠가부터 못난 나무들만 남아 마을을 지키고 있고 이제 그 나무들은 늙었습니다. 한국 농업은 전체 GDP의 4%도 차지하지 못하는 초라한 성적표를 들고 있습니다. 그러나 분명한 것은 여전히 한국

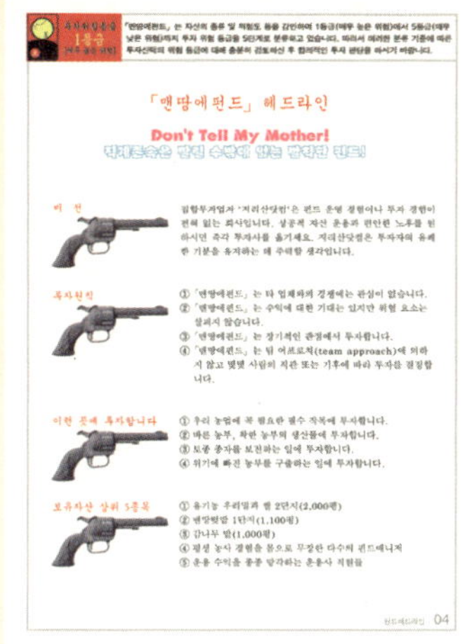

사람들의 정서 속에 농사는 포기할 수 없는 '그 무엇'이라는 사실입니다. 정서가 시장 논리를 이기기란 힘든 노릇이지만 어쩌면 한국 농업은 그 가여운 정서에 기대어 힘겨운 호흡을 이어가고 있는 것인지도 모릅니다. 크고 무거운 이야기로 시작했지만 우리가 하고자 하는 일은 작은 일입니다. 지리산닷컴 (www.jirisan.com)은 마흔 가구 정도 되는 작은 시골 마을과 도시에서 살고

있는 사람들의 소통을 위해 펀드라는 도구를 생각했습니다. 소통을 위한 수단은 '밥상'입니다. 정확하게는 밥상을 차릴 수 있는 작물을 키우고 가공하는 비용을 먼저 받고 투자자들에게 제철 농산물을 보내드리는 방식입니다. 펀드 운용 과정에서 발생한 잉여 농산물은 판매를 통해서 펀드 운용 기금으로 사용하거나 수익으로 남을 경우 투자자들에게 배당할 계획입니다. 이 방식 자체는 특별하지도 창조적이지도 않습니다. 다만 펀드 운용 과정에서 매주 펀드를 위한 임대 농지의 경작 상황과 마을 이야기를 전해드릴 것입니다. 유기농과 무농약 농산물은 포털사이트 검색창에 키워드를 입력하기만 하면 한눈에 나타나고 여러분들 가까이에는 전국의 다양한 농산물들을 계절 불문하고 산더미처럼 쌓아놓고 판매하는 대형 마트들이 즐비할 것입니다. 하여, 단순히 유기농산물을 드시기 위해 '맨땅에 펀드'에 투자하실 필요는 없습니다. '맨땅에 펀드'는 농산물이 아닌 '작은 마을'과 '못난 나무들' 그리고 '이야기와 말씀들'에게 투자하는 바보 같은 펀드입니다. 밥은 생존을 위한 필수 항목임에도 불구하고 그 밥을 만드는 사람들과 밥 자체는 찬밥 신세입니다. 생산자는 전체 농정을 결정하는 정치와 자본에 강제당하고 소중한 생산물은 대기업과 나쁜 유통업자들의 돈벌이 놀이에 등장하는 노리개가 되었습니다.

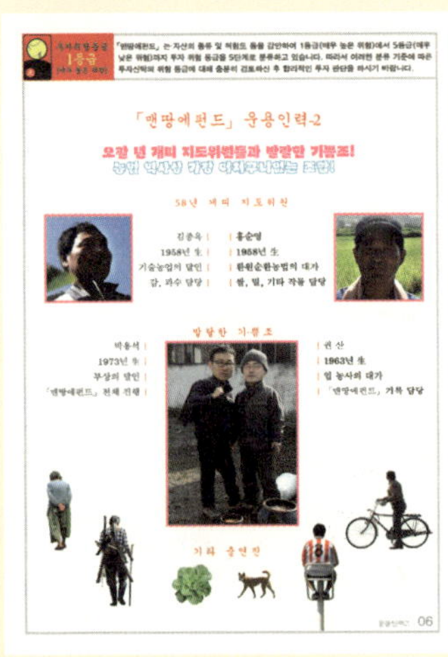

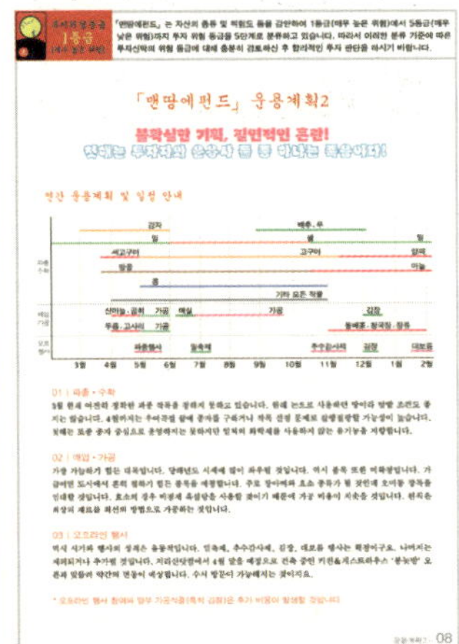

지금도 인터넷 검색창에 원하는 농산물을 입력하고 상위에 나타나는 사이트로 전화를 하면 "네, ○○농장입니다"라는 여성의 목소리를 들을 수 있을 것입니다. 어느 도시 건물 한 귀퉁이에서 헤드셋을 쓰고 통유리 칸막이 속에 앉은 여성의 안내에 따라 우리는 직거래로 위장한 유기농과 무농약 농산물을 구입해서 먹고 있습니다. 정직하고 착한 농부들은 온라인에서조차 소비자들에게 직접 접근할 수 있는 기회를 차단당하고 있습니다. 오직 싼 가격에 농산물을 생산할 것만 강요받고 있습니다. 저희는 작은 꿈을 실현해서 거대하고 힘있는 것들과의 싸움을 시작하려고 합니다. '맨땅에 펀드'는 일회성을 염두에 둔 펀드가 아닙니다. 우리는 생산 농지를 점차적으로 확대해 나갈 것이고 펀드 가입자도 확대해 나갈 것입니다. 그리하여 적어도 하나의 작은 시골 마을 경제를 운용할 수 있는 사례를 만들고 싶습니다. 그리하여 '맨땅에 펀드 함양', '맨땅에 펀드 태백', '맨땅에 펀드 완도', '맨땅에 펀드 정선', '맨땅에 펀드 봉화'…….

수로 작업과
고구마

03

우리는 유기농을 구현할 수 있을까?

3월 16일 금요일. '맨땅에 펀드' 농지의 골치 아픈 구역을 정리하기로 했다. 골치 아픈 문제를 해결하는 가장 간편한 방법은 돈을 쓰는 것이다. 마을에 다른 일 때문에 들어온 포클레인 아저씨에게 추가 작업을 부탁했다. 한 번 부르면 50만 원 정도 들어가는데 이왕 온 김에 어색한 반나절 작업을 추가하는 것이다.

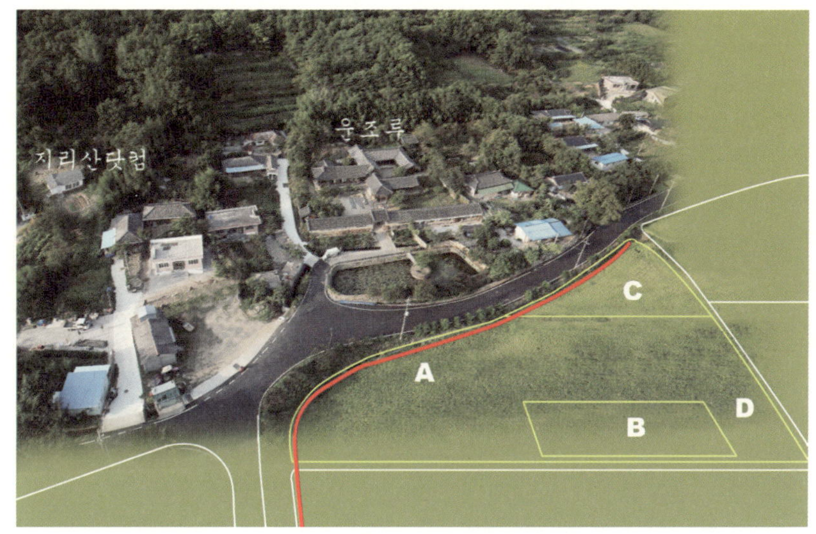

음…… 좀 첩보영화 분위기지만 위성지도로 내려다보면 '맨땅에 펀드' 농지는 노란색 라인으로 설정한 면적이다. 그중에서 A구역, 붉은색 라인 부분에 수로가 있는데 C구역 붉은색 라인에는 없다. 주변의 몇 가지 상황 때문에 C구역으로 물이 넘쳐흐른다.(가령 C구역 왼쪽의 파란 지붕 집이 기배 씨의 집인데 여기서도 물이 넘치면 C구역으로 흐른다.) 쌀농사를 짓던 논이라 이전에는 문제가 없었지만 이제부터는 문제가 된다. 뿐만 아니라 붉은 라인 전체적으로 준설 작업이 필요하다. 운조루 연못(사진에서 A구역 위에 보이는 시설물)으로 들어가는 수로를 막았기 때문에 비가 많은 날은 전체적으로 범람해서 '맨땅에 펀드' 구역으로 흘러든다. 그래서 텃밭 상단 상당한 부분이 여전히 축축한 상태다. B구역은 일전에 감자를 파종한 구역인데 비교적 물의 영향력에서 멀기 때문에 우선 그곳에서부터 파종을 시작한 것이다. D구역은 고구마 순을 얻기 위해 씨 고구마를 파종할 구역이다. 자연스

포클레인은 수십 명의 사람이 하루 종일 할 일을 두어 시간 만에 정리했다.

럽게 B와 D구역에서부터 전면으로 파종을 전개해 나갈 것이다. 여하튼 물길을 잡아야 한다는 것은 분명한 과제인 것이다.

공사 장면에서 뜬금없는 소리지만, '맨땅에 펀드'는 정말 유기농을 구현할 수 있을까? 거의 불가능하다. 일반적으로 '농약을 하지 않으면' 유기농이라고 생각하는 경향이 있다. 농부들조차 단지 무농약을 유기농이라 생각하거나 주장하는 경우도 있다. 하지만 화학비료나 농약을 사용하지 않는 것만으로 유기농이라 규정할 수 없다. 원론적으로 유기농이란, 토양에 살고 있는 가장 작은 생물과 인간에 이르기까지 생태계 전체가 너도 나도 모두 건강해지자는 것이다. 그렇다면 화석연료를 사용하지 않는 방식으로 농사를 진행해야 진정한 유기농이라 할 수 있다. 그러나 농사의 일부로 볼 수 있는 이런 수로 작업은 포클레인으로 진행하고 밭을 가는 작업은 트랙터로 진행한다. 우리는 계속 석유로 농사를 짓고 있는 것이다. 그

수로가 2단이 된 것은 어쩌다 보니 그리된 것이리라.

방법이 아니라면? 펀드투자자들이 모두 매 주말마다 내려와서 정말 맨땅에 헤딩을 해야 하는 것이다. 100명이 그렇게 몸으로 땅을 파고 있는 장면은 우리 시대에서는 딱 두 군데 장소에서 볼 수 있다. 군대와 교도소. 이른바 그 어렵다는 진정한 삽질. 포클레인은 수십 명의 사람이 하루 종일 해야 할 일을 두어 시간 만에 정리할 수 있다. 사실 이 대목에서 나는 아무런 갈등도 없다. "이 방법 말고 뭐가 가능해?" 그러나 속이 편한 것은 아니다. 지난 겨울에 NHK의 다큐멘터리를 보았다. 완전한 유기농을 실현하는 일본의 농부였다. 쌀농사를 짓고 있었다. 볍씨 작업에서 모심기, 수확, 탈곡까지 그는 수백 년 전의 일본 전통농법을 따르고 있었다. 그의 쌀은 일본에서 제일 비싼 값을 받고 있었다. 일종의 나락 건조대에 벼를 베어서 빨래 넌 듯 건조시키고 있는 장면은 아름다웠다. 그런 장면은 귀촌이 아닌 귀농을 결정한 미친 사람 세 명 정도가 있어야 가능한 그림이다.

앞의 위성사진 A구역 위로 낡은 수로가 지나간다. 콘크리트 수로 속에는 많은 퇴적물이 쌓여 있다. 포클레인으로 작업하기 힘든 장면이다. 왜 이렇게 복잡한 방식으로 물길을 잡았는지 이해하기 힘들지만 뻔히 '어찌하다 보니' 그리되었을 것이다. 그런 일들은 대부분 '그때그때' 필요에 의해서 손을 보다가 이런 모양이 되는 것이다. 수로가 2단이 된 것은 운조루 연못의 물을 받기 위해서 상단의 것을 이후에 작업한 것으로 보인다. 저 좁은 수로의 물이 넘쳐 아래 수로로 흘러내리면 지금의 텃밭 상단은 침수되는 것이다. 방법을 생각해봐야겠다. 지금 구상은 아래 텃밭 안에서 차라리 깊은 골을 내는 것이 어떤가라는 생각이다. 아예 진땅과 마른땅으로 구분해버리는 것이다. 제각각의 땅에 맞는 작물을 파종하는 방식이다. 어차피 논으로 사용하던 땅을 밭으로 바꾸려는 일 자체가 어느 정도 억지에 해당한다.

고구마 종자를 심다

3월 25일 일요일 오후 3시. 고구마 순을 얻기 위한 씨 고구마를 파종했다. 지리산노을 언니와 나, 두 사람이 작업했다. 작업의 80%는 지리산노을 언니가, 나머지는 내가 했다. 대략 내가 작은 호미를 들고 수줍게 땅을 헤집고 작은 몸집의 지리산노을 언니가 쇠스랑을 들고 고랑을 쳐올리는 그런 그림이었다. 세 고랑 열 평 정도만 작업을 했기에 굳이 펀드매니저들을 부르지는 않았다. 펀드매니저들은 대규모 파종과 특히 김을 매야 할 시기에 집중적으로 등장할 것이다. 최근 아침 기온이 계속 영하로 떨어졌다. 지리산노을 언니는 두 번의 장이 이어지도록 나에게 고구마 종자를 구해야 한다는 말씀을 계속했다. 고구마 순을 구해서 심는다면 편하겠지만 그만큼

수로 작업과 고구마

비용이 더 들기 때문에 지금 그 작업을 해야 한다는 것이었다. 항상 고구마 순을 받아서만 심었던 나는 생각하기 힘든 대목이었다.

구례는 3일과 8일이 장날이다. 3월 23일 장에서 고구마를 구하지 못했다면 역시 인터넷을 헤매거나 변산, 괴산으로 고구마 찾아 3만 리를 했을 것이다. 호박고구마를 구입했다. 역시 토종은 아니다. 맛을 중심으로 결정했다. 인턴 박과 23일 일찍 장으로 향했다. 채소전 어느 어귀에서 마음에 드는 호박고구마를 발견했다. 이런 날은 역시 일찍 움직여야 좋은 물건을 잡을 수 있다.

"엄니, 이거 호박 고구마?"

"잉. 호박 감자여."(구례는 고구마를 감자라고 부른다. 그래서 감자는 뭐라고 부르냐고 물었는데 맞을 뻔했다.)

"전부 얼맙니까?"

"4만 원."

종자대가 역시 생각보다 많이 든다. 그래도 이렇게 하는 것이 순을 구입하는 것보다는 저렴한 방법이다. 단지 몸을 조금 더 움직여야 하는 것이다. 여하튼 고구마들아! 잘 자라서 순을 많이 보여주기 바란다. 그래야 투자자들이 고구마 하나라도 먹어보지 않겠냐.

멀칭(mulching). 작물을 키울 때 땅 표면을 덮어주는 것이다. 이전에는 볏짚이 그 역할을 했다. 요즘은 대부분 '깜장 비니루'가 대신한다. 우리는 멀칭비닐이 아니라 당분간 땅이 마르지 않고 싹이 잘 올라오도록 하기 위해 보온을 하는 용도의 비닐을 씌웠다. 1주일 정도 지나면 비닐을 걷어낼 것이다. 멀칭비닐 문제는 우리들 내부적으로도 약간의 논란이 있다. 나처럼 입으로 농사짓는 사람들은 멀칭비닐 결사반대 입장이고 오랜 시간 텃밭을 했던 사람들은 그래도 어떤 작목에서는 멀칭비닐을 해야 한다는 입장으로 나누어진다. 농약도 아니고 화학비료도 아닌데 멀칭비닐까지 거부하는 것은 문제가 있다는 말이다. 내 생각은 단순하다. 비닐은 석유에서 나오고 가급적이면 화석연료 기반의 농자재는 제외하자는 주장. 포클레인은 되지만 비닐은 안 된다? 이 뭔……. 어쨌건 내가 땅이라면 몇 개월씩 얼굴에 랩을 쓴 상태로 숨을 쉬고 싶지 않을 것이다. 거룩한 주장은 그에 맞는 고난을 잉태하고 있기 마련이다. 풀과의 전쟁을 피할 수 없을 것이다. 다음 날 아침은 영하 3도였고 텃밭 중 물이 고인 땅은 얼었다. 비닐로 보온을 해주기 잘했다. 고구만 순은 소중하니까.

한 시간 정도 작업을 하고 올라와서 지난번 포클레인이 작업하지 못했던 콘크리트 수로 준설 작업을 했다. 무얼까?가 시작을 했기 때문에 나는 어쩔 수 없이 동참할 수밖에 없었다. 무얼까?는 펀드 실무자나 관련자가 아닌 오미마을 사무장인데 자꾸 펀드 밭일에 기웃거린다. 나는 몸 쓰는 일이 싫은데 이 친구는 좋은 모양이다. 웃기는 친구네. 그나저나 이렇게 자꾸 일을 하면 안 되는데 큰일이다. 나는 온실에서 자란 연약한 중년인데. ●

04

펀드 완판

즐겁게 기획하고 즐겁게 투자하자

3월 21일부터 사이트(www.jirisan.com)에서 '맨땅에 펀드' 투자자 모집에 들어갔다. 그 전 이틀 반 정도 시간 동안 투자설명서 작업에 집중했다. 다른 펀드 투자 관련 자료를 몇 개 입수했고 그 형식에 입각해서 설명서를 만들어야 한다는 구상을 했다. 작업 속도가 느렸다. 주변이 산만한 것은 기본적인 조건이라 특별한 핑계는 될 수 없었고, 그 우스꽝스런 설명서 자체를 잘 만들고 싶다는 긴장감이 있었다. 즐겁게 기획하고 즐겁게 투자하는 것이 좋겠다는 생각이었다. 「시일야방성대곡(是日也放聲大哭)」 스타일의 엄중하고 격한 호소력에 주력하는 버전도 생각했지만 이번 일은 그렇게 될 일은 아니라는 생각이 들었다. 이 일이 비록 인류의 운명을 건 마지막 전쟁이기는 하지만 어른들의 즐거운 놀이이기도 하다는 걸 강조하고 싶었다. 우리 세대는 대부분의 '큰일'을 목숨 걸고 하는 데 익숙하다. 그래서 그 싸움에 이기지 못하면 세상이 끝이 날 것 같은 절박함이 있었고 그런 마음으로 대부분의 싸움에서 패배했다. 그러나 세상은 끝내 망하지 않았고 우리의 이념과 '그 무엇을 찾던 청춘'만 쓰러져갔다. 우리는 즐거울 권리가 있다. 비록 낡은 양복에 머리털은 점점 줄어가고 핸드폰 문자도 팔을 멀리 뻗어야 볼 수 있지만 그렇다고 마음 전체에 굳은살이 박인 것은 아니다. 살아봐서 알겠지만 상처는 반복될수록 익숙해지지 않고 오히려 더 아프다. 그래서 우리는 즐거울 필요가 있다.

두 가지 목표를 이루어야 했다. 하나는 당연히 한 계좌 당 30만 원짜리를 100개 채우는 일이고, 다음으로 가급적이면 100명의 펀드 가입자는 '맨땅에 펀드'에 대한 '확실한' 이해를 가진 사람으로 채워야 했다. '맨땅에 펀드'는 이타적인 펀드다. 이런 말도 되지 않는 펀드에 투자하려는 경제관념 없는 100명의 투자자를 모으는 일은 쉽지 않다. 투자설명서에서 펀드의 위험성을 노골적이고 적극적으로 알릴 필요가 있었다. 아니, 온통 '제품의 문제점만 선전하는 것으로' 투자설명서를 채워야 한다는 결정을 했다. 이런 결정은 종종 뉴스에서 볼 수 있는, 투자자나 예금주들이 문 닫은 제2금융권 점포 앞에서 화난 얼굴로 서 있는 그림이 자꾸 눈앞에 아른거렸기 때문이다.

투자자 모집 하루 만에 서른 분 정도 모집이 되었다. 일단 안도했다. 3월이 가기 전에 서른 명을 채운 상태에서 출발하고 싶었다. 선 지출할 부분이 농지 임대료만 230만 원, 소고기보다 비싼 소똥 값 62만 원 등 몇 백 만 원의 돈이 필요했다. 이틀이 지나면서 마흔 명 정도의 인원이 모집되었다. 지리산편지 발송시스템에 경보등이 들어왔다. 네이버 회원 대부분에게 투자자 모집 편지가 들어가지 않았다. 네이버 서버에서 일시적인 장애가 있었던 모양이다. 하필 이런 중차대한 시국에 대한민국 최대 포털이 딴지를 걸다니!

그냥 우리 이대로 사랑하게 해달라!

《한국일보》에서 전화가 왔다. 이번 일은 기존의 원칙을 깨고 매체에 노출되는 것을 마다하지 않겠다는 생각을 진작부터 하고 있었다. 시골에 살면서 이런저런 이야기를 사이트에 하다 보니 '귀농귀촌'이 트렌드가 된 시절이라 그런지 나를 찾는 사람들이 점점 늘어났다. 두어 번 매체 인터뷰에 응하고 나서 의외로 귀찮은 일들이 많이 발생했다. 그래서 스스로 얼굴 팔리는 인터뷰는 하지 않는다는 원칙을 세우고 있었다. 그러나 이번에는 펀드를 팔아야 한다는 현실적인 필요가 강했다. 월요일 아침《한국일보》기사가 나갔을 무렵에 이미 70명 정도의 투자자를 모집했다. 어쩌면 언론에 소문내지 않아도 100명을 채울 수 있었던 것이다. 그러나 이미 물속에 발목을 담근 상태였다.《한국일보》를 보고 CBS라디오에서 전화가 왔다. 망설였다. K형과 통화했다. "김미환테 하지." 한 시간이 지나지 않아 MBC라디오에서 전화가 왔다. 에잇 이왕 이리된 일, 또 OK 사인을 보냈다. 잠시 후에 SBS라디오에서 전화가 왔다. MBC 앞 시간이라 우습지 않겠냐고 답했

다. 다시 전화가 왔다. 우습지 않고 원래 아침 라디오는 그렇다고. 결국 모두 오케이했다. 완전히 입수를 한 것이다.

사무실은 핸드폰 수신이 좋지 않아서 집으로 가서 유선전화로 첫 번째 생방송 인터뷰를 끝냈다. 다시 사무실로 돌아오기 위해 시동을 거는 순간 전화가 왔다. 방금 방송을 들었단다. 방금 생방이 끝났으니 방금 들었겠지만, 아니 영화 속에서 총싸움 졸라 잘하는 첩보원 안젤리나 졸리라면 모르겠는데 어떻게 대한민국 민간인 아주머니가 방송 듣고 2분 만에 내 핸드폰 번호를 딸 수 있지?

전라관찰사 비서실에서 전화가 왔다. 도지사님이 펀드에 가입을 하시고 싶다고. 사이트 들어가서 설명서 내려 받아 읽어보시고 다른 백성들처럼 메일로 접수하시라 그랬다. 관찰사라고 특혜를 줄 생각도 없었지만 관찰사라는 이유로 불이익을 줄 수도 없었다. 조금 있다가 전남도청 관련 부서에서 전화가 왔다.

"이, '맨땅에 펀드'를 행복마을 사업과 결합시키는 방안에 대해서……."
초장에 잠시 듣다가 분위기 깨는 소리를 좀 전했다. 여기는 오미동이고,
선생님은 주무부서 책임자이고, 이 마을 상황을 잘 알지 않느냐, 나는 지
금 마을에서 개싸움 중이다, 지방정부 관심에 대해 우리는 관심이 없다,
예산이 마을을 망쳤다. '그냥 우리 이대로 사랑하게 해달라!'

무슨 일을 벌인 것인지!

오후 내내 CNN과 알자지라를 제외한 전 세계의 모든 언론사로부터 전화
와 메일이 빗발쳤다. 도저히 안 되겠다. 펀드는 이미 완판되었다고 사이트
에 거짓 공지를 올렸다. 그리고 산동면 온천으로 도망갔다. 전화기 끄고
탕 안에서 방구를 몇 번 날렸다. 기분이 좀 풀렸다. 탕에서 나와 전화기를
열어보니 문자가 10여 건 와 있었다. 사무실로 와서 메일을 열어보니 대략
50통 정도 와 있었다. 그냥 닫았다. 제목만 봐도 절반 이상이 지리산닷컴
을 이날 처음 본 사람들이다. 밤이 되었을 때 열어보지 않은 메일이 100통
정도가 되었다. 하루 정도는 갑자기 몰려드는 사람들을 잠시 피할 필요가
있었다. 메일을 열어보지 않았다. 100명 채우는 것이 능사가 아니다. 내가
살기 위해서는 반드시 경제개념 없는 100명이어야 한다. 며칠 지나고 잠잠
해지고 난 이후에 나머지 서른 명 정도의 펀드 가입자를 채웠다. 한바탕
국지성 소나기가 지나간 것이다. 이런 젠장, 내가 무슨 일을 벌인 것이지!

이후로도 어떻게 그런 기획안을 생각했느냐는 질문이 많았다. 어떻게
그런 질문을 하지? 모든 광고의 목적은 동일하다. 물건을 파는 것이다. 나
역시 기획한 물건을 잘 팔기 위해서 '우리 제품'의 문제점을 강조한 방법

을 사용했을 뿐이다. 반대로, 당신들은 세상의 그 많은 물건들이 모두 제

잘났다고 하는 그 소리들을 믿어요? 제 정신으로? ●

감나무 전지 작업

가위로 할 일, 전기톱으로 할 일

3월 29일 목요일 아침 8시. '맨땅에 펀드' 감나무 밭 전지 작업의 날이다. 구례군 토지면 파도리 언덕. 개인적으로 '폭풍의 언덕'이라고 부르는 곳이다. 이 언덕에 에밀리 브론테는 살지 않는다. 바람에 날아갔다. 감잎이 올라오면 이곳의 전망은 구례에서도 손에 꼽을 정도의 절경을 연출한다. 서쪽에서 동쪽으로, 구례읍에서 간전면까지 펼쳐진다. 오봉산, 계족산, 멀리 백운산 줄기가 펼쳐지고 섬진강은 완만하게 휘어지며 돌아 하동으로 흘러가는 날렵한 몸매를 드러낸다. 대부분의 구례 사람들은 이곳을 모른다. 사는 곳에서만 살기 때문이다. 이곳을 처음 알게 된 것은 운조루 정수 씨가 "형님 좋아할 만한 땅이 있는데 가볼라요?"라고 꼬셨기 때문이다. 마음에 들었다. 그리고 즉각 내가 살 수 없는 곳이란 답을 내렸다. 너무나 매력적인 전망 속에 단 하나의 집을 짓고 살아간다면 미쳐버릴 것 같았기 때문이다.

3월 첫째 주에 구례 감 농사의 달인이자 '맨땅에 펀드' 지도위원인 김종옥 형님을 무작정 이곳으로 연행해 왔다. 내가 알기로는 종옥이 형이 제일 싫어하는 일이 바로 '감나무 좀 봐줘.'라는 말이다. 이해는 된다. 사람들이 나에게 빈집 좀 알아봐달라는 것과 같은 것이다. 답이 없는 일이다. 한두 번 감나무 보고 의견 말한다고 해결될 것도 아니고 의견대로 열심히 농사를 지을 것도 아니니 결국 해결이 안되는 일에 실없이 입을 대기 싫었으리라. 무엇보다 자신의 농장 일만으로도 너무 바쁘다. 그런데 이렇게 잘 알면서도 나 역시 깡패 짓을 하게 되는 것이다.

"나무가 어쩌요?"

"하아…… 이거는……."

감나무 전지 시즌이라 정신이 없는 상태다. 나는 감나무 가지를 자르는 것은 고난도의 기술이고 아무나 가위 들고 설칠 일은 아니라는 것 정도만 알고 있다. 형님이 나무를 보고 3초도 지나지 않아서 결론이 났다. "가위 쓸 일 별로 없단께."

가위로 할 일은 아니고 전기톱으로 할 일이란다. 그러니까 지난 몇 년간 돌본 누군가의 손길은 아마추어의 손길이었고 그이는 일종의 헛짓을 한 것이다. 밑동에서부터 큰 가지를 날려야 한다는 것이다. 그래서 잔가지 정리할 상태의 나무가 아니라는 진단.

"언제……."

"2주일 정도 있다가 옴세."

퇴비도 필요 없다고 했다.

"작년에 너무 보대껴 가꼬 거름을 할 이유가 없는 것이……."

큰 가지 정리하고 나면 그동안 열두 명 식구들이 먹던 영양분을 세 식구만 먹게 될 것인데 무슨 영양분이 더 필요하겠느냐는. 형이 마지막으로 남긴 말은 펀드 운영에 치명타였다.

"금년에는 수확 포기하고. 한 3년 나무 만들어야제."

"안 돼, 형! 여기서 2000만 원 나와야 되는데……."

"어쩐다고?!"

"아, 왜 화를 내고 그러세요."

용병

그런 스토리를 바탕으로 3월 29일 아침에 다섯 사람의 '김종옥 팀'이 파도리 감나무 밭으로 집결했다. 전지 시즌이면 자신들의 감나무 밭뿐만 아니라 남도의 이곳저곳으로 돈벌이 전지 작업을 다닌다. 트럭을 끌고 파도리 언덕으로 도착한 용병들은 하나같이 같은 순서의 반응을 보였다.

1. 트럭에서 밝은 얼굴로 내린다.

2. 나와 악수를 한다.

3. 감나무 밭을 쳐다본다. 표정이 굳어진다.

웃는 얼굴로 도착한 용병들이 감나무 밭 상태를 보고 태도를 바꿨다.

4. 이구동성으로 "나무가 개판이여!"

이상하다. 내가 볼 땐 전망 좋고 예쁜 농장인데 뭐가 그리 문제지? 가급적이면 밑동에서부터 세 가지 정도만 남겨두고 모두 자를 계획이란다.

"그렇게 날려도 이상이 없나요?"

"감 묵을라믄 내 말대로 하고. 감 볼라믄 자네 생각대로 하고."

"하이고 형님도 참, 제 입이 뭔 생각이 있겠어요. 생각대로 하셔윤."

나무는 20년 정도 되었다고 한다. 감나무 15년이면 환갑이란다. 마당 감나무 또는 야산의 먹감나무라면 별 관계없다. 그러나 판매를 염두에 둔 농장의 감나무, 더구나 대한민국 단감 부분 경연에서 실질적인 1등을 먹은 농부가 기준으로 삼는 '팔 수 있는 감'을 만들기 위해서는 '나무를 만들어야' 한다. 큰 가지를 자르고 새롭게 나는 가지 중 하나를 선택해서 다시 젊은 나무로 만들어야 한다. 다음 해에는 이번에 남겨둔 늙은 가지를 다시 자를 것이다. 그렇게 나무를 회춘시켜 나가는 것이다. 그리고 그 가지는 가늘수록 좋단다. 나무 가지 굵어서 열매에 좋을 일 없단다. 1만 개의 나뭇잎이 한여름 광합성 작업을 열심히 한 결과를 굵은 가지들이 다 가져가면 열매에는 아무런 도움이 되지 않는다고 한다.

"IMF하고 똑같아. 잎이 1만 개면 몸통을 가늘게. 놀짱하게. 둥치가 굵다는 말은, 일은 잎이 하는데 일도 하들 안하는 놈이 밥만 많이 묵는다는 말이제. 나무는 큰 나무 밑에서는 벼락을 맞아부러."

"요런 가지는 감 하나 안 난다. 이건 감 되고 이건 안 되고."

종옥이 형은 내가 볼 땐 똑같은 가지를 꺾어서 보여주며 자꾸 다르다고 설명한다.

"그러니까 감이 날지 나지 않을지 어떻게 알아요?"

"아, 좀 자세히 봐. 다르자녀!"

"똑같은데요."

사실 내가 봐서는 모르겠다. 가지 눈을 보고 감이 되는지 안 되는지 어찌 알겠는가. 전지 작업이란 그것을 0.3초 만에 보고 판단하고 자르고 지나가는 작업이다. 전지 작업에서 감 농사 성패 여부의 절반이 결정된다고 한다. 이번에는 이런 디테일한 작업은 거의 없다고 한다. 머리카락 다듬을 단계가 아니라 완전히 탈모 작업을 시작하는 단계인 것이다.

"요것도 안된 감이여. 한 번 컸는데 7~8월 이후에 컸어."

"그걸 어떻게 알아요?"

"아, 보면 알어!"

"긍께 그걸 어떻게 아냐고요오~."

"하아…… 나무는 1년에 두 번 크는
데 한 번 크게 하는 게 기술이여."

"그게 사람 마음대로 돼요?"

"그게 기술이제!"

"아, 왜 자꾸 화를 내세요."

"이거 여름에 일 무지하게 많다."

"왜요?"

"올라온 거 다 자르고 한나만 남겨두고 가지 모양 잡아야제. 이렇게 약
한 것들이 해거리를 할 것이다."

도통 뭔 소린지…….

"이 가지는 봐라, 여그 가지서 난 것인데 시방은 더 굵자녀. 누구를 살릴
것인지 결정해야지."

"위로 뻗은 게 더 좋아 보이는데요."

"그걸 잘라야단께. 하늘로 올라가면 수확할 때도 그렇고 좋을 것 없어."

"그게 더 젊은 놈 아닌가요?"

"젊다고 무조건 살리는거이 아니라니깐!"

"하긴 순서대로 가는 건 아니더라구요……."

있어봤자 도움 될 일도 없고,

"뭐 필요한 거?"

"막걸리나 몇 통."

"안주는?"

옆에서 '카메라는 나를 중심으로!'를 강조하던 용병1 늘봄 씨(닉네임이

다.)가 히죽거리며,

"'보름달'만 있으면 됩니다."

"'보름달'요? 그게 뭡니까?"

"담양에서 1주일 일하는데 새참으로 계속 '보름달' 빵만 내더라고."

인턴 박과 차 끌고 토지면 내려가서 잠자는 옥산식당 주인 깨워서 짬뽕 국물 시키고 소주와 막걸리 몇 병 담아서 다시 농장으로 올라왔다. 지난밤에 모두 어지간히 주유를 한 모양이다. 허겁지겁 국물과 술잔을 번갈아 든다. 술 못 먹는 나는 말이나 보태야지.

"여기 바람이 무지막지한데 오늘은 잠잠하네요."

파도리 사는 용병2 과묵 이종회 형님이 역시 본토박이다운 멘트로 폭풍의 언덕을 정리하신다.

"원래 곡성 압록 바람이 용두(토지면) 왔다가 뺨 맞고 간다 그랬어."

점심은 살짝 건너뛰고 그냥 작업을 마무리할 것이라고 했다. 오후 2시

전에 끝난다는 소리다. 사무실로 내려왔다가 점심시간 지나서 다시 파도리 언덕으로 올라갔다. 전기톱 두 사람이 앞에서 쳐 나가고 그 뒤를 손톱질과 전지가위 팀이 정리하면서 나가는 방식이다. 역시 전기톱이 대세고 교과서적인 전지는 눈에 심하게 거슬리는 가지들만 정리하는 정도라고 했다. 1년에 만들어질 나무가 아니기 때문이다. 그래서 최소한 3년이라고. 감나무 아래로 굵은 가지들이 수북하다. 땔감은 많이 생겼다. 문제는 저 나무를 옮겨갈 일이다. 뭔가 하나를 끝냈다 싶으면 다른 일감이 계속 쌓인다. 해야 하는 일의 갈래를 모르니 예정하지 못한다. '땔감으로 쓰면 좋겠다.'는 정책이고 '그 땔감을 누가 옮길 것인가?'는 현실이다. 대한민국 농사정책에서 필요한 대목은 이런 현실적인 문제들을 잘 살펴서 도움이 되도록 하는 것이 아닌가 싶다.

카메라도 농기구, 스마트폰도 농기구

전지 작업으로 보자면 마무리 시기다. 더 늦어지면 나무에 좋지 않다. 1000평 감나무 밭에서 얼마의 수익이 나올지 가늠하기 힘들다. 그것은 농부의 능력에 따라, 판매 경로에 따라 천차만별이다. 더 이상 농사를 짓는 기술만으로 수익을 보장할 수 없다. 이 감나무 밭을 보고 감 농사의 달인들은 한숨을 내뱉었지만 우리는 이미 이 감을 모두 판매했다. 한 박스가 나오건 1000박스가 나오건 이미 판매 완료한 것이다. 감 농사의 달인들은 이 감나무 밭보다 훨씬 탁월한 나무를 가꾸고 좋은 열매를 수확해왔지만 항상 판매를 하는 일이 더 힘들었다. 이것은 일종의 코미디다. 이제는 카메라도 농기구고 마우스도 농기구고 스마트폰도 농기구다. 결국 그 이미지를 버무려 하나의 이야기로 만들어내는 것도 농기구다. 그 모든 농기

구를 능숙하게 다룰 수 있는 농부는 없다. 농사짓지 않는 귀농이 충분히 가능하다고 말하지만 막상 그것을 정확하게 실행할 수 있는 '구체적인 인력'이 풍부해 보이지는 않는다. 구체적이라 함은 기획 인력이 아닌 실행 인력을 말하는 것이다. '이런 것을 만들어야 합니다.'라고 말하는 사람보다는 '이런 것을 직접 만들 수 있는' 사람이 필요하다. 그런데 내 눈에 보이는 것은 온통 예산을 노린 기획안들뿐이다.

오후 2시 전에 전지 작업은 끝이 났다. 어수선하던 감나무 가지가 제법 많이 정리되었다. 1000평 감나무 밭의 현재 상태와 전지 작업에 필요한 시간을 가늠할 수 없었던 나로서는 일단 한시름은 놓았다. 다섯 사람이나 동원되었으니 그냥 밥 한 그릇 사고 해결할 일은 아니다. 종옥이 형님을 끌고 한 구석으로 갔다.

"형님 혼자 오셨으면 제가 쌩까겠는데…… 놉(인건비)으로 50만 원 넣었습니다."

전지 전문가들 노임이 최저 10~15만 원이라는 소리는 들었다. 원래 '술 한잔 사!'라고 말했던 형의 반응은 예상을 했던 그대로였다. 완강하게 거부했지만 이번에는 나 역시 물러설 수 없었다. 나는 농민에 대한 사랑보다는 다른 구도를 가지고 있었기 때문에 봉투 전달을 관철시켜야 했다. 할 수 없다는 표정으로 봉투를 들고 걸어가는 형이 내 목소리를 들을 수 없을 정도로 멀어졌을 때 가능하면 작은 목소리로, 그러나 분명하게 말했다.

"형, 그거 1년 놉이야~." ●

06

'인턴 박'의 퇴장과
'무얼까?'의 등장

카페&게스트하우스로 좌천된 박 과장

'맨땅에 펀드'는 4월 첫 주에 별다른 업적이 없었다. 그렇다고 완전히 놀았던 것도 아니다. 몸을 움직일 준비를 하는 시기? 아니면 파종을 준비하는 시기? 여하튼 본격적인 시즌이 시작되기 전의 긴장감과 나른함이 공존하고 있었다. 들판과 마을 인근으로 개불알꽃이 단연 대세인 시기다. 비가 흔했고 기온은 아침으로 낮았고 오후가 되면 높았다.

3월 말에 매화와 산수유 벚꽃을 제대로 보지는 못했지만 스치며 본 바로는 꽃들이 그렇게 맑은 색은 아니었다. 낮은 아침 기온이 원인이었을 것이다. 장독대 위 살구나무는 금년에 꽃이 시원찮았고 지난 이틀 동안의 비에 꽃잎을 내려놓았다. 꽃이 부실하면 열매도 그러할 것이다. 꽃을 보면 추수가 보인다.

별 계획 없이 시작한 '맨땅에 펀드'는 뭔가 두서가 없다. 양쪽 귀를 펄럭이며 이리저리 몰려다니면서 우왕좌왕하는 꼴이다. 4월이 되었지만 전체 임대 농지 부지 중 단지 25% 정도에 감자가 파종되어 있을 뿐이다. 안 되겠다. 이렇게 하다가는 농사고 지랄이고 딱 펀드 사기꾼으로 마감하는 2012년 연말이 보이는 것이다.

태초에 인턴 박이 있었다.(이제부터는 박 과장으로 지칭하자.) '인턴 박' 또는 '박 과장'으로 불리는 이 친구는 2010년 1월에 귀촌한 1973년생이다. 서울 시절에 알고 지내던 후배의 소개로 2009년 여름에 인연이 시작되었고 내가 살던 마을의 사무장으로 '취업'하면서 서울·경기 지역에서 구례로 터전을 옮겼다. 10년 정도 다니던 직장에서 그는 '박 과장'이었다. 회사에서 돈을 관리하던 친구였던 터라 애시당초 농사를 짓는 것은 상상이 되지 않았다. 마을의 빈집으로 이삿짐을 옮긴 이 친구는 철물점에 가면 시간 가는 줄 모르고 아이쇼핑에 빠져드는 전형적인 '기술잡과' 계통의 친구였다. 따라서 무엇인가를 만드는 일에 관심이 많았지만 나는 단 한 번도 이 친구가 제대로 된 물건을 만드는 것을 본 적이 없다. 나의 뇌리에 박 과장은 '무엇을 해도 부상을 당하는' 도시 사람이었다. 그럼에도 불구하고 박 과장을 펀드 운용 실무책임자로 선임을 한 것은 펀드 관련한 농사에서 우리가 몸으로 하는 일은 별로 없을 것이란 판단 때문이었다. 그리고 펀드

자금을 관리하는 것이 박 과장의 실질적인 업무라고 생각했다. 연봉 500만 원을 제안했을 때 박 과장은 그 놀라운 액수에 버선발로 마당으로 내려서서 나를 영접했었다. 그러나 막상 '맨땅에 펀드'를 시작하고 보니 모든 노가다를 이른바 '펀드매니저' 엄니들에게만 맡길 수가 없었다. 결국 파종으로 시작하는 포괄적 관리는 우리들 중 누군가의 몫이었다.

나와 박 과장은 선천적으로 늦잠의 달인이며 입 농사의 대가였다. 그게 열 평 정도 텃밭에서는 통했다. 우리에겐 태평농법이 있었으니까. 박 과장과 나는 5m 밭고랑 세 줄 만들고 나면 이틀은 앓아 누워야 했다. 그런데 '맨땅에 펀드' 밭고랑은 한 고랑이 대략 50m는 된다. 둘이서 '맨땅에 펀드' 한켠에 심어진 감자 고랑 여덟 줄과, 과제로 남겨진, 무엇인가를 파종해야 할 넓은 땅을 내려다보며 묘안을 짜내야 했다. 박 과장이 막 득도한 자의 바로 그 회심의 썩소를 날리며 말했다.

"백초효소를 담죠."

"뭔 소리?"

"이대로 땅을 놀리면 잡초는 밀림이 될 것이고…… 그 잡초로 백초효소를 담는 것이죠. 그러면 우리는 파종도 필요 없고 풀 뽑을 이유도 없고, 누이 좋고 매부 좋고. 어떻습니까?"

며칠 후 박 과장을 잘랐다. 그는 애시당초 한국 농업에서 벼멸구 같은 존재였다. 내가 그것을 알아보지 못했던 것이다. 그리고 4월부터 공사를 시작한 지리산닷컴의 향락사업 계열사인 '카페&게스트하우스' 점장으로 좌천시켰다. '카페&게스트하우스 산에사네'는 이를테면 지리산닷컴의 오프라인 사랑방 같은 기능을 염두에 두고 만든 공간이다. 깜찍한 카페 바에서 멀리 들판에서 땀 흘리는 우리를 감상하면서 아이스커피에 빨

원래 유흥계로 진출하는 것이 옳았던 박 과장.

대를 꽂는 것이 사실 박 과장의 본성과 어울리는 그림이다. 원래 그는 유흥계로 진출하는 것이 옳았다. 적성에 맞는 일자리로 갔지만 박 과장은 그 일로 감정이 상했는지 게스트하우스마당의 강아지에게 내 이름을 붙이는 등의 악행을 일삼았다.

무얼까?의 영입

염두에 두었던 최전방 공격수를 영입했다. 이적료가 필요 없는 저렴한 FA(Free Agent)였다. 그는 오미동 마을 사무장이고 귀촌한 지 4개월이 지난 햇병아리였고 직업은 프리랜스 프로그래머였다. 일말의 해학적 요소도 없는 다소 철학적이거나 주로 난감한 닉네임인 '무얼까?'로 불리는 바로 그 사내였다. 1972년생 무얼까?와의 인연은 2011년 7월 어느 날 지리산닷컴이 기획한 「브래드&누들」이라는 우리밀 행사에 무얼까? 부부가 참가

하면서 시작되었다. 그 이후 같은 해 늦은 가을의 「쌀밥에 고깃국」이라는 햅쌀 행사에 다시 참석하면서 우리 인연은 심하게 꼬이게 된다. 행사 말미에 마이크를 잡고 있던 내가 "여기 오미마을 2012년 사무장을 조만간 모집할 예정이니 혹시 귀촌을 생각하시는 분들은 한번 생각해보세요."라는 별 생각 없는 소리를 했었다. 그 소리에 시골로 거처를 옮길 사람은 없을 거라 생각했다. 무얼까? 부부는 그날 밤에 정말 그 문제를 생각했던 것이다. 무얼까?는 그렇게 좀 뜬금없이 역시 서울·경기 지역을 떠나 구례로 옮겨오게 된 것이다. 그러나 무얼까?는 누가 봐도 '서울서 내려온 외지 것'의 생김이 아니었다.

여하튼 중요한 사실은 누가 시키지도 않았는데 그는 '맨땅에 펀드' 텃밭에서 살았다는 것이다. 누가 시키지도 않았는데 텃밭의 작물과 파종 시기를 고민하고 포트에 모종을 준비했다. 무얼까?는 틈만 나면 들판에서 일을 했을 뿐 아니라, 모든 관심은 밭에 있었고 대화 중에도 밭에 관한 자신의 관심사만 이야기했다. 대화 주제가 뭐건 간에 마무리는 텃밭으로 끝이 났다. 나는 웹디자이너, 그는 프로그래머. 당연히 함께 진행하는 밥벌이 일이 있다.

"○○○사이트 메인 페이지 넘겼으니 메일 확인하세요."

"근데요오~ 땅콩 종자 700알만 더 시켜도 될 것 같은데……."

"그건 알아서 하시고, 서버 페이지 디자인은 월요일까지 넘길게요."

"동부(콩) 모종 보셨어요? 디게 예쁘죠?"

"쫌!"

밥벌이 일을 등한시하는 새 일꾼

나는 아침이면 들판을 향해 경을 읽었다. 그곳에 소 한 마리가 있었기 때문이다. 경의 내용을 풀이하면 다음과 같다.

그러면 소는 대꾸한다.

언제 무엇을 어찌할 것이란 무얼까?의 구상 99%가 펀드 밭에만 가 있던 사이, 그와 나는 겨우 지리산닷컴 사이트 개편 하나를 거의 완료한 것 이외의 업적이 없고 클라이언트들은 서서히 나에게 날이 선 목소리로 전화를 하고 메일을 보내기 시작했다. 간혹 담배를 피울 때만 걱정하는 척을 한다.

"이 뭐야 도대체! 돈 되는 일은 안하고 돈 안 되는 일에만 매달려서 말이

야.”

“작업 좀 하긴 해야는데…… 근데요오~ 땅콩 종자 700알만 시켜도 될
것 같은데…”

“쫌!”

사실 처음부터 무얼까?와 펀드 일을 함께 하고 싶었지만 마을 사무장
인 그를 지리산닷컴 일에 끌어들이는 것이 찜찜했다. 우리 생각이야 정확
하게 분리해서 일을 하면 그만이지만 시골에서 ‘말이 한 번 나오면’ 수습
은 불가능하다. 하지만 이런 판단과 무관하게 계속 밭으로 발걸음을 옮기
는 무얼까?를 말리거나 막을 수 있는 현실적인 수단도 없었다. 에잇! 그냥
같이 일하자! 그리된 일이다.

그리고 그다음부터는 박 과장의 태평농법론과 다른 문제점들이 발생

하기 시작한 것이다. 몇 년 후에 그가 계속 프로그래머일지 농부일지는 나도 잘 모르겠다. 이런 된장! 어쨌든 펀드 운용 내각은 초장부터 인선 파동이 있었다. 역시 인사청문회는 필요한 제도였다. ●

감잎, 땅콩, 토란
그리고 고구마 순

07

2012년
4월

장난이 아니다

'맨땅에 펀드' 4월의 주제는 '포괄적 파종'이다. 땅콩, 옥수수, 토란, 고구마 순 등을 때가 되면 심어야 하는데 이제부터 순차적으로 계속 파종이 진행되는 것이다. 나의 밥벌이 주업인 웹디자인은 사이트 오픈을 몇 개월 지연하면 욕을 뒤지게 얻어먹는 경우는 있어도 누군가가 죽은 경우는 없었다. 그러나 농작물은 한 주일만 시기를 놓쳐도 작물의 미래가 암울해지고 목

72

숨을 보장하기 힘든 경우가 태반이다.
풀들이 올라올 기미가 보이는 것은 일
하기 좋은 시절이 돌아왔다는 뜻이고
파종은 풀들이 일어서는 것보다 한발
빠르게 하는 것이다.

　4월 20일. '맨땅에 펀드' 감나무 밭.
파도리 언덕에 감잎이 올라오기 시작했다. 지난번의 전지 작업 이후로 처
음 올라갔다. 차를 몰고 파도리 언덕으로 올라가서 카메라를 걸었다. 과연
세상에 없는 색, '감잎 연두'가 올라오기 시작했다. 내가 가장 좋아하는
이곳 풍경 중 하나다. 돌배나무 아래에서 삼겹살 파티를 하겠다거나 이곳
에서 삼겹살 파티를 하겠다는 계획은 모두 헛소리이거나 희망사항이었을
뿐이다. 나는 물론이고 주변의 지리산닷컴 식구 전체가 도무지 정신없는
나날들을 보내고 있다. 시골에서는 한 가지 일을 하는 경우는 거의 없다.
이제 봄인데 시작부터 각자의 영역에서 일 잔치로 죽을 쑤고 있고 해가 지
면 모두 녹초가 된다.

　감나무 밭은 가지를 잘라낸 이후 정리되지 않았다. 자른 가지를 다시
전기톱으로 마감하고 지리산닷컴 사무실로 가지고 와서 게스트하우스
땔감으로 사용해야 하는데 엄두를 내지 못하고 있고 냉이 꽃만 무성하다.
그건 뭐 하게 될 일이라 치고…… 가지를 잘라낸 절단 부위에 나무가 상하
지 않도록 연고를 발라줘야 하는데(일종의 파상풍을 방지하는 연고다.) 여러
명이 올라가야 하는 그 일을 할 날짜를 정하기 힘들었다. 하루하루가 그렇
다. 예정한 일과보다는 돌발 변수가 난무하고, 그런 일 한두 가지 처리하

감잎을 바라보는데 이전처럼 넋을 놓고 감탄하는 마음은 없다.

면 하루가 다 간다.

여하튼 넷째 주에는 반드시 감나무 연고 바르기 미션은 완료되어야 한다. 그리고 조만간 일차적인 풀베기 작업이 있어야 할 것이다. 감잎을 바라보는데 이전처럼 넋을 놓고 감탄하는 마음은 없다. 이 모든 것이 실무로 보이는 것이다. 장난스럽게 출발한 '맨땅에 펀드', 장난이 아니다.

새가 먹을 것 한 알, 사람이 먹을 것 한 알

4월 22일 일요일, 점심 먹고 나서 다시 텃밭으로 향했다. 짬뽕이 속을 데우고 날씨도 서서히 피부를 데운다. 지난 하루 반 동안 비가 내렸다. 땅콩과 토란 파종을 미루기는 힘들다. 물기 좀 빠지고 월요일에 파종을 하는 방안을 무얼까?와 속닥거리고 있는데 수석펀드매니저 대평댁이 "손 없는 날 땅콩 심어라."는 호령을 한다. 잔소리에 시달리지 않으려면 당장 심는 것이

사람을 밀어내는 땅에 땅콩을 심었다.

정답이다. 땅콩 자리는 어림짐작으로 50평 정도로 책정했고 무얼까?가 왕겨를 뿌려서 파종 지점을 표시해두었다. 왕겨 뿌릴 시간에 밥벌이 사이트 작업 좀 하지. 아니다, 그가 이렇게 고랑 및 기타 등등의 작업을 해두었기에 바로 땅콩을 심으면 되는 것이니 이 역시 당연히도 필요한 일이다. 인정하기 싫지만.

논으로만 사용하던 땅은 땅콩이 잘 되지 않을 것이란 소리들이 많았다. 나 역시 그렇게 생각한다. 그러나 땅콩을 투자자들에게 보내줄 양만큼 생산하지 못하더라도 가을에 뭔 이벤트건 하나 걸리면 참가한 투자자들에게 땅콩죽만큼은 꼭 맛을 보여주고 싶다는 순결한 생각으로 고집을 부렸다. 새가 먹을 것 한 알, 사람이 먹을 것 한 알. 땅콩 종자는 그렇게 두 알씩 투하했다. 종자 값이 5만 6000원이다. 과연 5만 6000원어치 땅콩을 수확할 수 있을지는 누구도 장담할 수 없다. 분명한 것은 수확이 많이 힘들 것

 감잎, 땅콩, 토란 그리고 고구마 순

이란 사실이다. 통상 땅콩은 모래땅에 심는다. 지난 몇 년간 황토에 심었는데 별 이상은 없었다. 그러나 이 땅은 논으로만 사용하던 땅이라 지리산노을 언니의 소감에 의하면 '땅이 사람을 밀어낸다.'고 한다. 텃밭에 적합한 땅으로 바꾸는 데 제법 많은 시간이 걸릴 것이다. 무엇보다 들판이라 새와 들쥐, 두더지의 습격이 집요하게 이어질 것이다. 방법은? 사람 발자국 소리를 자주 들려주는 수밖에. 이런 과학적인 수단 이외에는 도무지 방법이 없다. '맨땅에 펀드'니까 하는 짓이다.

무식하니 가능하다

다음은 토란이다. 심을 토란은 소량이다. 전라도 땅에서는 많이 먹는 식재료지만 전국적으로는 잘 모르겠다. 토란대를 말리는 문제와 그것을 배송했을 때 과연 도시 사람들이 여하히 잘 먹을 수 있을지 확신이 없어 나는 토란을 심자고 주장하지 않았지만 전체적인 텃밭의 '뷰(view)'를 위해서 심어야 한다는 의견이 대세였다. 결과물은 역시 투자자 모임이 있을 때 토란 깻국 정도로 나타날 것이다. 물론 조금이라도 나눌 양이 된다면 나눌 것이나 별로 기대할 양은 아니다. 실적보다 비주얼을 강조하는 집단이 운용하는 펀드의 문제점이다. 한여름 토란 잎의 널따란 초록이 텃밭 한구석에 자리하고 있는 모습을 보고 싶다는 것이 우리의 본심이다.

텃밭 상단부의 수로 접경 지역은 물이 많은 땅이다. 논으로 사용할 때에야 아무런 문제가 없지만 텃밭에서는 문제가 심각하다. 토란은 물이 많은 땅에서 별 문제가 없는 작물이라 투입된 경향도 있다. 두 개의 수로가 만나는 지점의 100여 평 땅은 아마도 포기해야 할 것이다. 아니면 심각한 수로 작업을 진행하거나. 무얼까?는 계속 미나리꽝(미나리를 심는 논)을 이야기하고 있지만 글쎄…….

토란은 호불호가 명확한 식재료다. 일단 금년에는 이런 정도로 하고 혹시 많은 분들이 원한다면 이후에 확대하기로 했다. 주변으로 옥수수 등을 심어서 경관을 정리할 생각인데 역시 물이 많아서 갈팡질팡하는 중이다. 옥수수도 이번 주 또는 다음 주에는 파종을 해야 하는 작물이다. 여하튼 이렇게 해서 전체 텃밭의 30% 정도 면적에 파종이 이루어졌다.

고구마 순을 내기 위한 간이 비닐하우스를 이제 걷어내어야 한다. 비닐을 씌웠던 자리는 풀이 소복하다. 그 사이로 고구마 순이 보인다. 3월 25일에 파종했으니 한 달 가까이 지났다. 멀칭비닐 문제에 대해서는 여전히 논

텃밭 일을 하다 보면 얼굴에 풀이 자란다.

란이 거세다. 우리 내부에서 논란이 되는 게 아니라 마을에서 계속 입을 대는 문제다. 요지는 왜 비닐을 하지 않고 텃밭 농사를 짓느냐는 말씀들이다. 물론 친환경 텃밭에서도 멀칭비닐을 많이 사용한다. 아니 거의 모든 텃밭은 멀칭비닐을 사용한다. 그럼에도 불구하고 멀칭비닐을 하지 않는 이유는? 비닐이 싫다! 그냥!!

온갖 음해와 비난에도 불구하고 파종을 하고 무언가 올라와야 할 시기에는 펀드 텃밭에도 싹이 올라온다. 싹수는 노랗지 않고 힘차다. 며칠 고구마 순이 자라는 속도와 풀이 자라는 속도를 살펴보다가 김을 맬 것인지 그냥 놔둘 것인지 결정할 일이다. 여하튼 5월에는 이 순으로 투자자들이 먹을 고구마를 본격적으로 옮길 것이다. 땅을 탓할 농사 이력을 가진 사람도 없지만 '맨땅에 펀드' 농지가 텃밭으로 팍팍한 것은 분명하다. 시작 전부터 펀드매니저들이자 주민인 엄니들은 한사코 말렸지만 무식하니 추진

대평댁이 "감자 싹이 예쁘게 올라오구만."이라고 인사했다.

할 수 있었고 무식하니 가능하기도 하다.

일요일 아침에 대평댁은 나를 보자마자 "감자 싹이 예쁘게 올라오구만."이라고 말을 붙였다. 이틀 전만 해도 대평댁의 입장은 비관적이었다. 아마 그 비관의 바탕에는 '너거들은 힘들다.'는 선입견이 자리하고 있을 것이다. 밭고랑에 물 고인다, 두덕이 얕다, 비닐을 씌워야 한다, 그래봐야 팽야(계속, 주욱~) 틀렸다, 고랑 방향이 글렀다……. 그러던 엄니들은 예쁘게 올라온 감자 싹을 보고 모두 자신의 텃밭인 듯 좋아한다.

이미 풀이 올라오기 시작했고 땅속에서 벌레들이 어린 뿌리와 줄기를 갉아먹기 시작한다. 이제 펀드매니저들을 투입할 시기가 되어 가는 것이다. 그녀들의 손길이 가기 시작하면 그녀들의 마음도 달라질까? 그러면 재미없지. 끝까지 아웅다웅해야 재미있지. 비가 그치고 감자 싹이 일제히 머리를 내밀기 시작했다. 우리 감자 먹을 수 있다! ●

08

첫 번째 배당

약간의 산마늘

4월 22일 일요일 오전. 문수골 해발 800m 농장 '산에사네'. 산벚과 돌배나무 꽃이 만발해 있었다. 날씨가 완전히 청명하지 않았지만 높은 곳에서의 봄기운은 조금 다른 느낌이다. 뭐랄까. 나무와 풀들이 아랫마을과 비교해서 더 애쓰고 있다는 그런 느낌. 그래서 이곳의 봄은 더 빛난다. 이곳에 와본 것이 2년도 더 되었을 것이다. 서울 시절에 구례로 오면 이 농장에서 머물곤 했었다. 그때 K형과 지리산닷컴에 관한 이런저런 구상을 나누곤 했다. '맨땅에 펀드'는 그 시절에 나누었던 공상의 일부에 해당한다. 세월이 참 빠르다.

산마늘을 촬영하러 오래간만에 올라왔다. 산마늘. 백합목 백합과. 맹이, 맹이, 명이라고도 부른다. 명이나물로 많이 알려져 있지, 아마. 여러해살이풀이다. 식용과 약용으로 사용한다. 높은 지대에서 경작 가능한 것으로 알려져 있다. 그래서 일반적으로 흔하게 시장에서 볼 수 있는 작물은 아니다. 듣기로 몇 년 전에 서울 일식집에서 한 장에 500원씩에 내어놓았다는 전설도 있다. 자른 줄기 부분에 코를 대면 알싸한 마늘향이 난다. 5월 초순이 지나면 꽃대가 올라오고 그러면 더 이상 먹을 수 없다.

지리산노을 언니가 산마늘을 수확하고 있었다. 돈 안 되는 산골 농사의 여러 작물 중 아마도 가장 효자에 해당할 것이다. 재배 면적을 확대하라고 이야기하지만 그게 그렇게 쉽고 빠르게 가능한 일은 아닌 모양이다. 지리산노을 언니는 생잎을 보내는 것을 꺼려했다. 도착했을 때 싱싱함을 보장할 수 없으니 보내는 사람 마음이 편치 않다는 것이다. 그래서 주로 장아찌로 처리를 했다. 그러나 우리는 몇 년째 봄이면 이 산마늘로 쌈을 해서 삼겹살이나 봄숭어회를 먹었다. 얼마 전에도 향어회를 먹으러 가는 길에 산마늘을 지참하고 갔다. 상추를 상에 올리던 아주머니가 우리가 들고 온 산마

늘을 보고는,

"하이고 이 귀한 거를 오데서 이리 마이 가지왔시꼬."

서울에 살고 있을 때, 이곳의 K형은 일요일 점심 같은 시간에 한번씩 전화를 했다.

"점심 했는가?"

"라면 먹고 있는데요."

그러면 매번 밥숟가락을 내려놓게 만드는 소리를 했다.

어쩌면 서울에서 지리산으로의 하방투쟁은 음식 때문인지도 모른다. 그래서 서울의 어느 후배는 '식탐에 빠진 중년 남자가 전라도로 이사갔다.'고 나의 귀촌을 폄훼하거나 나의 속마음을 갈파하기도 했다.

산마늘은 K형과 지리산노을 언니가 문수골에 심기 시작하고 3년이 지나서부터 먹기 시작했다. 물론 우리끼리만 먹었다. 그리고 해를 거듭할수록 그 양이 조금씩 증가하고 있다. 내가 볼 때는 아주 많아 보이는데 형수는 이미 장아찌로 예정된 것이라 팔 것이 없단다. 원래 펀드 배당 품목으로 산마늘 장아찌를 5월 10일경에 보낼 예정이었다. 이미 담아둔 상태다. 그러나 며칠 동안 봄 산에서 난 두릅을 미어터지게 먹다가 우발적으로 이것을 여러분들에게 보내드려야겠다는 충동이 일어난 것이다. 이 시기가 아니면 맛을 볼 수 없기 때문에 그렇다. 그래서 이왕 그러하다면 산마늘

한 번에 한 장씩만. 두 장씩 먹는 것은 과소비이자 먹지 못하는 사람들에 대한 테러다.

생잎을 보내자! 그리된 일이다. 서울 시절에 간혹 지리산의 계절 농산물을
받았다. 도착하면 애들이 기절해서 축 늘어진 상태였다. 생물은 그럴 수밖
에 없다. 그렇다고 냉장요법을 이용한 포장신공을 동원할 수도 없고. 몇 시
간 냉장고에 넣었다가 물에 씻다 보면 다시 생기가 살아난다. 그리고 맛있
었다. 알싸한 엄나물과 곰취 잎 한 장, 봄 두릅 속에는 '계속 서울에서 살
것인가?'라는 메시지가 담겨 있었다. 이제 입장이 바뀌어 나는 이곳에서
정말 좋은 식재료들을 실컷 먹고 있고 도시에서 살아가는 사람들의 밥상
을 한번씩 생각한다. 농장 '산에사네'의 산마늘 잎은 1kg에 3만 원이다. 물
량이 없다. 첫번째 배당에서는 300g씩 담아 보냈다.

이제 먹으면 된다. 간단하다. 쌈이니 깨끗하게 씻으면 준비는 끝이다. 너
무 많이 씻을 필요는 없다. 해발 800m 봄 산에서 난 것들이 뭘 먼지가 그
리 많겠는가. 대단한 쌈장 필요 없다. 먹어본 결과 그냥 생된장이 최고다.

물론 된장이 맛있다는 전제에서 그렇다. 내가 먹는 된장은 지난해에 내가 직접 담은 장이다. 따온 산마늘 잎이 가득한 비닐 속에 머리를 처박고 숨을 쉬면 은은한 마늘향이 번진다. '비니루에 본드 담아 마시는 것'이 아니라 산마늘 담아서 마시는 것이다.

없어도 되지만 냉장고에 남아 있는 마트 채소 처리 차원에서 파와 양파 등을 넣고 무침을 만들고 돼지고기가 있으니 지난해 김장을 썰어낸다. 역시 배추는 비료와 약 없이, 악으로 깡으로 자란 것들이 묵은지로 갈수록 제맛이다. 일반 배추와 다르게 텃밭에서 키운 배추는 갓 담았을 때에는 질기고 봄이면 아삭하다.

그리고 두릅

그리고 두릅. 살짝 데쳐서 초고추장에 찍어 먹는 것이 일반적이다. 우리는 두릅회라고 부른다. 초장에 무쳐서 먹기도 한다. 좀 많이 자란 놈은 튀겨도 맛있다. 장아찌로 만들기도 한다. 보내드린 두릅은 구자두 어르신의 두릅이다. 구례군 산동면 하위마을에 사시는 나이 일흔의 농부님이다. 두릅은 땅두릅과 나무두릅이 있는데 보내드린 것은 나무두릅이다. 자연산 채취가 아니라 두릅 농사를 짓는 어르신이다. 자연 채취 두릅으로 한 번에 전체 양을 마련하기가 쉽지 않다. 수확하실 때 사진을 찍을 계획이었는데 그러지 못해서 아쉽다. 사실 배송이 예정보다 이틀 정도 빨라진 이유도 이 두릅을 예정보다 이틀 먼저 수확했기 때문이다. 미리 알려드리고 수요일 즈음에 배송할 생각이었다. 이른바 '첫 촉 올라오는 거' 여러분들이 드시는 것이다. 이 분의 두릅을 1kg에 1만 3000원에 구입했다.

투자자들에게는 대략 250g 기준으로 보내드렸다. 양이 적다고 화를 내지 마시기를. 이번에 구입 비용만 투자자당 1만 2500원 소요되었다. 조금씩 맛보는 것으로 이해해주시기를. 무게를 맞추기 힘들어서 약간 운이 없는 분은 249g, 운이 좋은 분은 260g 도착할 것이다. 소금 살짝 첨가한 물이 팔팔 끓을 때 두릅을 넣고, 나는 색이 살아 있을 때 건져낸다. 그리고 식힌다. 자연스럽게 물이 빠질 때까지. 그러니까 먹기 한 시간 전에 데치면 좋다. 찬물에 식히고 물을 빼는 경우도 있는데 이는 각자의 방식과 취향대로 하시면 된다.

사실 산마늘 잎은 삼겹살보다는 회에 어울린다. 지금 봄숭어 철인데 이를테면 그런 애들과 아주 궁합이 잘 맞는다. 물론 우리는 조만간 숭어회와 산마늘을 먹으며 산마늘 시즌 종강파티를 할 예정이다. 산마늘은 자체로 도톰하며 미끈 아삭한 질감이다. 따라서 한 장만 싸서 드시는 것이 좋다. 두 장 싸서 드시는 것은 과소비이자 먹지 못하시는 분들에 대한 테러다. 채식을 하시는 분들은 물론 그냥 쌈으로 드셔도 아주 럭셔리한 풍미를 느낄 수 있다.

포장 작업을 하고 있는데 지리산노을 언니가 점심시간에 찾아왔다. 기온이 월요일에 24도, 화요일에 28도로 예보되어 있어 걱정이 태산인 것이다.

"어째야 쓰까이. 하필 날씨가 요래 더워불고."

서너 건의 배송사고가 예상된다. 깜짝 발송이다 보니 며칠 집을 비우는 분들도 계실 것이고 거의 하루에 들어가겠지만 만에 하나 이틀 만에 들어가거나 하는 일이 생길 수도 있다. 그래도 받는 즉시 냉장실로 직행한 후 먹기 한 시간 전 즈음에 물에 씻어놓으면 살아날 것이다.

5월 10일에서 15일 사이에 두 번째 배당이 있을 것이다. 산마늘 장아찌

와 오이다. 장아찌는 숙성 중이고 오
이는 5월 10일에 맞추어 친환경 오이
를 재배하는 분이 작업에 들어가신
상태다.

　무리했다. 원래 제철 초록색은 '맨
땅에 펀드' 배당에 포함시킬 생각이
없었다. 배송에 자신이 없기 때문이
다. 그래서 주로 구근류와 알맹이 확실한 것들, 가공 저장 식품으로 후보
선수를 생각했었다. 그러나 제철 밥상 앞에서 나는 항상 갈등한다. '이 맛
을' 나누어야 하기 때문이다. 무엇보다 택배 비용을 줄여야 한다. 가급적
이면 묶어서 배송하는 것이 좋다. 한 번 보내는데 5kg까지 3500원이 소요
된다. 100명이니 35만 원이다. 물류 비용 줄이면 그만큼 더 많은 농산물이
여러분들에게 날아갈 수 있다. 펀드 가입 번호도 발급하지 않은 상태에서
깜짝 발송을 했다. 몇 분이 '내가 가입된 것인지?' 물어오셨는데 입금하
신 분들은 투자자 맞다. 딱 100분에게 계좌를 알려드렸기 때문이다. 그리
고 가급적이면 배당하는 농산물이나 가공물은 투자자가 아닌 지리산닷컴
주민분들도 구입하실 수 있도록 하기로 했다. 이번에는 수확량이 그렇게
되지 않는 종목들이었다. 작전주라……. ●

2012. 04. 23

산마늘 잎과 두릅

안녕하십니까. 지리산닷컴 '맨땅에 펀드'입니다.

예정에 없었던 첫 배당 농산물을 보냅니다. 산마늘 잎과 두릅입니다. '맨땅에 펀드'답게 우발적으로 사고를 저지릅니다. 최근 이곳에서는 봄에 나는 것들로 밥상을 차리다 보니 적은 양이지만 그래도 이 맛을 함께 느껴보는 것이 좋겠다는 생각을 했습니다. 냉장 보관하시고 양도 많지 않으니 그냥 한 번에 모두 드시면 좋을 듯합니다. 모두 가격이 저렴하지 않은 식재료라 충분한 양을 보내드리지 못합니다. 부디 이해해주시기를……

■ 산마늘 잎

산마늘 | 백합목 백합과 | 멩이, 맹이, 명이

지리산에서는 4월 초순부터 5월 초순까지 수확이 가능합니다. 줄기 끝 부분에서 마늘 냄새가 나지만 마늘은 아닙니다. 꽃이 피기 전에 식용으로 가능하며 보통은 쌈으로 또는 나물이나 김치, 장아찌로 만들어 먹습니다. 지리산닷컴의 K형님 부부가 문수골 해발 700~800m 농장 '산에사네'에서 재배하고 있습니다. 금년에 시장에 출하하는 가격 그대로 구입하였습니다. 1kg에 3만 원입니다. 대략 300g 정도를 보내드렸습니다. 3인 가족이 한 번 정도 삼겹살과 함께 쌈으로 드실 수 있을 것입니다. 물량이 없습니다. 그래서 더 보내드릴 수 없습니다. 5월 10일경에 장아찌로 다시 만나실 수 있습니다. 이곳에서는 보통 삼겹살과 함께 먹습니다. 생된장 조금 올려서 그냥 쌈으로 드셔도 됩니다. 생선회와 더 잘 어울립니다.

■ 두릅

목말채·모두채라고도 합니다. 땅두릅과 나무두릅이 있는데 보내드린 두릅은 나무두릅입니다. 땅두릅은 4~5월에 돋아나는 새순을 땅을 파서 잘라낸 것이고, 나무두릅은 나무에 달리는 새순을 말합니다. 자연산 나무두릅을 채취한 것은 아니고 노지에 심은 나무두릅입니다. 채취 두릅을 구하려고 했으나 물량을 한 번에 보장하기 힘들고 무엇보다 보내드리는 두릅은 믿을 만한 두릅입니다. 소금 조금 넣고 물을 팔팔 끓여 살짝 데쳐서 색이 살아 있을 때 건져내서 식히세요. 초고추장에 무치거나 찍어서 드시면 됩니다.

보내드린 두릅은 구자두 님의 두릅입니다. 구례군 산동면 하위마을에 사시는 일흔의 농부님이 기른 것입니다. 사실 배송이 이틀 정도 빨라진 이유도 이 두릅이 예정보다 이틀 먼저 수확됐기 때문입니다. 이른바 '첫 촉 올라오는 거' 여러분들이 드시는 것입니다. 1kg에 1만 3000원에 구입했습니다. 대략 250g 기준으로 보내드렸습니다.

첫 김매기

09

시기를 놓치면 게임은 끝이다

일전에 큰 가지를 벤 감나무가 감염되지 않도록 "약을 볼라야" 한다는 것
이 종옥이 형의 주문이었다. 약이라……. 이를테면 파상풍을 방지하는 연
고겠지. 바르지 뭐. 그런데 언제? 누가? 이 모든 일을 인건비를 주고 진행한
다는 것은 말이 안 되고 결국 대부분 우리들이 진행할 수밖에 없다. 물론
이런 상황을 예상은 했지만 예상과 현실은 다른 것이다. 네 사람의 남자가

4월 24일 화요일 아침에 파도리 언덕에 올라서 감나무 가지에 연고를 바르는 작업을 아마도 두 시간 정도 진행했을 것이다. 첫 배당, 그러니까 산마늘과 두릅을 보내고 난 바로 다음 날이었다. 원래는 첫 배당 작업을 25일 수요일에 진행하고 23일 월요일에 감나무 밭 작업을 할 예정이었지만 두릅 할아버지가 모든 일의 순서를 바꾸어버렸다.

우리 같은 사람들에게 농사가 힘든 이유 중 하나는 '그때 그 일을 해야' 한다는 것이다. 웹디자인이나 인쇄물은 며칠 지연되면 뭐 어쩌겠는가? 언젠가부터 나의 자가치료제인 '그런다고 지들이 나를 죽이겠는가' 연고를 머리에 바르면 대략 해결된다. 안 되면 갑이나 을 중 하나가 자빠지면 된다. 지난 몇 년간 밥벌이에 임하는 나의 기본자세이기도 했다.

그러나 농사는 정말 그 시기를 놓치면 그것으로 모든 게임이 끝이다. 개인적인 텃밭이라면 작물 하나 정도 파종 못해도 그만이다. 그런데 '맨땅에 펀드'는 남의 돈 가지고 노는 일이라 그렇게 할 수가 없다. 걱정은 주로 무얼까?가 하고 노가다 날짜도 무얼까?가 제시하는 어느 어간에 움직여야 한다. 감잎이 올라온 것이 며칠 지났으니 이미 조금 늦다.

이 언덕에서 3년 정도 감잎을 감상했지만 이것이 가꾸어야 할 농장이 되고 나니 감상은 불가능하다. 감나무 아래 신선한 초록은 이제 나에게는 베야 할 잡초, 즉 일감으로 보이는 것이다. 화창한 날은 약 바르기 좋은 날. 이틀

정도는 비가 오지 않는 것이 좋겠다는 생각.

풀을 벨 때는 예초기(공식 명칭은 '예취기'라고 하는데 예취기보다는 예초기가 더 쉽지 않나?)를 동원해야 하는지 낫으로 해야 하는지…… 물어보면 알려주겠지만 물어보는 것도 일이다. 대답 이외에도 여러 가지 타박을 들어야 하니 그렇다.

떡잎을 보면 끝을 아는 그녀들

또 시작이다. 무얼까?는 매일 몇 번씩 그렇게 틈만 나면 들판에 내려서서 삽질이다. 성불할 것이다. 채종밭으로 만들기로 한 300평 좀 못되는 밭을 가꾸는 '농법'은 무얼까?가 원하는 방식으로 '해보라'고 했다. 일단 아무것도 파종하지 않은 상태에서 풀이 올라오니 트랙터로 갈아엎는 것이 정답이라고 생각했다. 그런데 그렇게 안 한단다. 무경운이 원칙이라. 이런 젠장! 소도 아니고 그 풀을 누가 다 매냐고오! 물론 무얼까?가 주장하는 바는 안다. 이런저런 한다 하는 농부들 이야기도 들어봤다. 그런 농부들은 모두 풀을 뽑지 않는다. 베어서 작물 아래 고이 모셔둔다. 그렇게 몇 년 하면 땅이 바삭하고 폭신해지는 것이다. 풀뿌리가 땅속 깊이 들어갈수록 땅이 깊은 호흡을 한다. 미생물과 박테리아가 서식할 조건이기도 하다.

"혼자 그러지 말고 엄니들을 불러요."

"그래도 되나요……."

"(힘들긴 한 모양이군.) 아니, 펀드매니저들을 고용해야 맞는 거다. 일도 일이지만 방송이고 기사고 엄니들 놉(인건비) 챙겨주는 것도 '맨땅에 펀드' 가동 이유 중 하난데 혼자서 그렇게 땅 파고 있으면 어쩌겠단 것인가?"

"음매에~."

왼쪽부터 대평댁, 대구댁, 지정댁. 대평댁과 지정댁은 싸우고 화해하기를 1년에 365번 정도 하는 관계이니 대구댁이 가운데 앉는 것이 무난한 배치다.

"대평댁한테 가능한 엄니들 몇 분 데리고 오라고 하세요."

4월 28일 토요일 아침 7시부터 대평댁을 위시해서 지정댁과 대구댁이 오늘의 펀드매니저로 펀드 텃밭에서 김을 매고 있는 중이다. 물론 방법은 무얼까?가 요구하는 방법으로 해야 한다. 자리 배치는 적당하다. 대평댁과 지정댁은 싸우고 화해하기를 1년에 365번 정도 하는 관계이니 대구댁이 가운데 앉는 것이 무난한 배치다.

대평댁: 삼식이 온다.

지정댁: 삼식이 아니라니까.

대구댁: 하이고 배야. 삼촌보고 삼식이가 뭐꼬.

나: 삼식이가 뭐요?

대평댁: 아 자네 이름이 삼식이 아닌가.

나: 환장하겠네.

대구댁: 관산 아제 아들이 봤다는데 대평댁이 감자 숭그는 거 컴터에 올라 있다대.

나: 컴퓨터가 아니고 인뜨넷. 여튼…… 에 또 거시기……. 시방 이 일도 그렇고 앞으로 진행할 일도 여기 대평 엄니가 대장입니다. 엄니는 모르고 계시지만 저희가 이 일을 진행함서 엄니들을 부르는 이름이 펀드매니저라 하는데, 설명은 그냥 넘어가고. 대평댁이 수석펀드매니저라고 신문에도 나왔고 라디오 방송에도 그리 나갔고 했기 때문에 앞으로 사무장(무얼까?)이 대평 엄니한테 '모 월 모 시에 펀드매니저들이 필요함돠~.' 하면 대평 엄니가 알아서 그날 가능한 댁들을 뽑아가꼬 일을 하시면 된다, 이 말씀입니다. 긍께로 대평댁이 책임자다, 이런 말씀입니다. 아시것습니까?

뽀옹~. 한참을 설명하는데 맥을 끊는 소리가 난다.

나: 지정 엄니, 제가 아조 중요한 말씀을 드리는 중인데 시방 한쪽 엉덩이 드셨어
요?

지정댁: 암시랑토 안해. 신경 쓰들 말고 야그 계속혀봐.

나: 하아~ 여튼 거시기 계속 설명을 드릴라면…….

"그거서 뭣 하는 것이여! 언제 그 풀 다 매고 자빠졌나?"
또 지방방송이다. 금강댁이 지나가는 길에 참견을 하지 않을 수가 있나.

대평댁: 아들 같은 아그들이 이리 해싼게 맴이 짠혀서 같이 해야제.

금강댁: 돈 주니까 하는 거이제 뭘 아들 생각해서 그란다고.

대평댁: 망할 것이. 아 내 맴이 그라녀. 아들들이 저 안 되는 일 하고 있다 싶은게 짠
해서 하는 것이제.

하루 전날 입수된 첩보에 의하면 이전에 대평댁이 감자 파종하는 날 오전 일하고 2만 원 받았다고 인력을 모으는 중에 '한 4만 원 줄 거다.'라고 이야기를 한 모양이다. 그래서 운암댁은 '꽃 심는 데 가도 5만 원은 줘야 해!'라고 불참을 선언했다고 한다. 나는 오늘 일은 제법 정상적인 놉의 모양새를 갖출 것이니 5만 원을 생각하고 있었는데 1만 원 차이는 심리적인 저항선을 좌우한다. 금강댁의 참견은 이런저런 배경을 바탕으로 비아냥과 호기심이 혼재된 것이다. 혹시 저 일이 돈이 되는 것은 아닌가 하는 걱정. 그 말과 말 사이로 운조루 첫째 아들 홍수 형님이 자전거를 타고 하죽(옆마을) 점빵으로 나들이간다.

대평댁: 아, 약을 해야제, 이라고 언제 풀을 잡냐 말이여. 그라고 뭔 돈으로 우리들한테 놉을 준다고 해쌌냐 말이제. 그래쌌게 어매들은 애가 터지는 것이제.

나: 그러니까 제가 계속 설명을 드리겠습니다. 에 또 가설라므네…… 시방 우들이 하는 일은 '맨땅에 펀드'라는 것인데 펀드란 게 돈 놓고 돈 묵기요. 긍께로 100명한테 30만 원씩 받고 이 밭에서 나는 것을 이미 다 팔았습니다. 긍께로 시방 엄니들이 걱정하는 이 풀들과 감자는 이미 3000만 원에 다 팔렸다 이 말씀입니다. 그 돈에서 엄니들 놉도 드리고 땅 빌린 값도 주고 뭣도 하고 짜장면도 사 묵고……. 그러다 보니 뭐가 많이 나오고 적게 나오고가 문제가 아니라 약을 안 하고 해야 한다는 것이지요. 그래서 앞으로도 엄니들이 몇 차례 김을 매는 작업도 하시고 가실에는 닦달(추수와 갈무리)도 해주시고…….

엄니들: 소상허니 설명을 해주니 알것네. 그라믄 되얏어.

나: 감자가 한 박스 나와서 한 알씩 보내줄 수도 있고 한 박스씩 보내줄 수도 있고.

엄니들: 풀 매는게 일이 아니라 시방은 감자 두덕을 쳐올려얀당께.

결국 가장자리는 트랙터 투입이 결정되었다. 펀드매니저들 판단이다. '땅이 찔꺽거려서' 김을 매기 영 고약하다는 것이다. 어차피 떡이 지는 땅이란 말씀. 세 사람의 엄니들이 아침 7시부터 정오까지, 5시간 동안 했던 일보다 조금 더 많은 면적을 트랙터는 5분 만에 처리했다. 아래 논에서 못자리 작업하던 정수 씨가 올라왔고 그것은 점심시간이 되었다는 소리였다. 도대체 1000평 정도의 땅을 완전한 무화학농으로 진행하는 것이 가능한 인력은 몇 명일까? '맨땅에 펀드'가 정말 지역에서 의미 있는 형태로 자리하기 위해서는 농사를 제대로 지어보겠다는 인력 세 사람은 있어야 할 것이다. 지리산닷컴이라는 무형의 기획력만으로는 시선을 끌 수는 있겠지만 지속적인 운영은 힘들다. 물론 최적의 조합은 엄니들이 우리를 믿고 따라올 만큼의 '돈'을 보장하는 방법이다.

"엄니들 요까지 하고 옥산식당 갑시다. 대평댁은 우동이고, 지정 엄니는?"

"우동."

점심 드시고 일을 끝내셔도 좋고 계속 하셔도 좋다고 말씀드렸다. 지정댁은 허리도 좋지 않고 대구댁도 마찬가지다. "아직은 괘안해. 걱정 마라." 지정댁 말씀이다.

사무실에서 일하다가 무얼까?의 문자를 받고 홍삼 드링크 몇 병 들고 다시 밭으로 내려섰다. 생각보다 감자밭의 김매기 작업이 느려서 무얼까?

의 얼굴을 보았더니 고구마 순 준비 중인 고랑의 풀을 맸다고 한다. 완전히 발가벗겨놓았다. 펀드매니저들은 풀을 불구대천의 원수 보듯이 한다. 그래도 평소 엄니들의 김매기와 차이점이라면 고랑 위에 풀을 올려두었다는 정도. 아마도 무얼까?가 그리 요청했을 것이다. 4월 말인데 고구마 순이 아침 서리를 맞았다는 펀드매니저들의 이야기를 들었다. 고구마 순이 충분하지 않을 것이란 말씀이다. 역시 비닐 철거가 좀 일렀던 것이다. 고구마 순 작업은 비료를 하라는 조언이 있었다. 어차피 나중에 모자라서 장에서 고구마 순을 사도 그 순은 비료를 한 것이라는 말씀이다. 따라서 지금 비료를 해서 고구마 순을 제대로 살리고 본격적으로 옮긴 다음에 비료를 하지 않고 '너거들 방식'대로 하면 되지 않느냐는 요지. 그 말씀도 틀린 것은 아니다. 경험이라는 것을 당연히 무시할 수 없는 것이고 떡잎을 보면 끝을 아는 것이 그녀들이다.

그리고 그 길고도 긴 감자 고랑을 하나씩 타고 앉아 앞으로 전진하는 펀드매니저들. 그녀들은 풀을 보면 전투력이 솟구치는 모양이다. 피를 보자 원수를 만난 듯 "여봐라, 피가 깡냉이만치 굵네.", 나락 뭉치가 나오자 자식 보듯이 "아따, 나락 실하네.", "징그란 풀 호랭이 씹어불것네. 난 풀 못봐. 확 파 재껴야 돼!"

그렇게 김을 맨다. 불현듯 궁금해서 검색을 했다.

김: 작물의 생장을 방해하는 쓸데없는 풀을 없애고 작물 포기 사이의 흙을 부드럽게 해주는 일. 논이나 밭에 자생하는 불필요한 풀을 기음이라 하고 이를 손이나 연장으로 뽑아버리거나 흙에 묻어 없애는 일을 '김매다'라고 하며, 매는 곳에 따라서 '논매다' 또는 '밭매다'라고 한다. – 국립민속박물관 한국세시풍속사전

원래 '기음'이었는데 '김'은 줄임말이다. 줄임말이 표준어가 되었고 본말은 사라져간다. 쓸데없는 풀. 모든 상황에서 그러할까? 사람이 먹고 살자니 어떤 풀들은 쓸데없는 것이 되어 잡초라는 통칭을 얻었다. 2012년 현재 시골 자체가 대한민국의 잡초로 살아가고 있지만.

볕이 뜨겁다. 촉촉한 땅에서 김매기는 적당한 날씨였지만 노인들에게 볕은 이롭지 않다. 그만하시고 그냥 화요일에 마저 하시라 했지만 시작한 고랑은 끝을 낼 것이란 것은 뻔하다. 김매고 고랑의 흙을 돋우어 올렸다. 감자가 실해질 것이다.

앞으로도 고용할 수 있는 펀드매니저는 제한적일 것이다. 일을 할 수 있는 사람이 없다. 최대 세 분 정도 가능할까? 서류상에 53분의 여성들이 존재하는 마을이지만 다섯 분 모셔서 일하기도 힘들다. 너무 잦은 인력 동원은 펀드 배당을 줄이게 될 것이고 너무 박한 인력 동원은 실무자들이 힘들 것이다.

이래저래 다시 시스템을 생각한다. 가보지 않은 길이라 끝을 모르겠고 가늠도 되지 않는다. 분명한 것은 더 많은 면적의 농지가 필요하다는 것이고 그것을 운영할 젊은 농부가 필요하다는 것이다. 선두에서 몸으로 이끌어가는 젊은이들이 있어야 엄니들이 신뢰를 할 수 있다. 1억 원 정도의 수익이 있고 5000만 원 정도를 마을에 배당할 수 있다면 나머지 투자금과 판매 수익으로 뭔가 모양 나오게 운영이 될 것 같다. 그렇다면 적어도 300명. 300? 많이 들어본 숫잔데……. 300 결사대

가 필요하군. 이제 파종과 풀과의 전쟁으로 정신없는 나날들이 이어질 것이다. 아래 논 언덕배기로 자운영이 소박하고 아름답다. 안녕 자운영! 땅으로 쓰러지기 위해서 피는 꽃. '맨땅에 헤딩' 꽃. ●

고추 모종

같은 농부끼리!

5월 6일 일요일 저녁 6시경부터 일을 시작해 집에 와서 밥 해먹고 나니 9시가 넘었다. 그날까지 끝내려고 했던 밥벌이 작업도 완료하지 못했다. 이런 젠장! 다음 날 오후가 되어서야 지난밤에 우리가 무슨 짓을 했는지 촬영을 하러 내려갔다. 지난밤에는 고추를 심었다. 해가 진 후 심는 게 작물에 좋다고 무얼까?가 우겼다. 대략 110주(株) 정도. 고추를 왜 심었나? 고춧가루 만들 생각인가? 아니다. 노지에서 유기농으로 고추 농사를 짓는 것은 구례군에서 친환경 농사라면 첫 손가락에 드는 농부이자 역시 '맨 땅에 펀드' 지도위원이기도 한 홍순영도 고전 중인 항목이다. 유기농을 지향하며 연구하고 실천하는 농부도 쉽게 이루지 못하는 일을 텃밭에 미친 프로그래머와 몸일 싫어하는 디자이너와 우리와 작물을 향해 항상 '불쌍하다'는 눈빛을 보내는 펀드매니저들이 할 수는 없는 노릇이다. 그냥 풋고추 한번 보내드리려고 심었다.

고추 모종은 홍순영 형님 농장에서 들고 왔다. 원래는 그냥 육묘장이나 장에서 구입할 생각이었다. 고추를 심을 것이란 예정이 없었던 탓에 동작이 조금 늦었는데 고추 모종이 없었다. 품귀현상이다. 지지난 번 장에서 내가 개인적으로 심을 고추 모종도 구하지 못했다. 오전이었는데 누군가 싹 쓸어간 것이다. 왜?

답답하다. 2011년의 고춧가루 가격이 높았던 탓에 2012년에는 너도나도 고추를 엄청나게 심는 것이다. 2011년은 비가 많이 와서 하우스가 아닌 경우에는 대부분 고추 농사를 망쳤다. 자연스럽게 가격은 오를 수밖에 없었다. 그렇다고 금년에 또 이리 고추로 몰린다? 도대체…….

5월 5일 어린이날 행사장에 고추 모종이 나올 것이란 정보를 입수하고 여성농민회 고위직에 있는 분에게 부탁도 해놓고 나갔지만 역시 고추 모종을 제외한 모든 모종만 있었다. 그래서 '하다 하다 안 되면 연락하는' 순영이 형에게 전화를 했다.

"있어요?"

"얼마나?"

"좀 많이 필요한데…… 100주."

펀드 지도위원 홍순영에게 구한 고추 모종.

"하이고 눈꼽시롸서……."
"형님은 얼마나 했는데요?"
"8000주."
"아니, 같은 농부끼리!"

며칠 전에 무얼까?가 먼저 왕겨와 열무 씨앗을 뿌려두었다. 그리고 우리 고추밭은 고랑이 없다. 왕겨는 풀을 방지하기 위함이고 열무 씨앗은 역시 풀보다 먼저 자라게 해서 풀을 방지하는 방편이고 무엇보다 고추 농사를 망치는 이유 열 가지 중 아홉인 탄저병을 방지하기 위함이다. 고추탄저병은 비가 오고 땅에서 물이 튀어 고추 잎에 균이 옮겨지면서 발생하는 것이라 열무가 자라면 그것을 어느 정도 방지할 수 있다. 장마가 오기 전에 열무는 무성할 것이기 때문이다. 자란 열무는 펀드투자자들에게 보내기도 할 것이고 판매도 가능할 것이다. 고랑을 만들지 않은 것은 굳이 고랑을

고구마 순이 서리를 맞고 나갔던 정신을 되찾았다.

필요로 하지 않는 작물이기 때문이라고 무얼까?가 주장했다. 고추 농사를 두덕 없이 짓는다? 구근류가 아니니 물길만 잡아주면 되고 힘들게 고랑을 만들 이유가 없다는 것이 무얼까?의 학설이다. 이 모든 것은 무얼까?의 농법이고 이 농법으로 인해 우리는 다시 온 동네에서 잔소리를 듣고 있는 중이다. 이런 젠젠장장!!

어찌 되었건 100주 정도의 고추 농사가 만약에 나의 예상을 벗어나 장마철을 이겨낸다면 어느 정도 고춧가루 생산은 가능할 것이다. 하늘이 정하는 일이지만. 물론 그 양으로 펀드 배당은 힘들고 겨울의 김장 국면에서 어느 정도 요긴하게 사용할 수 있을 것이란 기대를 숨기지는 않겠다.

맨땅에 펀드스러운 땅

고구마 순은 며칠 전보다는 상태가 호전되었다. 일찍 비닐을 걷어내면서 아침 서리를 두어 번 맞아서 아이들이 좀 정신이 나간 상태였는데 고비를 넘긴 것이다. 비료는 여전히 하지 않고 있다. 일부러 구입하지 않았고 주변에 물었으나 없다고 하니 못하고 있는 것인데 그냥 버틸 것 같다.

감자 잎은 하루가 다르게 자란다. 잎이 자라면 왕성한 광합성 활동을 하고 감자 씨알도 땅 아래에서 열심히 성장하고 있을 것이다. 한 달 지나면 하지감자는 수확에 들어간다. 자체 생산물로는 첫 배당이다. 중간중간 빈 자리가 있는데 느리게 올라온 것들이거나 벌레들이 끊어 먹은 자리다. 이른바 '꺼먼 벌거지'다. 수석펀드매니저 대평댁 말씀에 의하면 '심술 벌거지'라고 한다. 심술부린 놈이 죽고 나면 그 벌레가 된다고 하는데 과학적인 근거는 좀 약한 것 같다. 그리고 조금 더 과학적인 대화도 오갔다.

그렇다. 나는 역시 마을 엄니들이 보기에도 사무직이 확실했던 것이다.

물땅 쪽 토란 네 고랑은 멀리서 보면 아무 일도 없는 것처럼 보이지만 자세히 들여다보면 토란 잎이 하나씩 올라오는 중이다. 조만간에 널따란 토란 잎이 전체 텃밭의 북쪽을 점령할 것이다. 투자자들 방문하면 우산으로

기특한 토란 잎.

무얼까?의 숙소 앞으로 졸졸히 앉은 모종 포트

사용하면 좋을 것이다. 영화 「이웃집 토토로」에서처럼.

그리고 무얼까?의 숙소 앞으로 모종 포트가 졸졸하게 앉아 있다. 무얼까?는 마누라보다 먼저 시골로 내려와서 임시 거처로 마을회관의 방 하나를 사용하고 있는 중이었다. 무얼까?의 야심작까지는 아니더라도 다양한 종자를, 가급적이면 원종이나 토종으로 장만해서 애지중지 키우는 중이다. 이 작은 시작이 2~3년 지나면 '맨땅에 펀드' 채종밭을 채울 선수들인 것이다. 농사는 시작하지 않으면 내일이 없는 종목이다. 시작이 준비고 준비해야 내년을 계획할 수 있다. 무얼까?의 귀촌은 어쩌면 '맨땅에 펀드'를 위해서 또는 그 자신을 위해서 운명적인 사건이었던 것이다. 나와 박 과장은 이런 짓 못한다. 나는 1%의 가능성은 있지만 박 과장은 전혀 가능성이 없다. 그래서 잘랐지만.

아마도 무얼까?의 포트는 해가 갈수록 늘어날 것이다. 그것이 재산이라고 생각하는 사람들이나 하는 일이다. "시각적으로 예뻐야 한다."가 내가 무얼까?에게 요구하는 '맨땅에 펀드' 텃밭의 필요충분조건이다. 우리가 생각하는 아름다움과 마을 사람들이 생각하는 아름다움은 다르다. 풀이 살아 있고 곡선이 살아 있고 벌레들도 살아 있는 텃밭이 '맨땅에 펀드스러운' 땅이다. 시간이 걸릴 것이다.

어떻게 마을과 같이 갈 것인가

'맨땅에 펀드' 텃밭 주변으로 양귀비가 피기 시작한다. 60일 정도 지속되는 꽃이니 오랜 시간 동안 핀다. '맨땅에 펀드'가 출범한 지 어느덧 60여 일이 지났다. 생각했던 것보다 힘들다는 것을 숨기지 않겠다. 대부분의 일을 무얼까?에게 맡겨둔 이후로 한결 편해졌지만 그래도 이래저래 신경쓸 일이 적지 않다. 1주일 단위로 기록을 남기는 일도 예상했던 것보다 만만치 않다. 기록자로서 가장 큰 한계는 스스로 농사를 짓지 않으니 완전히 땅과 하나 되어 기록을 남길 수 없다는 것이다. 텃밭에 서서 지나가는 마을 사람들의 잔소리를 직접 듣는 것이 아니니 취재의 한계가 있는 것이다. 이것은 태생적 한계다. 그러나 또 분명한 것은 일을 하면서 사진을 찍고 메모를 하는 것도 힘들다는 사실이다. 어차피 완전한 충족은 없는 것이다.

텃밭 아래쪽 밀밭(384~385쪽 참조)으로 내려선다. 지난 3년간 지리산닷컴에서 여기서 난 우리밀 밀가루를 팔았다. 금년에는 전망이 좋지 않다. 낟알은 밀가루로 만들 수 있겠지만 수확이 난감할 것으로 예상된다. 키가 자라지 않아 콤바인으로 수확을 할 수 없는 것이다. 낫으로 수확을? 탈곡은? 투자자들 중 특공대 열 명을 모집해서 몸으로 해결하는 방안을 짜장

면 먹다가 논의했지만 일단 밀의 성장을 조금 더 지켜보자는 정도로 결론을 내렸다. '맨땅에 펀드' 임대 부지는 아니지만 이 두 단지 2000평 정도의 밀과 쌀은 실질적으로 '맨땅에 펀드' 기획 속에 이미 포함된 땅이다. 오미동에서 4년차 유기농 땅을 구할 수는 없다. 2013년에는 이 땅을 포함해서 운조루에 속한 땅 전체를 더 본격적인 '맨땅에 펀드' 농지로 확대하고 싶다. 그러면 대략 5500평 정도. 그 정도면 마을 정면에서 좌측의 1/4 정도를 점유하는 것이다. 생산물 판매 수익을 높여야 한다는 판단이다. 계속 구입해서 가공할 수는 없을 테니까. 생산성이 떨어진다. 무엇보다 전체 마을 농지의 12% 정도를 유기농으로 점유한다면 어느 정도 목소리를 낼 수 있는 물리적 조건이 가능할 것이다. 의욕이거나 의지이거나. 문제는 어떻게 마을과 같이 갈 것인가 하는 방법론이다. ●

무얼까?의 어버이날

11

더 이상 울력이나 품앗이는 힘들다

5월 8일 화요일 어버이날 오미동 마을체험관. 40대 초반의 여성인 이장님과 마을에서 '들녁밥상'이라는 식당을 하는 40대 주부 명숙 씨(최광두 어르신의 딸이다.)가 준비했다……고 들었지만, 마을의 프로 살림꾼으로 인정받는 남원댁과 근동댁이 식당 일을 쉬는 날이라 주방을 맡은 모양이다. 어버이날 행사를 준비하는 것이 쉽지 않았다. 다른 이유가 아니라 음식을 준비할 사람이 없었던 것이다.

지난 2년간 남원댁과 근동댁을 포함해 실질적으로 세 사람의 60대 엄니들이 마을체험관 주방을 맡아왔다. 예비사회적기업이 1년 만에 주저앉고 나서 고정 임금을 필요로 하는 비교적 젊은 이 60대의 엄니들은 밖으로 '일을 나갔다'. 그 이하 연배는 이런 마을 일에 경험이 거의 없다. 설거지 등은 항상 거들었지만 수십 명의 음식을 책임지고 장만해본 경험이 없다. 한마디로 마을 울력을 주도한 경험이 없는 세대인 것이다. 하자면 할 수도 있지만 섣불리 나설 수는 없는 노릇이다. 그러나 40대에서 나서지 않으면 더 이상 마을 전체 밥상을 진행할 인력은 없다. 이런 마을 모임에 소용될 음식을 인근 식당에서 시켜 먹어야 하는 상황은, 생각의 차이가 있겠지만 나에겐 '끔찍한 일'이다. 이런 끔찍한 일들이 마을에, 농촌에 돈으로 인력을 부리는 관행이 정착하면서 생겨났다. 더 이상 울력이나 품앗이는 힘들다. 공동체의 긍정적이고 이타적인 문화가 붕괴되어 가는 것이다.

무얼까?표 카네이션에 얽힌 사연

무얼까?표 카네이션을 모두 가슴에 달고 있다. 국정원 자료에 의하면 지정댁 역시 무얼까?에게 돈을 찔러 넣어준 장본인이다. 이게 뭔 소린가? 무얼까?가 가장 재미있어하는 일은 텃밭 놀이와 각종 설비다. 이를테면 막힌 수도 문제를 해결하거나 열리지 않는 문을 열어준다거나 세탁기를 고쳐준다거나 소소한 전기 문제를 해결해준다거나 컴퓨터를 수리해준다거나…… 그 스스로 '나는 설비다.'라는 주장을 하기도 했다. 여하튼 무얼까?의 '기술'이 엄니들 사이에 소문이 나면서 이집 저집 불려다니며 각종 수리 서비스를 해드린 것이다. 앓던 이가 빠진 격이며 3년 묵은 체증이 쑥

장에 나가보면 가슴에 꽃을 단 엄니들과 그렇지 않은 엄니들의 위세가 다르다.

내려가는 '기적'을 경험한 엄니들은 일을 끝낸 무얼까?의 주머니에 5000원에서 3만 원이라는 엄청난 고액까지 찔러 넣어준 것이다. 무얼까?는 엄니들의 불편을 해결해드리는 것만으로 스스로 만족한 일이라, 생각하지 못한 '현금' 또는 '오찌(뇌물)'를 받으면 어찌해야 할 바를 몰랐다. 수리에 소용된 소소한 부품 값을 받는 것은 당연하지만 그 이상에 대처하는 방안은 대략 난감. 끝까지 거절하면 그것도 상대방의 손을 무안하게 만드는 일이었다. 게다가 그런 대처는 엄니들이 다음에 무얼까?에게 부탁하는 것을 매우 부담스럽게 만드는 의도치 않은 결과를 초래하기도 한다.

그렇다. 나 역시 같은 경우를 몇 번 겪었고 그때마다 대처 방안이 난감했다. 그런 사례 중 하이라이트는 단연 행평댁의 핸드폰 수리 건이었다. 4년 정도 전이었다. 퇴근길, 마을회관 입구에서 집으로 좌회전하려는데 몇 분의 엄니들이 내 차를 세우는 것이다. 내렸다. 행평댁의 핸드폰이 소리가 들리지 않아 받는 전화가 먹통이란다. 행평댁은 가는귀가 어둡다. 선 자리에서 행평댁 핸드폰으로 통화를 시도하니 다른 문제가 아니라 진동도 아닌 무음으로 설정되어 있었다. 그 문제를 해결하기 위해 행평댁은 마을 입구 집에서 회관까지 올라오면서 만나는 사람마다 전화기를 건네었던 것이다. 아무도 행평댁의 위기를 해결할 수 없었던 그 순간에 내가 지나가던 중이었던 것이다. 폴더가 주종이었던 시절 핸드폰 조작법은 오십보 백보였고 5초 만에 문제를 해결해드렸다. 그날 저녁, 밖에서 인기척이 들려 나가보니 행평댁이 봉투를 들고 서 있었다. 10만 원. 헉! 행평댁의 논리는 간단했다. 민박도 받는 집이라 핸드폰은 자체로 사무실인데 먹통인 핸드폰을 들고 읍내로 나가려 했다는 것이다. 택시를 불렀을 것이고 읍내 매장에 나가면 열에 열한 번은 순천으로 AS를 보내니 며칠 동안 핸드폰 없이 지내야 한다는 것은 정해진 이치. 그래서 10만 원. 그날 행평댁의 봉투를 돌려보내는 데 30분은 걸렸다. 그래서 내가 해준 조언은,

"일단 사양은 하는데 끝까지 그렇게 하기는 힘들고…… 그냥 설비 간판 달고 장사를 하지."

2012년 오미동 어버이날, 모든 어르신들 가슴 위의 카네이션은 그렇게 거절하지 못하고 받은 5000원, 1만 원을 모아둔 무얼까?의 '기술'이 달아드린 꽃이다. 대부분의 엄니들 가슴에 카네이션을 달아줄 자식들은 도시로 나가 있다. 나도 그러했지만 얼마간의 돈을 부쳐드리고 전화로 인사를 했을 것이다. 그래서 가슴이 빈다. 꽃보다 봉투가 대세지만 그래도 빠지면 섭섭한 것이 카네이션이다. 장에 나가보면 가슴에 꽃을 단 엄니들과 그렇지 않은 엄니들의 위세가 다르다.

여럿이 하면 좋다

행사 하루 전까지만 해도 할 수 있다, 없다 설왕설래했

던 오미동 어버이날. 백번 잘했다. 지난 가을 이후로 스스로 음식해서 나누어 먹고 서른 분 정도라도 마을 어르신들이 모인 것은 처음이다. 물론 턱없이 적은 숫자지만 이를테면 '나올 사람'은 다 나왔다. 저 카네이션은, 이 밥상은, '같이 갑시다'라는 '새 사람'의 제안이고 노인들은 참석으로 답을 한 것이다. 어버이날 행사를 꼭 하려고 했던 이유, 무얼까?가 돈을 털어 넣어 꽃을 사고 빵을 샀던 이유, 흐르는 코드가 있다.

'맨땅에 펀드'는 특정 사이트의 수익 사업이 아니다. 결국은 예산 지원이나 관의 개입 없이 하나의 마을이 운영될 수 있는 방안을 찾기 위한 아주 턱없는 출발이다. 2012년에 마을은 그것을 실감하기 힘들 것이다. 그래서 2013년이 중요하고 2012년은 거름으로 소용될 것이다. 우리는 2012년에 스스로 똥이 되어야 한다.

5월 9일 수요일 거의 마지막 모판 작업. '맨땅에 펀드'에서 11월에 배당

118

할 쌀을 시작하는 것이다. 지난 여름 이후로 소원했던 몇몇 마을 사람들이 함께 작업을 했다. 모판을 논으로 운반하는 작업은 한 해 농사일 중 손꼽히게 힘든 대목에 해당한다. 여럿이 하면 좋다. 일상에서 마을이 함께하지 못하면 힘든 일은 더 힘들어질 것이다. ●

두 번째 배당

12

어찌 이런 맛이!

밥상을 차렸다. 보리가 올라올 때 제철이라고 이곳에서는 '보리숭어'라고
한다. 부산에 살던 시절에는 '밀치'라고 불렀다. 횟감으로는 고급스럽지
않은 녀석이지만 이 시기에는 정말 맛난 횟감이다. 바닷가에 살던 때에는
항상 봄이면 숭어를 먹었다. 물론 때를 기다리고 챙겨서 먹는 것을 낙으로
삼고 살아가는 종족이라 가능한 일이지만. 오늘 밥상의 주인공은 봄숭어

다. 그러나 강력한 조연들이 버티고 있다.

산마늘 장아찌. 4월 초순부터 수확한 바로 그 산마늘이다. 이것을 5월 14일 월요일 오후에 펀드투자자 분들에게 '맨땅에 펀드' 두 번째 배당으로 발송했다. 4월 23일에 보내드린 산마늘 생잎보다 조금 일찍 수확한 잎으로 가공을 했다. 대략 30일 정도 숙성된 장아찌다. 물론 문수골 해발 700~800m 농장 '산에사네' 작품이다. 조선장이 베이스고 다시마와 표고로 맛국물을 내어서 세 번 끓였다.

마지막으로 매실 효소와 약간의 식초를 가미했다. 물론 장아찌를 만드는 방법은 다종다양하다. 국물을 포함하다 보니 약간 들쑥날쑥하지만 400g 이상 단위로 포장을 했다. 진공 포장하는 과정에서 자연발생적으로 약간의 거품과 국물이 흘러나와 용량에 변동이 있을 것이다. 냉장 보관하시고 장아찌 역시 고기를 싸서 드셔도 어울린다. 우리들의 며칠 전 밥상은 산마늘 시즌을 종료하는 일종의 슬픈 이별식 같은, 가슴 아픈 자리였다.

산마늘 생잎도 당연히 준비했다. 사실 산마늘 잎은 육류보다는 회와 더 잘 어울린다. 5월 중순이면 두꺼워서 더 이상 채취하지 못한다. 이날을 위해서 진작부터 저온저장고에 모셔둔 생잎이다. 생잎 한 장 펴서 봄숭어 세 점 정도 초장 발라 올리고 마늘과 고추를 된장 발라 그 위로 올린다. 그리고 입에 넣는다. 알싸한 산마늘 향이 먼저 감지되고 마늘과 고추의 상큼함이 뒷골을 때리다가 숭어의 고소한 맛이 혓바닥을 잡고 놓아주질 않는다. 어찌 이런 맛이! 대부분 상추에는 손길

을 주지 않는다. 산마늘이 많았으니까. 다시 태어나면 봄숭어가 되고 말겠어! 그래서 펀드에 가입하지 못한 지리산닷컴 주민들의 입으로 들어가 참회시키며 최후를 맞이하겠어! 그런 진정성이 뚝뚝 흐르는 결심을 하면서 먹었다.

보내드릴 물품 구성이 좀 심심하다는 지리산노을 언니의 의견에 따라 말린 표고도 조금 넣었다. 1차 배당 때부터 사실 생표고버섯을 보내드리고 싶었다. 그러나 봄 표고는 특히나 생물 상태로는 금방 상하기 때문에 포기했다. 4월부터 농장 '산에사네' 표고막에서 채취한 표고버섯이다. 건조는 딱 하루. 무조건 햇볕 건조. 건조기로 들어가지 않는다. 비타민D를 살리기 위해서다. 만져보면 딱딱하지만 물에 20~30분만 불리면 된다. 기본 간, 즉 소금이나 간장으로 프라이팬에 나물 볶듯이 볶아 드시는 방법과 불고기에 넣어서 드시는 방법, 불린 표고를 썰거나 그대로 전으로 부쳐 드시는 방법이 있다. 물론 찌개 종류에 넣어 드실 수도 있다. 약소하지만 100g 기준으로 넣었다.

인큐오이에 담긴 사연

그리고 인큐오이. '지리산 맑은 물외'라고 표기되어 있지만 그것은 오이. 8~9년 전에 서울에 살고 있을 때 K형의 부탁으로 인큐오이 포장지를 디자인해준 적이 있다. 그때 오이가 아닌 다른 네이밍을 물어오길래 '물외'라고 상품명을 붙였던 기억이 난다. 그런데 왜 저 인큐(이를테면 '인큐베이터'를 뜻

하는) 포장지가 아직도 돌아다니냔 말이다! 소비가 되지 않았다는 이유 말고 뭐가 있겠는가.

5월 10일 목요일 늦은 오전. 구례군 토지면 봉소마을 어느 오이 하우스. 펀드 두 번째 배당의 기준일은 이른바 '인큐오이'가 재배 완료되는 시점이다. 5월 초에 인큐오이 1000개 제작 주문을 넣어둔 상태다. 주문하면 '오이 제작'에 들어간다. 그리고 우리는 토지면이 아닌 용방면의 윤병술 농부에게 의뢰했었다. 그런데 농부 윤병술은 자신의 오이 하우스가 아닌 다른 사람, 다른 마을 오이 하우스로 나를 부른 것이다. 농부 윤병술의 오이는 실패했다고 한다. 인큐오이. 인큐베이터 방식이라는 의미다. 약간 빈약한 인큐베이터지만.

나: 인큐오이는 일반 오이와 어떻게 다른가?

인큐오이 재배 방법.

농부1: 인큐오이의 장점은 육질이 단단하고 아삭하다는 것이다. 품질도 균일하다. 사이즈와 모양이 그렇다.

농부2: 보관이 쉽고 오래 간다. 90% 정도가 상품으로 가능하다. 곡과율이 이를테면 10% 정도다. 일반 오이는 곡과율이 30% 정도다.

나: 가격은?

농부: 일반 오이가 10kg 박스 기준 3만 원이면 인큐오이는 4만 원 정도다.

나: 왜 아직 이 포장지가 남아 있나? 인큐오이가 잘 팔리지 않는 것인가?

농부1: 포장지 벗기기가 귀찮다고 한다. 쓰레기가 발생한다. 식당에서 오이를 대량으로 사용하는데 이런 점 때문에 별로 좋아하지 않는다.

나: 재배 방법은?

농부1: 간단하다. 요만한(10cm 정도) 어린 오이에 이 비닐을 씌운다. 그리고 7~10일 정도 경과하고 수확한다.

나: 그게 단가?

농부1·2: 그게 다다.

나: 유기농인가?

농부2: 묘목부터 유기농이었다면 유기농이고 아닌 것은 친환경이다. 농약을 하지도 않지만, 약을 해도 오이 열매에 직접 투여가 안 된다. 그리고 인큐오이는 스펀지 현상, 즉 보관하다가 수분이 빠져나가고 퍽퍽해지는 상태가 거의 없다. 인큐오이는 겨울보다 오히려 여름에 더 유리하다. 15~20일 정도는 냉장 보관이 가능하다.

나: 인큐오이는 월등하게 맛있는데 확대 방법이 없나?

농부2: 친환경과 아닌 것의 가격 차이가 별로 없다. 돈이 안 된다.

농부1: 벗기는 방법 등을 개선할 필요가 있다. 호박은 일부를 남겨두고 나누어 먹는 경우가 많지만 오이는 보통 한 번에 다 먹으니까.

나: 하우스 오이는 연중 생산 가능한가?

농부1: 하우스 오이는 10월에 심고 이듬해 7월까지 수확을 한다.

나: 오이가 다년생인가?

농부2 : 아니다. 해마다 심는다.

나: 심고 나서 얼마 후부터 수확이 가능한가?

농부2: 심고 나서 45~50일 정도 지나면 수확을 시작한다.

나: 하우스를 하는 이유는? 노지에서는 불가능한가?

농부1: 하우스는 아무래도 병충해 등으로부터 보호하기 위한 것이다. 텃밭의 오이는 장마를 넘기기 힘들지 않은가.

전남 구례는 80년대 중반까지만 해도 농산물 수익의 70%가 오이였다. 그 정도로 구례 오이는 맛이 탁월했다. 전국 각지에서 구례로 오이 재배 기술을 배우러 왔다. 아낌없이 알려주었다. 그리고 그 기술은 더 이상 구례만의 것이 아니게 되었다. 무엇보다 이제는 옛 방식으로 구례 오이를 재배하는 농부가 없다. 인력이 없기 때문이고, 가능하다 해도 그런 오이는 아마도 산마늘 가격에 육박할 것이다. 그래도 여전히 구례에서 생산한 오이는 맛이 좋다. 그것이 이른바 역사와 전통일 것이다. 인큐호박을 따라서 인큐오이를 만들었다. 거의 10년이 되어간다. 어떤 사람들은 오이가 휘어지지 않고 균일해서 감성적으로 좀 아니라고 평가하기도 한다. 그러나 인큐오이가 일반 오이보다 더 단단하고 아삭하다는 것은 분명한 사실이다. 하지만 구례의 많은 오이 하우스 농가에서는 거의 인큐오이를 재배하지 않는다. 곡과율은 엄청 낮지만 공판장에서 환영받지 못한다. 직거래는 다른 나라 이야기다. 대한민국 농수산물 가격은 공판장을 장악한 큰손들의 입맛에 따를 수밖에 없다. 그래서 지역 곳곳에 '맨땅에 펀드' 1000개가 필요하다.

농부, 서러운 직업

오이를 체크하고 토지면 소재지 점빵에서 맥주 한잔 놓고 두 농부와 앉았다. 1000개를 아직 완료하지도 못했고 배송은 5월 14일 월요일에 하기로 했다. 월요일은 비가 예보되어 차라리 무더운 날보다는 택배 보내기 좋은 날이다. 윤병술. 마흔아홉. 구례군 용방면 용강리에 산다. 오이 농사 경력 15년이다. 전기로. 마흔아홉. 구례군 토지면 봉소마을에 산다. 오이 농사 경력 22년이다.

나: 이번에 주문한 오이는 왜 실패했나?

마음이 편치 않다. 사실 이번 인큐오이를 부탁한 농부 윤병술은 지난 겨울부터 악재의 연속이다. 윤병술은 하우스에서 유기농을 지향한다. 그는 대부분 그렇게 재배한다. 윤병술의 농산물은 주로 학교 급식으로 나간다. 윤병술 농부는 네 번째 본다. 2월에 나를 찾아왔었다. 농장 로고를 만들어 달라는 목적이었고 방문 전부터 나는 "바빠요! 못 오게 하세요."라고 주변에 통보를 했지만 그는 막무가내로 찾아왔다.

그 후에 꽃배추 문제로 다른 이의 전화를 받았는데 또 윤병술 농부가 연관되었다. 어찌어찌 일과 일 사이의 오후 몇 시간을 내어 그의 농장 로고를 만들어주었다. 그리고 사례를 하려는 그를 말리고 밥을 한 번 먹었다. 그 식사 자리에서 이런저런 그의 이력을 들었다. 그 자리에서 '구례가 원래 오이로 유명하지!'라는 생각이 들었다. 펀드 배당으로 오이가 나가야 한다는 판단과 인큐오이가 생각났다. 그렇게 일이 진행된 것이다. 며칠째 그가 들고 온 하우스 햇감자를 먹고 있다. 맛있다. 감자를 먹을 때마다 윤병술 얼굴이 지나간다. 도대체! 농사를 어떻게 짓는 것이야!! 나는 맥주잔 앞에서 잘 알지도 못하는 그에게 대놓고 말을 날렸다. 그는 허허롭게 웃었다. 친구 농부 전기로가 나의 말에 윤병술이 상처받을까 걱정이 되었는지,

"어이 친구, 잘 될거야."

어깨에 손을 올리고 있는 사람이 농부 윤병술. 줄무늬 셔츠가 농부 전기로다.

농부에 대해서 나는 '농부'라고 표기를 한다. 농부이기 때문이다. 농부. 참 서러운 직업이다. 대한민국에서는 그렇다. 농부. 참 바보 같은 직업이다. 대한민국에서는 그렇다. 농부들. 참 착한 사람들이다. 이들이 사악한 마음을 먹어 봤자 얼마나 사악해질 수 있겠는가. 내가 어떤 수단으로 밥을 먹을 것인지 결정하는 순간 우리들이 범할 수 있는 악과 선의 영향력 범주는 대략 정해진다. 그런데 그들은 대체적으로 힘들다. 하늘에 기대어 밥을 먹기 때문이다. 최근의 고추 모종 품귀 현상을 보면 금년 가을에 고춧가루 가격이 얼마나 하락할 것인지 눈앞의 불을 보듯 뻔하다. 작년 고춧가루 가격이 좋았다고 금년에 그렇게 많이 고추를 심는 사람들이다. 그들이 범할 수 있는 단기적 사악함의 극대치는 고추 모종을 사재기하는 것이다. 그래서 때로 나는 화가 난다. 눈에 뻔히 보이는 상투적 사악함 때문에 화가 나는 것이다.

"웃어요. 오이 좀 팔아봅시다."

씨이익…….

"그게 웃는 겁니까? 그게 최선입니까?"

써어억쏘오…….

"아, 쫌!"

그래요. 바로 그 표정 좋아요! 이제 그 표정 그대로 오이 좀 팔러 가봅시다. 대한민국 농부 좀 즐겁고 유쾌하게 살아봅시다. 다음에 나 볼 때 농부 윤병술, 농부 전기로 두 사람 모두 우울한 얼굴이거나 자신 없는 얼굴이면 그냥 확 다 두들겨 패버릴랑게! 우리, 인생 크게 잘못 산 거 없잖아! 우리 가 당당하지 못할 이유가 있냐고? ●

맨땅에 펀드 — 배당 안내문

2012. 05. 14

산마늘 짱아찌, 건표고버섯, 인큐오이

안녕하십니까. 지리산닷컴 '맨땅에 펀드'입니다.

두 번째 배당 농산·가공물을 보냅니다. 산마늘 장아찌와 건표고 그리고 인큐
오이입니다. 가급적 계절과 일치시키려 합니다. 이번에도 양은 충분하지 않습
니다. 저희들이 보내드리는 농산·가공물은 비교적 비싼 놈들입니다. 뭐랄까
요, 아쉽지만 '그래도 맛은 보고 넘어가는' 재미 정도로 이해해주시면 감사하
겠습니다. 이번에도 오이를 제외하고는 추가 주문이 가능하지 않습니다. 죄송
합니다.-,.-

■ 산마늘 장아찌

4월 23일에 보내드린 산마늘 생잎보다 조금 일찍 수확한 잎으로 가공을 했습
니다. 대략 30일 정도 숙성된 장아찌입니다. 물론 문수골 해발 700~800m
농장 '산에사네' 작품입니다. 조선장이 베이스구요, 다시마와 표고로 맛국물
을 내어서 세 번 끓입니다. 마지막으로 매실 효소와 약간의 식초를 가미했습
니다. 물론 장아찌를 만드는 방법은 다종다양합니다. 국물을 포함하다 보니

약간 들쑥날쑥합니다만 400g 이상 단위로 포장을 했습니다. 진공 포장하는 과정에서 자연발생적으로 약간의 거품과 국물이 흘러나와 용량에 변동이 있을 것입니다. 냉장 보관하시고 장아찌 역시 고기를 싸서 드셔도 어울립니다. 1만 5000원 어치입니다.

■ **건표고**

1차 배당 때부터 사실 생표고버섯을 보내드리고 싶었습니다. 그러나 봄 표고는 특히나 생물 상태로는 금방 상하기 때문에 포기했습니다. 4월부터 농장 '산에사네' 표고막에서 채취한 표고버섯입니다. 건조는 딱 하루입니다. 무조건 햇볕 건조입니다. 건조기로 들어가지 않습니다. 비타민D를 살리기 위해서 그렇습니다. 만져보면 딱딱하지만 물에 20~30분만 불리면 됩니다. 기본 간, 즉 소금이나 간장으로 프라이팬에 나물 볶듯이 볶아 드시는 방법과 불고기에 넣어서 드시는 방법, 불린 표고를 썰거나 그대로 전으로 부쳐 드시는 방법이 있습니다. 찌개 종류에 넣어 드실 수 있는 것은 당연하구요. 약소하지만 100g 기준으로 넣었습니다. 5000원 어치입니다.

■ **인큐오이**

전남 구례는 80년대 중반까지만 해도 농산물 수익의 70%가 오이였습니다. 그 정도로 구례 오이는 맛이 탁월했습니다. 전국 각지에서 구례로 오이 재배 기술을 배우러 왔고 아낌없이 알려주었습니다. 그리고 오이는 더 이상 구례만의 것이 아니게 되었습니다. 무엇보다 이제는 옛 방식으로 구례 오이를 재배하는 농부가 없습니다. 인력이 없기 때문이고, 가능하다 해도 그런 오이는 아마도 산마늘 가격에 육박할 것입니다. 그래도 여전히 구례에서 생산한 오이는 맛이 좋습니다. 그것이 이른바 역사와 전통이겠지요. 인큐오이의 장점은 육질이 단단하고 아삭합니다. 품질이 균일합니다. 사이즈와 모양이 거의 동일합니다. 보관이 쉽고 오래갑니다. 90% 정도가 상품으로 가능합니다. 아주 어린 오이 상태에서부터 포장을 씌우기 때문에 태생적으로 농약 등의 화학물질로부터 차단됩니다.

단점은 이 장점을 유지하기 위해 비닐을 사용합니다. 따라서 쓰레기가 발생합니다. 식당 등에서는 인큐오이를 싫어합니다. 벗기는 과정이 귀찮은 것이지요. 어떤 분들은 오이가 휘어지지 않고 균일해서 감성적으로 좀 '아니다'라는 평가도 하십니다. 그러나 인큐오이가 일반 오이보다 더 단단하고 아삭하다는 것은 분명한 사실입니다. 용방면의 농부 윤병술 님에게 오이 1000개를 부탁했습니다. 그러나 윤병술 농부는 실패했습니다. 그래서 그의 친구인 토지면 봉소마을의 전기로 농부님의 오이 하우스에서 다시 인큐 포장을 씌웠습니다. 어린 오이에 포장을 씌우고 7~10일 정도 경과하면 여러분들이 받아보신 오이로 성장합니다. 자세한 사연은 사이트에서 읽어보시기 바랍니다. 무게를 기준으로 하기는 좀 그렇고 열 개씩 배당했습니다. 개당 900원, 열 개 9000원입니다. 여러분들이 개인적으로 구입하시려면 개당 1000원 정도 할 것입니다. 오이는 선주문받고 재배에 들어갈 수 있어 이번에는 사이트에서 추가 주문을 1주일 정도 받을 계획입니다.

대충 한 번 씻고 그냥 와작와작 씹어 드시면 제일 좋습니다. 과일이라고 생각하십시오. 오이에 대한 특별한 조리 방법은 제시하지 않겠습니다. 무침도 좋고 밥반찬으로 고추장에 찍어 드셔도 좋구요, 소박이를 담으실 양으로는 좀 부족하지요.-,.-

다음 배당은 아마도 6월 중순 이후로 드디어 '맨땅에 펀드' 자체 생산 햇감자와 아카시아꽃 기반의 잡화 양봉 꿀을 보내드릴 것입니다. 꿀은 이미 생산 주문을 넣어둔 상태입니다. 꽃들이 도와줘야 무난하게 100개를 준비할 수 있겠지요. 그리고 그 시기에 고추 모종 아래에 뿌려둔 열무가 올라온다면 같이 보내드릴 수도 있을 것입니다. 아니면 물류 비용 절감을 위해서 7월 중순에 우리 밀가루와 함께 보내드리는 방안도 생각해보겠습니다.

역시 진행 상황은 사이트를 통해서 알려드리겠습니다.

두 번째 배당이 나갔지만 여전히 투자자들에게 펀드 번호를 보내드리지 못하고 있습니다. 다른 이유는 없고 모든 것은 제(지리산닷컴 마을이장) 탓입니다. 제 컴퓨터 파일에는 이미 완료된 상태로 있지만 사이버 펀드 증서라도 디자인해서 개별 메일로 첨부해서 보내드려야 하는데 바쁘다는 핑계로 미루고 있습니다. 5월이 가기 전에 개별 메일로 펀드증서를 보내드리도록 하겠다고 굳게 약속하며…….

주소 변경(일시적이라도)은 부담 없이 메일로 통보해주세요. 투자자의 권리입니다. 전혀 힘든 일도 아닙니다. 그리고 배송받으신 물품에 저희들의 실수가 있다면 꼭 메일로 알려주세요. 혹시 꾸욱 참고 계신 것은 아닌가 하는 염려가 됩니다. 모든 민원은 4dr@naver.com으로. 감사합니다. 꾸벅.

풀풀풀

땅콩 일병 구하기

텃밭을 하는 사람이나 작물을 아는 사람이 아니라면 지금 '맨땅에 펀드' 밭고랑 상황에서 '의도한 작물'과 '의도하지 않은 풀'을 구분하는 것은 쉽지 않다. 물론 나 역시 직접 심지 않았다면 이곳이 땅콩 밭이란 사실을 알 수 없었을 것이다.

역시 긴급하게 '땅콩 일병 구하기' 미션이 떨어졌고 우선은 이제 올라오는 땅콩 모종 주위의 풀들을, '호미질은 안 되고' 손으로 '톡톡' 뽑아 올려야 한다는 작업 지시가 내려졌다. 그렇게 뿌리가 끊어지지 않도록 뽑아 올리는 방법으로 땅콩 주변 한 뼘 정도 지름의 풀을 뽑는다. 이 짓을 한 시간 정도 하고 있노라면 속이 부글부글 끓기 시작하고 트랙터를 몰고 와서 밭을 확 뒤집어버리고 싶은 충동이 밀려오지만 부처의 수행심으로 마음을 안정시키고 시간은 흐른다는 평범한 진리를 되새기게 되는 것이다.

한둘씩 지나가는 마을 사람들이 하는 소리는 한쪽 귀로 들을 필요도 없다. 모두 나를 걱정하는 척 말을 시작해서 결론은 '이 바보 같은 놈아.'라는 내용이 9할이다. 땅콩 장면은 여하튼 내 탓이다. 땅콩죽 한번 먹자고 맞지도 않는 흙에 땅콩을 주장한 것은 나 한 사람이었으니.

전개되는 상황은 대부분 예측한 것보다 빠르고 강하게 진행된다. 5월 중순을 넘어서면서 두어 차례의 비와 무더운 낮 기온은 순식간에 잠복해 있던 풀들을 일제히 밀어 올렸고 그것은 정말 하루가 다르게 땅 위를 점령해나갔다. 이곳에 살면서 깨달은 하나의 사실은 세상에서 제일 대단한 것은 나무이고 세상에서 가장 강한 것은 풀이라는 사실이다. 땅콩 파종 면적은 40평 정도 되고 전체 밭은 1100평 정도다. 마흔 명 정도가 일제히 김을 매면서 행진하면 하루에 가능할까?

농담 삼아, 이야기 삼아 마을 사람들의 참견을 전하지만 개인적으로는 진심으로 그 말들이 듣기 싫다. 이곳 사람들의 말은 '듣기 위한 말'이 아니라 오로지 '말하기 위한 말'이 대부분이니 대꾸가 무망한 소리에 불과하다. 뜻이 있는 말씀은 존중하지만 고저장단만 있는 소리를 존중하는 것은 아니다. 무엇보다 같은 소리가 반복될 때에는 나처럼 상대방이 앵앵거리는 것을 극단적으로 싫어하는 사람은 대꾸를 하지 않는 것이 답이다. 밭

5월 마지막 주의 땅콩 밭과 고추밭.

과 길 위는 거리가 있으니 '안 들리나?' 하고 가면 그만인 것이다.

이쯤 되면 체질이다

5월 20일 일요일의 고추밭. 무얼까?의 전언에 의하면 모종 두 개가 사망했다. 그러니까 나머지 100개 이상은 안착을 한 것이다. 고추밭에 있으면 고추밭에 관한 잔소리를 듣고 땅콩 밭에 있으면 땅콩 밭에 관한 잔소리를 들어야 한다. 고추밭에 관한 1차적 잔소리는 고랑을 하지 않은 문제이고 두 번째는 역시 풀 문제다. 그 모든 결론은 '그렇게 하면 안 된다.'는 것이다. 대부분의 농부들에게, 노인들에게, 농사를 짓는 방법은 유일하다. 풀 죽이고 약하고 비료하고 고랑은 높게. 그렇지 않은 모든 방법은 틀린 것이다. 우리는 결국 계절에 따른 잔소리를 계속 들어야 하는데 초록이 우세한 계절에는 그 잔소리의 강도와 횟수가 상상 이상이다. 고추 아래로 무얼

140

까?가 뿌려둔 열무 씨앗이 위력을 발휘하기 시작한다. 열무가 풀보다 우세해지기를 기다리는 것이다. 조만간 열무를 솎아야 할 것이고 그러면 판매를 하거나 배당으로 보내기도 할 것이다. 고추밭 양호하다. 내가 보기에는.

감자밭은 한 번 고랑을 쳐올리면서 김을 매었지만 역시 다시 풀들이 맹렬한 기세로 올라오고 있다. 한 번 정도 더 풀을 잡을 것인지 그대로 둘 것인지는 무얼까?가 판단할 것이다. 분명한 것은 펀드매니저들에게 일을 시키면 풀을 완전히 사망시켜서 벌레들이 감자로 몰려든다는 사실이다. 이미 지난번 김매기에서 그것은 증명이 되었다. 감자 잎 아래에서는 그늘이라 풀이 그렇게 많이 자라지 않는다. 고랑과 고랑 사이 골에 풀이 많은 것이다. 감자 꽃을 따야 한다, 그대로 두어야 한다는 지점에서도 학설이 분분하다.

무얼까?가 아침부터 예초기를 들고 수로 뽀짝(가까이) 두렁에서 작업을 하고 있다. 문자로 우유와 빵을 요구했는데 이미 사무실에 도착한 다음이라 마침 냉장고에 있던 우유만 챙겨서 나갔다. 보아하니 새벽부터 삥삥이를 돈 모양이다. 점심시간에 옥산식당 가는 길에 차에 태웠더니 "하루 종일 오토바이 탄 것 같다."라고 말했다. 예초기 작업을 한 사람들의 공통점은 극심한 갈증과 지긋지긋함을 호소한다는 것이다.

오후가 되었고 무얼까?는 다른 작업에 매달렸다. 오이 끈을 묶는다고 했다. 그리고 저녁에 옥수수 모종과 동부(콩)를 옮겨야 한다고 했다. 어지간하다. 이 정도 되면 체질이라고 인정해야겠지. 어쩌면 '맨땅에 펀드' 시작과 무얼까?의 귀촌(본인은 귀농이라고 주장한다.)은 필연적인 만남이자 조합인지도 모른다. 모든 일은 그리되게 계획되어 있는 모양이다. 그러나 나의 계획에는 없었던 '밤 모종 작업'이 또 있었다. 아, 나한테 일을 시키지 말고 매니저들을 고용하라니깐!

위: 수로 뽀짝 두렁에서 예초기 작업 중인 무얼까?
아래: 오후가 되자 오이 끈 묶는 작업으로 옮겨 간 무얼까?

갑동댁의 데뷔

5월 22일 화요일. 아침 7시부터 토란 밭에 매니저들이 투입되었다. 대평댁, 지정댁, 갑동댁 세 분이다. 갑동댁은 펀드매니저 데뷔전이다. 무얼까?는 완전한 이사를 위해 서울로 며칠 올라가 있는 상태였고 가기 전에 토란 밭과 땅콩 밭, 고추밭 앞머리 김을 매어야 한다는 말을 남기고 표표히 떠났다. 어쩌면 풀과의 전쟁을 포기하고 서울로 도주한 것인지 누가 알겠는가. 만약 그렇다면 이 풀밭은 누가 관리할 것인가? 음…… 나는 처음부터 박 과장이 잘할 것이란 확신이 있었다. 카페&게스트하우스보다 더 높은 연봉을 제시하면 그는 다시 돌아올 것이다.

물병 들고 내려서자 대평댁의 불평이 폭발한다.

"이거 땅이 깡깡해가꼬 영판 지랄이라니까. 하이고 사람 죽것네."

점심시간에는 옥산식당 우동이 아닌 읍내 돼지국밥으로 식사를 대접했다. 신입 갑동댁은 귀가 잘 들리지 않는 관계로 읍내로 가는 내내 차 안이 시끄러웠다.

"갑동떡! 돼야지국밥 먹어? 아, 묵을 줄 앙가? 아, 내 말 안들래?"

읍내에 도착할 즈음 메뉴에 대한 의사소통이 이루어졌고 갑동댁은 혼잣말로 중얼거렸다.

"그 비싼 거를 시상에……."

수요일은 공공근로가 있어 대평댁이 작업이 안 되는 관계로 연이은 작업이 되지 못했다. 목요일에 다시 김매기 작업이 시작되었다. 이날은 땅콩 밭이다. 아침부터 나는 정신이 없었다. 인큐

오이 1차 배송이 예정된 날이라 우체국과 오이 농가를 왔다갔다 바빴고 그 사이에 인쇄물 하나를 처리해야 했고 점심에는 광의면 순영이 형네로 올라가야 했다. 무얼까?는 서울로 잠적하지 않았고 수요일에 완전한 이삿짐을 싣고 아내와 함께 구례로의 이주를 완료했다. 독수공방이 끝난 것이다. 구름이 두터운 날이라 햇볕은 어느 정도 가려졌다. 내가 엄니들 일하시는 밭으로 내려선 것은 거의 오후 5시가 되어서야 가능했다.

불량 난 인큐오이를 하나씩 드렸다. 지정댁은 달다 하고 드셨고 대평댁은 "이빨이 션찮아서" 저녁에 쫑쫑 썰어 오이지로 드신다고 챙겨두고 갑동댁은 바로 한입 드시고 풀 사이에 저장해두고 다시 한입 드시기를 반복했다. 이때만 되면 반복되는 앵두를 따는 문제로 다시 나와 지정댁 사이에 입씨름이 벌어졌다. 나는 이미 이틀 전에 5kg 정도를 땄고 낮에 무얼까? 댁 일탈도(마을에서는 이후로 사무장댁으로 정리되었다.) 귀촌 첫 경험으로 두

바가지 이상을 땄는데 곧 땅으로 떨어질 앵두를 왜 자꾸 나에게 따라고 하는 것인지 환장할 노릇이다. 앵두 따는 것도 일이고 시간이다. 게다가 나무 위에 올라서야 하는데 자세가 영 고약하다. 대평댁의 클로징 멘트가 있었다.

"따서 나 좀 줘. 울 집 말래에는 새새끼 모냥 모다 와서 안그 있슨께 새 모이 묵드끼 맨날 뭐이가 있어야 혀."

(번역: 우리 집 마루에는 마을 할머니들 손님이 자주 있으니 뭔가 주전부리가 상시적으로 준비되어 있어야 한다.)

작물의 모든 처음은 아름답다

땅콩 밭이 껍질을 벗듯이 전모를 보이지만 땅콩 상태는 보잘것없다. 그래도 엄니들이 웬일로 솎아낸 풀을 고랑에 덮어두었다. 1박 2일 정도 김매기 작업을 할 열 명 정도의 자원을 모집해야 할 것인지 고민스러운 대목이다. 토요일에 대구댁이 가세한 4인이 다시 풀을 매겠지만 코끼리 입에 비스킷인 것은 분명하다. 매인 직장이 없다 보니 5월 말에 '부처님 오신 날'과 주말이 붙어 연휴라는 사실을 몰랐다. 미리 알았더라면 '투자자 감시 방문'을 빙자한 노역부대 모집에 들어갔을 것인데.

대평댁은 밭일을 할 때에는 신발을 신지 않는다. 그녀가 진정한 맨발의 디바다. 온몸으로 삶을 노래하는. 고추가 열리기 시작한다. 작물의 모든 처음은 아름답다. 아마 그 맛에 농사를 지을 것이다. ●

I분기 결산

3 ~ 5월 총지출 | 12,441,780원

현 잔액(2012. 5. 31) | 17,558,220원

일단 산술적인 결산 보고는 위와 같습니다.(왜 갑자기 높임말을 사용하게 되지?-,.-)

A. 인건비: 3,745,000원

B. 식대·간식: 326,800원

C. 자재비: 977,000원

D. 농지 임대료: 2,300,000원

E. 종자대: 230,000원

F. 배당 비용: 4,862,980원(농산물 구입, 택배, 포장)

비용지출에 관한 문학적 보고: 인건비 3,745,000원

인건비 중 가장 큰 부분은 총괄 관리자 상반기 인건비로 200만 원이 지출된 대목이다. 투자설명서에서 예고했지만 연봉 500만 원을 책정해두고 있다. 누군가 전체적인 관리를 하지 않으면 이 일은 진행하기 힘들다. 아니면 마음 편하게 풀밭으로 두면 된다. 연말에 지출하는 방안을 생각했지만 그때 자금이 고갈되면 총괄 관리자는 닭 쫓던 개 지붕 쳐다보는 상황이 되기 때문에 일부를 지출한 것이다. 반대로 전액을 선지불하면 하반기에 자금이 바닥나고 자연스럽게 펀드는 쫑나게 될 터, 그때는 총괄관리자가 룰루랄라하는 상황이 될 수도 있다. 그래서 상반기와 하반기로 지불을 나누었다. 당사자는? "이거 돈도 받는 거였어요?"라는 반응이었다는 후문. 나머지 174만 5000원이 펀드매니저들에게 지불된 인건비다. 그동안 동원된 펀드매니저는, 대평댁, 지정댁, 대구댁, 갑동댁, 박샘(대구댁의 남편), 지정댁 따님이다. 박샘과 지정댁 따님은 예외적인 상황이었는데 이를테면 놉(아르바이트)의 세습과 같은 성격이었다. 물론 나 또는 무얼까?와 논의된 적은 없었고 어느 날 아침에 텃밭에 나가보니 그리되어 있었다. 예외적으로 요즘 구례에서 생활하고 있는 내 아들이 두 차례 동원되면서 총괄 5만 원이

지출되었다. 나는 원래 돈을 줄 생각이 없었는데 주변에서 '일을 시켰으면 줘라'라고 이야기해서 좀 생각해보다가 주기로 결정했다. 앞으로도 포장 작업 등에 동원되면 그리할 생각이다. 대를 이어서 부자가 무임으로 이 일을 할 수 없다는 생각도 조금 있었다는 사실을 밝힌다. 예정보다 펀드매니 저들을 위한 지출이 그렇게 많지 않다. 이유는 둘.

첫째, 일을 할 수 있는 펀드매니저가 막상 희박하다. 대평댁, 지정댁, 대구댁, 갑동댁이 이후로도 주력이 될 것이다. 다른 인력은 마을에서 4인 정도 가능한데 여러 가지 정치공학적인 문제가 있다. 가령 운암댁은 훌륭한 인력이지만 지정댁과 관계가 거시기해졌다. 측량 문제 때문이다. 두 집이 아래위로 나란히 있지만 근래에 두 집 모두 집을 새로 지으면서 측량을 해야 했고 누군가는 누군가의 땅을 물고 있었던 것이다. 측량은 시골에서 가장 큰 분쟁의 뿌리가 된다. 수십 년간 두 분은 아주 가까운 이웃으로 살아왔지만 아이러니하게도 '행복마을 예산' 지원을 받아 집을 짓게 되면서 그리된 것이다. 그 외에도 '너무 거창한 이유 아냐?'라고 토를 달지도 모르 겠지만, 한국근현대사의 질곡이 여전히 지금까지 사람과 사람 사이에 깊은 골을 내고 있는 경우도 있다. 이 마을은 여순사건과 한국전쟁의 중심부를 관통한 곳이고 그 시절 피해자와 가해자 집안 모두 여전히 같은 마을에서 살아가고 있다. 대부분의 단기적 갈등은 해결이 된다. 싸우고 다음 날이면 바로 화해가 가능하다. 그러나 '땅과 피' 문제는 그렇게 호락호락 하지 않은 사안인 것이다.

둘째, 최근 2주일을 제외하고는 딱히 펀드매니저들을 투입할 장면이 없었다. 우리에게는 고액연봉자 무얼까?가 있기 때문이다. 트랙터 작업, 예초기 작업, 벌레 잡기, 주변적 김매기, 종자 파종……. 오죽했으면 엄니들이 걱정할 만큼 들판에 나가서 서 있는 시간이 많았다. 물론 간혹 나를 비롯한 몇몇에게 불똥이 튀기도 했다.

이후로 두 가지 정도 과제가 있다.

첫째, 인건비 문제. 과하다는 평가다. 풀타임 4만 원이 일반적인데(여성 또는 노인들) 5만 원에 점심까지 대접하는 것은 좀 거시기하다는 의견이다. 이 대목은 의견이 분분한 장면인데…… 내 탓이다. 원래 4만 원을 생각했다. 그러나 햇볕 아래서 김매는 모습을 보면서 마음이 흔들린 것이다. 한번 5만 원 넣고 나니 그것이 표준이 되었다. 점심 제공 문제도 그렇다. 처음에 옥산식당에서 짜장면을 날리면서 그것 역시 표준이 되었다. 이제 와서 그것을 삭감하거나 없애는 것이 정서적으로 좀 힘들어졌다. 당분간 펀드매니저들을 고용할 일이 없으니 휴지기에 고민을 좀 해보기로 했다.

둘째, 고용의 다양화 문제. 대평댁을 수석으로 지정한 이후 실제 대평댁에게 인력 동원 권한을 드렸다. 문제는 대평댁이 그 권력을 즐기기 시작했다는 점이다. 대평댁, 지정댁, 대구댁은 오미동의 동쪽 구역에 살고 계신 분들이다. 서쪽 인력에 대한 배려가 없다. 갑동댁은 마을의 중앙 구역에 위치하고 있다. 내가 볼 땐 서쪽에서 두 분 정도 동원 가능한데 아직은 대평댁의 호출을 받지 못하고 있다. 이 대목도 당분간 쉬는 동안 대평댁과 야권연대 측면에서 담판을 지어야 할 부분이다.

식대·간식 326,800원

과다 지출이 있었다. 비싼 것을 먹었다는 것이 아니라 시골 인심에 밥 먹으러 가는 길에 두어 사람 정도 더 편승하는 경우가 많았다. 최근 세 차례 정도는 그런 경우를 의도적으로 피했는데 여튼 그러했다. 그러나 앞으로도 이런 경우가 없을 것이란 확답을 하기는 힘들다. 가령 나 같은 경우는 김을 매지는 않지만 엄니들을 차에 태우고 식당으로 이동해야 한다. 그러면 식당 밖에서 매니저들이 식사를 끝낼 때까지 서 있어야 하나? 아니면 계산을 분리하나? 사실 누가 기름값을 주는 것도 아니지 않는가. 내가 알아서 '돌라묵는(횡령)' 수밖에 없는데 이 대목도 2013년에는 어떤 원칙을 정해야 할 것이다. 사실 '오찌(리베이트)'는 좀 받았다. 인큐오이 불량 난 거하고 산마늘. 여하튼 자세한 지출 계획을 세우지 않고 출발한 펀드이다 보니 하루하루 식대가 쌓여 생각보다 많아졌다. 앞으로는 일당 5만 원인 경우 점심은 각자 알아서 해결하는 방안을 제시했으면 하지만 과연 그것이 가능할지 장담할 수는 없다. 간식에 해당하는 음료와 빙과류도 계속 지급해야 하는지 모르겠다. 왜 엄니들은 물을 준비해서 밭으로 나오지 않는지 모르겠다. 더구나 대평댁은 '비비빅'을 요구하는 경우가 잦아졌다. 시골에서 비비빅 사려면 읍내 가야 500원인데 좀 고민스럽다. 시원한 물 지참 정도는 권고해볼 생각이다. 그러나 평생 그런 것을 지참하지 않고 밭일을 해 온 분들이니 이 또한 어쩌면 '문화의 차이'일 수도 있다.

자재비 977,000원

이게 생각보다 많이 지출된다. 농사를 짓지 않는 놈이 기획하다 보니 이 대목에 관한 생각을 하지 못했다. 하반기에도 퇴비값은 그 정도 지출되거나 더 지출될 것이다. 수로 작업 포클레인 같은 경우는 뼈아픈 대목이다. 전혀 생각하지 못했다. 호스압력분사기 4만 원은 무얼까?가 읍내 철물점에서 바가지를 당한 것이다. 다른 철물점이 훨씬 싸다. 그 집 주인이 친절하다는 이유로 뻔질나게 드나들 때 알아봤다. 이후로 그 집은 이용하지 않는다.

농지 임대료 2,300,000원

당연한 지출이다. 항상 연초에 지출될 것이다. 2013년에는 농지를 확대할 생각이라 농지 임대 비용에 관해서 좀 더 객관적이고 냉정한 산출이 필요하다.

종자대 230,000원

현재로서는 생각보다 많이 든 편이다. 이 역시 농사를 모르는 사람이 기획했으니 발생하는 문제다. 앞으로 종자 콩을 제법 구입해야 할 것이고 여름 이후 파종에 다시 봄보다 훨씬 많은 비용이 지출될 것이다. 농지가 확대되면 당연히 종자대도 올라갈 것이다. 장기적으로는 자체 종자를 확보하는 것이 중요한데 2012년 상황에서 좀 정신이 없다. 이 대목에서 무얼까?의 역할에 기대가 크다.

배당 비용 4,862,980원

1200만 원 이상을 지출하고 배당과 관련해서 지출한 대목은 500만 원이 되지 않는다. 투자자들은 어떻게 생각할까? 만에 하나, 30만 원에 해당하는 투자 전액에 해당하는 농산물을 기대한 사람이 있지 않을까? 그런 우려를 나는 사실 하지 않았다. 펀드니까. 지난주에 투자자 두 분이 방문했다. 이 대목에 대한 이야기가 나왔다. 택배 안에 안내문이 동봉되어 있고 그 안에는 '표고는 5,000원 어치입니다.' 뭐 이런 대목이 있다. 두 번째 받다 보니 가만히 산수를 하게 되더라는 것이다. 전체 지출 내용을 모르니 앞으로 얼마나 많은 물건을 받을 수 있을지 기대심리도 생기고.

다른 문제점은, 펀드배당금으로 구입하는 농산물이나 가공물은 아무래도 좀 싸게 구입한다. 그런데 인큐오이 같은 경우처럼 우리는 개당 900원에 구입했지만 지리산닷컴 사이트에서 일반 판매를 안내할 때에는 개당 1000원이다. 그 중간 마진을 지리산닷컴이 취하는 것은 아니다. 농부 입장에서는 대량 구입하니 싸게 준 것이고 이후에 대한 기대심리 때문에 그런 것이기도 하다. 여하튼 그러지 않아도 펀드 가입을 못한 지리산닷컴 주민들이 서운해하는 분위기가 있는데 그냥 구매하는 입장에서 펀드 가입자보다 좀 더 지불하고 구매해야 하니 기분이 좋지 않을 수 있지 않겠느냐는 우려였다. 개인적으로는 '뭘 그렇게까지 생각할까요.'라는 입장이지만 그 의견을 받아들이기로 했다. 그래서 이후 3차 배당에서부터는 펀드 가입자들에게 '얼마 어치입니다.'라는 안내를 하지 않기로 했다. 물론 최종적으로는 기금 운용에 대한 세세한 내역은 공개할 것이다.

운영해보니

역시 운영을 해보니 대략 지출에 대한 가늠이 되고 앞으로 어찌해야 할 것인지 감이 잡힌다. 총평은? 역시 '맨땅에 펀드'는 무모한 펀드다. 운용사가, 구체적으로는 지리산닷컴 마을이장 같은 사람이 있어야 가능한 펀드다. 기름값, 투여 시간 등을 따지고 생각하면 경제적으로 나에겐 완전한 마이너스 펀드다. 만약 나에 대한 인건비를 책정한다면 투자자들에 대한 배당은 당연히 줄어들 것이다. 그래서 어쩌자고? 징징거리는 것이냐? 물론 아니다. 나는 다른 것을 얻는다. 스토리를 얻는다. 펀드 1년의 기록을 책으로 내고 그 초판 인세 정도가 나의 1년 인건비가 될 것이다. 그러면 다른 곳에서 이 펀드를 모델로 운영하는 모든 운영자가 책을 낼 것인가? 그것이 가능한가? 역시 현지에서 농사를 짓는 사람이 주축이 되는 것이 비용을 최소화하는 길이다.

'맨땅에 펀드' 운용 승패의 절반은 인건비에 있다. 지리산닷컴의 '맨땅에 펀드'는 기획 인력이 주축이 되다 보니 일반적인 마을의 모델이 되기 힘들다. 나머지 절반은 수익성 있는 작물을 심어서 판매하는 것에 있다. 그 판매가 가능하려면 신뢰를 기반으로 한 온라인 회원을 확보하고 있어야 하는데 그것이 단시간에 가능한 것이 아니다. 그래서 현실적으로 '맨땅에 펀드, 완도', '맨땅에 펀드, 영월', '맨땅에 펀드, 봉화'……가 가능하기 위해서는 시간이 필요하다. 아니면, 지리산닷컴과 연계한 상품 개발을 하는 방식이 가능한데 그것은 한계가 있다. 스스로 거대해지지 않겠다는 다짐이 있기 때문이기도 하고 현재 구성원은 돈을 쓰기에 능하지 벌어들이는 데 능한 사람들이 아니다. 박 과장과 무얼까?는 '우리는 형님들 같은 부류가 아니예욤.'이라고 부인하더라도 직장 상사는 아무래도 형들이다.

　지금까지 세 분 정도 나에게 펀드 기획과 관련한 메일을 주셨는데 구체적인 답변을 드리지 못했다. 왜냐하면 나 역시 지금 하고 있는 이야기 이외의 구체적인 정보가 없기 때문이다. 다른 특별한 노하우와 소스 같은 것은 없다. 분명한 것은 '맨땅에 펀드'를 하나의 기발한 아이디어로 파악하고 접근한다고 될 일은 아니라는 사실이다. 사실 '맨땅에 펀드'는 전혀 기발하지 않은 펀드다. 이미 '유시민 펀드'와 '박원순 펀드'가 있었다. 펀드 성격으로 보자면 이런 펀드와 형질이 유사한 것이지 농산물 펀드는 아니다. 지리산닷컴이 테스트 버전을 게시하던 2007년 8월 1일에 사이트 오픈 기념으로 '맨땅에 펀드'를 출시했다면 완판되었겠는가? 아니지 않은가. 그래서 '맨땅에 펀드'를 롤모델로 고향에서 뭔가를 기획하시고 싶은 분들은 일단 고향으로 내려가셔서 그 마을과 외부의 신뢰를 획득할 수 있는 매체 또는 툴을 확보하시고 나서 맨땅에 헤딩을 하셔야 한다. 그것이 시작일

듯하다.

　지자체에서 이 모델에 관심이 있는 경우에는 아마도 전문가에게 펀드 설계를 용역 의뢰할 것이다. 합법적인 상품으로 출시할 것이고 '중앙 관제탑'에서 해당 지자체 각 마을의 특산물을 앞세워 상품 구성을 할 것이다. '지역특산물 판매' 이상의 내용으로 진행하기 힘들 것이다. 경작 지역을 설정하고 그 생산물을 판매한다고 해도 규모를 예상할 때 이른바 리스크가 높아질 것이다. 규모가 커지면 제품 관리를 총괄하기 힘들다. 그래서 기왕 있는 지역특산물 모음집 이상의 의미가 없을 것이란 소리다. 무엇보다 그 펀드 상품으로 등록되지 못한 지역과의 갈등도 발생할 것이다. 그럼에도 불구하고 큰 단위가 이 아이템에 관심이 있다면 세분화된 마을사업으로 나누어야 할 것이다. 그리고 마을에서 우선 실행, 그리고 후지원 방식을 취해야 할 것이다. 그렇지 않으면 기존의 마을 단위 사회적기업 운영과 하등 다를 것이 없을 것이다. 이제까지 마을기업에 대한 지원의 8할은 사실 거의 헛돈이 되어버리지 않았나? 그 지원으로 자립한 마을이 과연 몇이나 있는가.

조금 더 구체적인 답은 1년 운용을 해보면 나올 것이다. 며칠 전에 무얼까?가 트랙터로 콩 파종에 대비했다. 풀밭은 다시 맨땅이 되었다. 항상 느끼는 점이지만 '항상 맨땅'이다. 농사는 그렇다. 파종하고 수확하고 땅을 갈고 다시 맨땅이다. 그 무한 반복 또는 순환의 틈새에서 그래도 우리는 살아남아 보려고 궁리 중이다. 어찌하면 돈이 좀 될꼬……. ●

무얼까?의 수로

작물들을 향한 무얼까?의 마음을 표현한 설치미술

원래 논이었던 땅을 밭으로 가꾸는 일은 많은 준비를 필요로 한다. 물론 그런 사실은 '맨땅에 펀드'를 시작하고 깨달았지만. 여러 가지 준비 중 최우선은 비료도 농약도 아니다. 그것은 바로 물이다. 밭작물, 특히 파종을 하기 전이나 파종 이후 당분간 작물에게 물은 곧 생명과 같다. 감자는 물이 많은 땅을 피해야 했으니 이제까지 별 문제가 없었다. 물론 그렇다고 이

봄 가뭄이 감자에 좋을 일도 없지만. 이미 파종을 한 땅콩과 고구마 순, 고추, 콩 등은 반드시 물을 필요로 한다.

'맨땅에 펀드' 텃밭 관리 책임자 무얼까?의 아내 '일탈'(역시 닉네임이다.) 님이 오미동으로 이사하면서 한 세대의 전입은 완료되었다. 지난 5월 23일이었다. 그리고 부부는 텃밭이라고 하기에는 다소 면적이 넓은 땅에 물을 공급하기 위해 주로 호스를 잡고 있다. 물 문제를 해결하기 위한 이제까지의 방식이었다. 밭 위의 마을 길가에 있는 민가 마당의 수도에서 호스를 연결해 와서 그 가느다란 물줄기에 의지해서 작물에 물을 주는 방식이었다. 하염없이. 무얼까?는 그동안 그렇게 '맨땅에 펀드' 작물을 살려왔다. 그러나 봄 가뭄이 심하다. 물을 주는 시간은 보통 내가 퇴근한 이후부터 어두워질 때까지인데, 수십 미터의 일반 가정용 호스를 작물 위로 끌고 다니는 것도 문제가 있고 간혹 차량이 지나갈 때는 연약한 호스가 터질 것 같은 불안감도 있다. 밭고랑 사이로 호스가 옮겨질 때 여린 작물의 새싹이 다치는 문제도 무시할 일은 아니다. 그러나 호스로 1000평 밭에 물을 대는 일은 무엇보다 사람이 계속 할 수 있는 짓이 아니다. 그래서 무얼까?는 생각했다.

오미동은 인가 앞으로도 해자(垓字)처럼 수로가 흐른다.(382~383쪽 마을 지도 참조) 문수골에서 흘러 내려와 내죽-하죽-오미-용두까지 농수로 이용한다. 길 아래로 그 물을 이어 논으로 물을 댄 모양인데 막혔다. 이리저리 궁리를 하던 무얼까?는 그 구멍을 뚫고 텃밭으로 연결하기로 했다. 그 결과물이 사진으로 보이는 모습이다.

무얼까?가 직접 작업했다. 한쪽 방향은 옆 논으로, 반대편은 우리 텃밭 중 채종밭으로 연결되는 파이프다. 인간은 여러 유형이 있다. 나라면 저런

일은 돈으로 해결했을 것이다. 그 이전에 저런 생각 자체를 하지 못했을 것이다. 관심과 애정이 있으니 방법을 강구하는 것이다.

　파이프라인의 경사도를 생각하고 중간중간에 작은 파이프를 연결해서 밭고랑으로 물을 바로 공급하는 시스템을 며칠째 진행하고 있다. 결과는? 대성공이다. 눈짐작으로 소용될 모든 파이프의 길이는 100m에 육박할 것 같다. 워낙에 뭔가를 수리하는데 집착과 관심이 많은 무얼까?도 부분적으로 작업은 해봤겠지만 이런 대규모 공사는 처음일 것이다.

　이것은 명백하게 영화 「마농의 샘」에서처럼, 물로 인한 비극을 방지하기 위한 거사이며 작물을 향한 무얼까?의 마음을 표현한 하나의 설치미술에 해당한다. 작가의 사인은 구절초로 대신했다. 무얼까?의 행적인지 일탈의 행적인지 물어보진 않았지만. 분명한 것은 무얼까?의 귀농(본인은 궁극적으로 그것을 원하기에)은, '맨땅에 펀드'에 벼락처럼 내린 축복이라 할

160

무얼까?의 작품. 작가 사인은 구절초로 대신했다.

수 있겠다는 것이다. 하여, 이것은 명백하게 '무얼까?의 수로'로 명명해야 할 것이다.

다른 작물들의 6월 첫째주 상황

오이는 힘들다고 한다. 동부 등의 콩류는 비교적 선방하고 있는 중이다. 이것은 펀드 배당으로 나갈 양은 아니고 2013년을 대비하는 채종밭에 해당한다. 메인 밭 위의 삼각형 200평 정도는 장기적으로 채종밭으로 사용할 것인데 전체적으로 파종을 하지 않았기에 풀을 잡기 위해서 몇 가지 작물을 뿌렸다. 들깨를 좀 많이 뿌렸다. 지금부터 우후죽순처럼 올라올 것이니 양이 제법 된다면 깻잎을 보내드릴 수도 있고 가을에 들깨기름을 만들 수도 있을 것이다. 문제는 들깨를 닦달하는 일이지만 그것은 펀드매니저들의 몫일 것이다. 그때까지 펀드 기금이 남아 있어야 할 것인데……

그리고 상추와 고춧대 아래로 열무다. 풀을 잡기 위해 이런 작물을 뿌린 무얼까?의 판단은 현재로서는 현명했던 것 같다. 상추와 열무는 우리들이 계속 뽑아서 먹고 있는데 물론 저런 면적의 상추와 열무를 모두 먹어 치우는 것은 소 정도만이 가능할 것이다.

당장은 펀드 배당 계획이 없다. 정확하게는 감자를 수확하고 한 알이라도 보내드릴 때 택배가 날아갈 것인데 그때까지 상추는 가능할 것이고 열무는 지나치게 자라서 먹기에는 너무 거대할 것이라 보내드릴 수 있을지 장담하기 힘들다. 무엇보다 더운 날씨에 생물을 보내는 것이 안심이 되지 않는다. 대략 2주일 이후가 될 것인데 그때 가서 판단하겠다. 열무 잎은 요즘 쌈으로 먹거나 물김치를 담는다. 만약 이 시기에 오미동을 방문하는 투자자가 계시다면 저 열무와 상추를 뽑아 가시면 좋겠다. 씨앗은 계속 뿌릴 것이다.

고추는 순조롭게 자라고 있다. 맏물 고추는 따는 것이 좋다고 하고 역시 부지런히 된장에 찍어 먹어야 하지만 인간은 한계가 있는 것이고, 이 역시 투자자들이 방문한다면 원하시는 양을 직접 따서 가시면 된다. 이 고추의 운명은 장마가 오면 판가름날 것이다. 통상 노지 고추가 '약도 하지 않고' 버틸 확률은 희박하다.

땅콩은 일전에 펀드매니저들을 며칠 동안 투입하면서 풀은 잡았지만 성장 속도가 느리다. 이 역시 가뭄 영향이다. 빨리 저 맨땅을 땅콩 잎과 줄기가 점령해야 풀들의 역습을 극복할 수 있는데 땅콩을 보자면 항상 마음이 조마조마하다.

3주일 만에 직장 여성에서 촌색시로 변신당한 일탈님이 익숙한 척 고구마 순을 잘랐다. 처음 잘라보는 것이다. 이제 본 게임으로 옮겨갈 것이다.

모종의 시절은 끝이 나고 실전에 투입되어야 할 시간인 것이다. 고구마는 초반전에 많은 물을 필요로 한다. 이틀 동안 비가 예보되었기에 고구마 순을 대기시키고 있었는데 1mm 정도 왔나. 하지만 더 기다린다고 답이 나오는 것도 아니고 최근 두 차례 지리산 노을 언니와 무얼까?가 고구마 순을 심었다. 2만 원 분량이었는데 땅으로 보자면 별로 표시가 나지 않는다.

이제 자체 제작 고구마 순을 옮기고 나면 더 이상 고구마 순을 구입하지는 않을 것이다. 있는 것만 옮기고 고구마는 끝. 그러나 당분간 이 고구마 밭에 물을 공급하는 일에 제법 많은 시간을 투여해야 할 것이다. 그래서 '무얼까?의 수로'는 중요한 것이다.

토란은 순조롭게 올라오고 있지만 보통 우리들 방식으로 키우는 작물들이 느리고 힘들어 하는 공통점이 있다. 문제는 알토란이 될 것인지 관상용이 될 것인지…….

며칠 전에 무얼까?가 감자밭의 시들시들한 아이를 하나 뽑아본 모양이다. 시장에는 이미 햇감자가 나오고 있는데 우리 감자는 올망졸망한 눈망울의 못 사는 집 아이 모양이다. 자주감자는 아직 꽃도 지지 않았기 때문에 대략 10여 일 이후에나 수확을 할 것인데, 만약 대략 엄지손가락 사이즈의 감자만 수확된다면? 그래도 보내야지 뭐. 500원짜리 동전 사이즈는 되어야 할텐데 10원짜리는 좀 그렇다……. 막판에 쑥쑥 자라서 틀림없이 겁나게 맛있는 감자가 될 것이얍! ●

대평댁

6월 9일 토요일. 이른 아침 하동 갔다가 오미동에 도착하니 대평댁이 펀드 땅에 보인다.

"콩 파종을 하는 모양이군……." 혼잣말을 식도로 넘겼다.

비 때문에 하루 전까지 결정을 하지 못하고 있었다. 밤사이에 결정한 모양이다. 콩은 700~800평 정도 면적에 파종을 한다. 감자도 수확하고 나면 그 자리에 콩이 들어갈 것이다. 콩이 '맨땅에 펀드' 밭의 대부분을 차지하게 될 것이다. 90% 메주콩으로 파종했다. 청국장이 하반기 배당의 중요 품목이 될 것인데 소용될 콩을 모두 구입해서 처리하는 것은 좀 그렇다. 양이 된다면 된장과 간장까지 작업을 하는 것이 궁극적으로 원하는 모양이다. 투자자들도 여기서 생콩을 보내주는 것보다 청국장이나 된장으로 가공해서 보내주는 것을 선호할 것이다. 문제는 종자 콩이었다. 하루 전에 구했다. 종자 콩 가격도 비싼 편이지만 장에서 구입하는 종자에 대해서 우리가 육안으로 구별할 능력이 없다. 진작에 주변 농가에서 구해두었다면 문제가 없었겠지만 1년 전에 이 상황까지 생각하지는 못했다. 급하면 '개인종자은행'에 전화를 한다. 지난번 고추 모종 때에도 그렇고. '맨땅에 펀드' 지도위원 농부 홍순영에게 전화를 했다. 역시…… 있다. 그렇다고 종자 값을 받는 것도 아니고 마음이 좀 불편하지만 뭐 뻔뻔하게…….

"얼마나?"

"팔백 평 정도."

"네 되."

항상 부탁한 것 보다 더 많이 담아 주신다.

밭으로 내려서면서 대평댁에게 흰소리를 하는데 대꾸가 별로 없다. 무얼까?가 눈치를 준다. 고구마 순 자르는 구역으로 이동해서 물어보았다.

나: 무슨 일?

무얼까?: 아침에 콩 넣는데 ○○○이 와서 길 아래 대평댁이 고구마 옮긴 밭을 내년에는 달라고 해서 대평 엄니 기분이 안 좋아요.

나: 그게 그 사람들 땅인가? 마을 땅 아닌가?

무얼까?: 그러니까…… 대평댁이 화가 나서 나라 땅이 지들 땅도 아니고 어쩌구 하

면서 한바탕했어요. 그거 밭 만든다고, 길 아래라고 왔다갔다하기 귀찮다고 한번

내려가면 점심도 안 드시고 고생하셨거든요.

나: 몇 평이나 되는데?

무얼까?: 쬐그만해요.

나: 에이 그거 그냥 대평 엄니한테 내년에 우리 채종밭 한 50평 텃밭 하시라고 하세

요. 까이꺼 내 땅도 아닌데 뭐.

무얼까?: 제 생각도요. 그러면 좋아하시겠지요.

나: 그래도 농약 감시는 해야지. 고맙다고 자기 농약 뿌리고 남는 농약 뿌려주는 일

생기면 골 때리니까.

대평댁이 콩을 심고 계신 고랑으로 이동했다. 콩 파종은 끝이 났고 토란

뒤와 옆으로 녹두를 심고 계신다.

대평댁: 녹두를 토란 옆으로 숭그노면 영판 좋아.

나: 아침부터 수고하시네요.

대평댁: 새벽부터 숭그논께 금방 끝나부네.

나: ○○○이 밭 내놓으라고 했담서요.

대평댁: 이런! akdg kfsha dpduvu ssp rkwn rd mfdyr dmfqhrq kxa odrmf

djshsRp……. 내가 그거 밭 맹근다고 얼매나 죽을 욕을 봤는디 시상에 rmrpw

jrjEk dehd kslrhj…….

나: 내년에는 저희가 쩌기, 고추 숭그논 데다가 밭을 좀 드릴게요. 엄니는 그냥 거기

에 텃밭 하세요.

대평댁: 하이고 그래도 되끄나. 글케만 해준다면 영판 좋제. 하이고 고맙네. 자네 이

펀드가 끝이 났을 때 엄니들과 나 사이에는 무엇이 남을까?

밭을 몇 년이나 할랑가? 오래 하믄 안 된가?

나: 아주 오래 하기는 힘들구요. 한 3년은 하겠지요.

대평댁: 3년? 더 하믄 안되남.

나: 그야 알 수가 없지요. 여튼지간 내년에는 도로 아래까지 내려가시지 마시고 저기서 하세요.

대평댁: 자네들이 그렇게만 해준다면 내가 알아서 김도 매고……. 사무장(무얼까?)이 그러는데 맹년에는 농사를 더 짓는담서?

나: 그럴 생각인데 일단 가봐야지요. 엄니 오늘 점심은 저희하고 같이 드시구요. 사무실로 올라갈게요.

대평댁은 사는 집을 제외하면 농사지을 땅이 없다. 1936년생이시니 올해로 76세다. 그녀는 여전히 공공근로와 노인일자리를 신청하고 스스로 생계를 책임진다. 그녀의 작은 툇마루는 무더운 여름날이면 이웃 할머니들의 놀이터다. 2007년 5월부터 2008년 5월까지 대평댁 집 앞에 사무실이 있었을 때 그 파티에 자주 불려 나가서 음식 고문을 당해야 했다. 그래서 잘 안다. 5월 마지막 무렵에 집중적으로 풀 잡는 작업을 하고 나서 작업에 참여한 펀드매니저들에게 공통적으로 20만 원 이상의 돈이 지불되었다. 노인일자리 한 달 나가면 벌 수 있는 액수다. 그다음 날 아침에 대평댁이 사무실로 찾아왔다. 대략 김매기 시즌이 끝이 난 것을 스스로 알고 계신 것이고 비닐봉지에 뭔가를 담아서 오셨다.

대평댁의 과일은 항상 상태가 좋지 않다. 어린 시절 내 할머니 장롱의 과일이 생각난다. 겨울이면 냉장고가 아닌 장롱에서 귤이 나왔다. 껍질의 수분은 날아가고 속까지 말랑해진 귤이었다. 얼핏 봐도 껍질에 핏기가 사라진 저 과일은 틀림없이 대평댁의 냉장고에서 2주일 이상 잠복해 있었을 것이다. 이것은 일종의 오찌(뇌물)다. 김매는 작업이 끝이 났으니 당분간 당신들을 찾을 이유는 없을 것이니 부디 '나를 잊지 마라.'는 전언이다. 그녀는 여전히 '엄니가 수석펀드매니저!'라는 나의 말을 이해하지도, 이해할 필요도 없었다.

대평댁이 다음을 당부하고 사무실을 떠났을 때 가슴이 답답했다. 원하시는 것이 별것도 아니니 모두 다 해드리고 싶다. 비비빅 열 개에 펀드가 고갈되는 것은 아니다. 대평댁이 옥산식당에서 우동을 열 번 드신다고 펀드 기금이 바닥나는 것은 아니다. 내 가슴이 답답한 것은 엄니가 원하시는 것이 나에겐 '별것도' 아닌 일인데 대평댁에겐 '특별한 일'이라는 사실이다. 우리는 그것을 쉽게 해드릴 수 있지만 '언제까지나' 그렇게 해드릴 수는 없다. 하나의 작은 시골 마을에서 입김을 확장하는 가장 쉬운 방법은 '돈을 공급'하는 것이다. 그런데 그 돈이란 것은 없을 땐 몰랐는데 한두 번 있다가 어느 날 사라지면 사람이 답답해지는 것이다. 『오래된 미래』에서 라다크 사람들이 그랬던 것처럼. 처음에 그들은 가난이라는 개념을 몰랐다. 내 가슴이 답답해오는 이유의 종점은 바로 여기다.

'맨땅에 펀드'가 끝이 났을 때 엄니들과 나 사이에는 무엇이 남을 것인가? '맨땅에 펀드'가 풀어야 할 과제도, 시작된 이유도 바로 이 화두를 푸는 일이었다. 대한민국의 예쁘장한 마을을 관광지로 만드는 따위의 농촌 정책 말고, 돈 지랄 말고…… 그 왜 있잖아. 물음표 없는 '행복하십니까.' 같은 것.

곧 감자를 수확할 것이다. 매실 시즌이 돌아왔고 3년 묵은 효소는 주문을 해둔 상태다. 3년 후를 보고 금년에 매실 효소를 담을 것인지 여전히 결정하지 못했다. 매실 효소를 담는 일을 할 여력이 없어서 그런 것인지, 3년 후를 자신할 여력이 없어서 그런 것인지 아직은 잘 모르겠다. '맨땅에 펀드'는 이타적일 때 아름답다. 들어봤나? 이타적 펀드. ●

콩, 밀, 감자를 캐다

17

사람이 할 일이 아닌 일

콩 싹이 올라온다. 이 가뭄에 콩이 고생이다. 논으로 사용하던 땅에, 지나치게 긴 고랑 때문에 물을 공급하는 데 많은 한계가 있다. 스프링클러를 만들어야 한다는 주장까지 제기되었지만 마을 정서상 힘들다. 원래 물이 원활한 마을이 아니라 들판에 스프링클러가 팽팽 돌아가면서 물을 뿜어내면 욕 얻어먹기 딱 좋은 풍경이다. 무엇보다 언제까지 이 땅을 임대할지

기약도 없는데 시설 자체가 과소비라는 판단이다. 이 가뭄에 벼를 옮길 논에 물을 대는 순서로 모두가 조금씩 날카로워지고 있는 조건에서는 더더욱 그렇다.

밤사이에 '무얼까?의 수로'를 통해서 물을 공급해보았지만 긴 고랑은 수평을 이루고 있지 않았고 역류한 물은 다음 날 아침에 고구마 밭을 질척거리게 만들었다. 그래도 물이 닿은 고랑의 콩은 빨리 올라왔고 마른 고랑의 콩은 싹이 보이지 않았다. 그러나 땅속에서 싹은 올라오고 있었다. 단지 느릴 뿐이고 생고생을 하고 있을 뿐이다. 물론 수확량에도 영향을 미칠 것이다.

덕분에 고구마 밭은 물로 인한 고생은 하지 않았지만 고구마 순 자체가 약간 부실했던 관계로 역시 고전 중이다. 그러나 전반적으로 이 고비를 넘기면 큰 문제는 없을 것 같다. 대략 고구마 고랑까지는 물이 닿는 데 큰 어려움이 없다. 그러나 풀 또한 많이 올라왔다.

6월 16일 토요일 아침부터 김매기 펀드매니저들이 투입되었다. 이날을 위해 사이트에서 긴급 일꾼 모집을 했지만 예초기 분야 지원자(그러나 예초기를 지참하지는 않은) 한 분만 지원을 했었다. 그것도 비편에서. 그래서 일꾼 모집을 취소했다. 네 사람 이하로 지원을 한다면 어차피 펀드매니저들을 투입해야 할 상황이었다. 원래 매니저들에게는 도움이 필요 없다고 말씀을 드렸던 터라 막상 다시 밭으로 내려온 대평댁은 약간 거만한 포스를 풍겼다.

가뭄에 콩이 고생이다.

지정댁과 대구댁. 항상 나를 보시고 첫 말씀은 같다. "몸쌀나게 풀이 많구마이." 결코 쉬운 일이 아니란 것을 어필하시는 것이다. 그리고 부질없는 말씀이 2탄이다. 멀칭비닐을 하지 않으면 농사를 지을 수 없다는 내용. 그러나 멀칭비닐을 하면 엄니들 볼 일은 70% 줄어든다. 결론적으로 펀드 매니저들은 요즘으로 보자면 '사람이 할 일이 아닌 일'을 지금 하고 있다는 적극적 의사표현을 하는 것이다. 맞다. 요즘 누가 이 넓이의 밭을 손으로 김을 매겠는가.

땅콩은 지난번에 김을 맨 이후로 완전히 자리를 잡았다. 그러나 내가 기대했던 속도로 확장하고 있지는 못하다. 빨리 땅이 보이지 않을 정도로 잎이 번져야 풀 걱정을 안 한다. 그러나 다른 땅콩 밭과 비교하면 그런대로 선방하는 중이다. 대평댁이 땅콩 꽃이 많이 올라와서 잘 될 것 같다는 말씀을 내 얼굴은 보지 않고 중얼거렸다. 이날 대평댁은 전반적으로 좀 과묵하셨다.

땅콩 꽃이다. 잎 아래 그늘에서 꽃을 피운다. 모든 열매 맺는 것은 꽃을 피운다. 땅콩도 꽃을 피웠으니 가을에는 가득한 열매를 우리들에게 보여줄 것이다. 개인적인 취향으로 파종한 작물이라 조금 더 마음이 쓰인다. 점심으로 역시 옥산식당에서 이날은

땅콩 꽃이 피었으니 가을엔 땅콩이 가득 맺힐 것이다.

짜장면을 먹고(대평댁은 언제나 우동) 돌아오는데 차 안에서 대평댁은 계속 내년 펀드 운영에 관한 이야기를 하신다.

"모다들 그라는데 자네가 머리가 비상하고 눈치가 빨라서 돈도 많이 번다고. 저 사무장이 아무리 텃밭에 나가 서 있어도 돈은 자네가 마이 번다고 해싸터만. 어이, 그란게…… 명년에는 나(내)가 나(나이)가 많다고 공공근로를 줄란가 안 줄란가도 모른께 자네가 밭을 하는 동안에는…… 알겠는가, 삼식이."

"하! 나 참, 엄니, 저 삼식이 아니라니깐요!"

실패한 밀밭, 나태한 농사

그리고 같은 날 오후에 밀밭을 베었다. 들판의 배열상 제일 위는 '맨땅에 펀드', 그 아래는 운조루 밀밭 두 단지였는데 앞서도 이야기했듯이 모 단체

가 토종 종자를 심고 버려두었던 '실패한 밀밭'이다. 그리고 누렇게 잘 익은 밀밭이 아래로 펼쳐진다. 운조루 밀밭은 지난 4년 동안 지리산닷컴에서 절찬리에 판매했던 우리밀 밭이다. 4년차 무화학농 땅이다. 중요한 땅이다. 오미리 전역에서 유일한 성격의 땅이다. '맨땅에 펀드'에서부터 이어지는 이 세 단지의 땅은 장기적으로 주변으로 유기농을 확대해 나갈 전초기지이자 오미동의 노른자위 땅이다. 포함해서 세 단지 더하면 여섯 단지인데 장기적으로는 그 6000평 정도를 '맨땅에 펀드' 영역으로 계획하고 있다. 마을에서 제일 위에 위치한 논을 점유하는 것이다.

그 중요한 땅에서 재배하는 밀과 쌀은 특별할 수밖에 없으며 소중한 것이다. 그런데 이 모든 것을 2012년에는 포기할 가능성이 높았다. 개인적으로 나는 포기했었다. 밀이 자라지 않아서 일반적인 콤바인으로 수확할 수 있는 높이가 되지 않았다.

클라스 콤바인 덕분에 2012년에도 운조루 밀밭의 밀을 수확할 수 있었다.

왜냐? 2011년 12월 20일이 지나서 밀을 뿌렸다. 지난 가을에 쌀을 수확할 무렵부터 계속 비가 이어졌다. 한 번 뿌린 밀은 썩어서 두 번씩 뿌리는 경우도 많았다. 초겨울이 되도록 땅은 질척거렸고 기다리고 기다리다가 결국 엄청나게 늦게 밀을 뿌린 것이다. 그래서 밀의 키가 자라지 않은 것은 어찌 보면 당연한 것이다. 일반적인 콤바인은 날을 세웠을 때 그 이하의 곡식은 당연히 밟고 지나간다.

그런데 이날 수확에 동원된 콤바인은 김밥말이 방식으로 바닥에서부터 돌돌 말아서 밑단을 자르는 방식이다. 클라스 콤바인이라고 한다. 이놈이 있었기에 수확이 가능했다. 이놈이 없었다면 포기했을 것이다.

밀을 생각하면 계속 마음이 좋지 않았다. 특히 순영이 형님을 만나고 나서부터 더욱 기분이 좋지 않았다. 꼭 수확을 하라는 말씀이었다. 안 되면 당신이라도 와서 수확을 해주겠다고. 당신은 절대 농작물을 갈아엎는 일은 하지 않는다고. 그것은 그 농부의 정신이었다. 키가 자라지 않는 밀을 바라보며 스무 명 정도의 인원을 동원해서 낫으로 베는 방법까지는 쉬운 구상이었다. 그다음에는? 옆에 콤바인이 대기한 상태에서 손으로 밀을 밀어 넣어야 한다. 그 시간이 얼마나 걸릴 것인가? 옛 농사 도구가 인근에 남아 있다면, 홀태질이라도 할 것인가?

지난 4년간 이 밀을 팔아왔기에 포기한다는 것도 쉽지 않았고 강행하는 것도 현실적이지 않았다. 과정과 절차에서 밀이 올라오지 않았을 때 그냥 그대로 방치해둔 시간들이 답답한 것이고 뿌린 것 이외의 어떤 행위도 작용하지 않은 이 농사에 대해 회의적이었다. 그것은 유기농도 아니고 태평농법도 아니고 그냥 나태한 농사였을 뿐이다. 자신의 농작물을 대하는 농부의 태도와 정신이 마음에 들지 않았던 것이고 2012년 밀은 그래서 포기할 수도 있다는 생각을 했다. 대부분의 영역에서 나는 결과론자에 속하지만 적어도 이 일은 결과보다는 과정이다. 그것은 내가 구례로 옮긴 다음해에 대책 없이 읍내 텃밭에 고추 마흔 주를 심었다가 포기한 일과 같은 것이다. 남들이 심길래 나도 심었고 중간에 포기했다. 그리고 많은 소리들을 들었다. 작물은 파종을 했으면 책임을 져야 한다. 열 평 농사건 1000평 농사건 마음이 땅에 있지 않으면 무슨 의미가 있겠는가.

우여곡절 끝에 그렇게 2012년에도 밀을 베었다. 원래 우리밀을 팔았던 한 단지와 무화학농 1년차 땅 두 단지 것을 모두 합산해서 밀가루로 만들 것이다. 그러니 이제 다시 밀가루로 만드는 가장 골치 아픈 과정이 남았다. 금년 밀은 작년 밀과 같이 잘 부수어질 것인지, 하동의 방앗간에서는 받아줄 것인지, 주문과 포장을 지리산닷컴이 할 것인지 농부가 할 것인지, 2013년 우리밀 축제를(2011년의 '브래드&누들 축제') 열 것인지 말 것인지……. '맨땅에 펀드' 3차 배당은 밀가루가 언제 만들어질 것인지에 따라 시기가 결정될 것이다. 7월부터 9월 사이에는 보낼 수 있는 배당물이 거의 없을 것이기 때문에 가급적이면 매실 효소, 꿀, 감자, 우리밀을 한 번의 배송비로 보낼 생각이다.

농사란 무엇일까?

6월 17일 일요일. 아침 8시에 잠을 자다가 무얼까?의 문자를 받았다. 감자 캐고 있다고. 언능 나오라는 말이다. 아 씨! -,.- 나가야지. 배당으로 보낼 수 있는 첫 수확물이다. 우리 손으로 파종했으니 당연히 우리 손으로 수확하는 것이 맞다. 아들까지 두들겨 깨워서 오미동으로 날아갔다. 감자밭에는 대평댁과 무얼까? 그리고 일탈(다시 말씀드리지만 닉네임이다.)이 점으로 남아 감자를 캐고 있었다.

시간은 이미 9시를 향해 간다. 일꾼 모집이 성사되었다면 하루 전에 해치웠을 일이다. 그러나 하루 전이라고 해도 약간의 비가 왔기에 어차피 감자 수확은 힘들었다. 한 고랑씩 타고 앉아 전진 중인데 코끼리 비스킷이다. 지나간 자리의 감자를 우선 보았다. 예견은 되었지만 역시……-,- 감자를 심었는데 앵두와 매실 밤이 많이 보인다.

나를 포함한 두 명이 더 투입되었다. 감자는 여덟 고랑이다. 문제는 한 고랑이 너무 길다는 점이지만. 일단 진도를 나가는 방법 이외에는 없다. 이미 덥다. 묵언수행하는 자세로 가급적이면 남아 있는 고랑의 길이를 보지 않고 땅만 보고 감자를 캐나가는 것이 정신 건강에 좋다.

유일하게 초빙된 수석펀드매니저는 작업 중 계속 혼잣말을 하셨다. 방언이 터진 것이다. 이 감자 농사의 시작부터 지금까지의 모든 문제점을(물론 당신이 생각하시는) 중얼중얼중얼중얼……. 가끔 호랭이, 가끔 육두문자, 중얼중얼중얼중얼……. 지리산노을 언니 등장. 손님 때문에 점심 준비 하시고 급하게 뛰어 나오셨다. 항상 긍정적인 마인드로 일을 하시는 지리산노을 언니.

"하이고 감자 이쁘네."

그래요, 그런 마음가짐이 필요한 때입니다.

너무 긴 고랑. 정신 건강을 위해 땅만 보고 감자를 캔다.

콩, 밀, 감자를 캐다　177

남은 세 고랑은 자주감자 영역이다. 지리산노을 언니는 순식간에 한 고랑을 쳐나가기 시작했다.

"그래가꼬 언제 다 캔단 말이요?"

쭉쭉 뽑아 나가고 그다음에 일괄 담기 시작한다.

"형수, 니체(내가 붙여드렸지만 당신은 모르는, 최광두 어르신의 닉네임이다. 이유는 상상에 맡긴다.) 어르신이 빨리 담지 않으면 퍼래진다고 해서 바로 담는 중인데?"

"이런 정도 시간은 관계 없어요. 언능 언능 뽑아불어야제."

정확하게 나의 네 배 속도로 작업을 진행하신다. 그런데 나는 문득 또는 불쑥,

"우리가 왜 자주감자를 이렇게 많이 심었지?"

"흰 감자만 심기에 그렇다고, 토종 비스무리한 걸로 심는다고 그러지 않았나요?"

자주감자는 진짜 자두 같네, 사이즈가.

감자를 캐고 나면 트랙터로 감자밭을 갈아엎을 수 있는 마지막 기회다. 곧 트랙터가 다닐 수 있는 들판으로 물을 채울 것이기 때문에 이제 더 이상 이 밭으로 트랙터가 진입할 수 없다. 이어서 옆 논에 물을 채울 농부가 감자 수확에 합류했다. 운반을 용이하게 하기 위해서 쌀 포대에 가득 채우지 않았다. 그러다 보니 멀리서 보면 감자 수확량이 '겁나' 많아 보였던 모양이다. 점심 먹고 하자고 했지만 대평댁은 "아, 끝내불고."를 외쳤고 할 수 없이 끝장을 보고 밥을 먹기로 했다. 나중에 알았지만 대평댁은 당신 눈앞의 조금 남은 땅만 생각했지 자주감자 한 고랑을 생각하지 못했던 것이다. 1시까지 작업을 이어나갔다. 등짝은 뜨거웠고 논두렁에 던져놓은 물도 이

미 뜨거웠다. 갈증이 밀려왔다. 시원한 콩국수를 먹어야겠다는 결심을 강하게 했다. 끝이 났다.

"자, 냉천리로 씨원한 콩국수 먹으러 갑시다아!"

"안 돼. 난 우동 먹을 거야."

대평댁이 반대다. 멀미 때문에 이동이 힘들기 때문에 우리는 그동안 한 차례를 제외하고는 무조건 토지면의 옥산식당에서 '짜짬우' 중에서 택일해야 했다.

"엄니, 옥산이나 냉천리나 거리가 얼마 차이 안 난다니깐."

"안 돼. 난 우동이 젤루 맛있어."

하…… 짬뽕이다. 어제 짜장이었으니.

뜨거운 짬뽕을 먹고 와서 감자를 운반했다. 정수 씨 경운기로 한가득이다. 반 포대도 못 되게 담았으니 포대 수가 많을 수밖에. 나무 그늘에서 쉬고 있던 몇몇 어르신들 눈에 의외의 광경으로 보였던 모양이다. 대구댁이 관심을 가지고 나서길래 일단 작전상 소문을 퍼뜨리기 시작했다.

"삼촌, 감자 많이 나온 모양이네."

"뭐 그럭저럭……. 한 300만 원어치 팔 것 같네요."

"옴마! 사암백마넌?"

대구댁은 바로 나무 그늘 아래 쉬고 있는 어르신들에게로 갔다. 자, 이러면 일단 상황은 정리된 것이고……. 일단 안가에 가서 감자를 풀어보자. 자주감자부터.

때로 현실을 마주한다는 것은 참 가혹한 일이다. 사실 감자를 캘 때에도 '감자 같은 크기가 나오면' 깜짝 놀라곤 했었다. 감자를 캐는 중에 어디선가 등장한 니체(최광두) 어르신은 '그럴 줄 알았다.'는 표정과 표현을 하고 사라지셨다. 우리 감자는 굵을 수 없었던 것이다. 그것을 확인하는 것이다. 나는 어떤 예상을 했는가? 기대했다. 내가 한 일은 없지만 우리 감자는 굵고 맛있어야 한다는 기대를 하고 있었다. 따라서 숨길 수 없이 실망이 크다. 자주감자는 좀 더 됐어야 했는데 트랙터 작업 때문에 같은 날 수확을 할 수밖에 없었다. 패인은? 고랑 작업부터 잘못 되었다. 얕고 좁았다. 심는 방향도 잘못 되었다. 펀드매니저들과 참견자들은 적극적으로 우리를 지도하지 않았다. 우리의 일을 농사로 보지 않기 때문이다. 풀? 그것은 그렇게 큰 문제가 아니라는 판단은 여전하다. 풀이 있었기에 약을 하지 않고도 감자 잎을 보전할 수 있었다. 이외에도 유기농을 지향한다고 했을 때의 기술력이 우리는 없었다. 유기농은 방치농법이 아니다. 관행농보다 더한 기술 공부를 해야 한다. 가뭄? 영향이 있었다. 종합적으로 이러한 원인 분석이다.

감자를 캐다 진짜 감자 같은 크기가 나오면 깜짝 놀랐다.

자주감자를 눈과 손으로 선별해서 박스에 구분하고 수미감자(흰 감자)를 풀었다. 상황은 동일하다. 흔히 시장에서 보는 감자 사이즈는 20% 정도, 왕밤 사이즈가 40%, 앵두 사이즈가 30%, 버려야 할 물건이 10% 정도였다. 물론 제품으로서의 감자로 보자면 다른 농부는 30%를 버려야 할 감자로 분류했을 것이다. 버릴 것 포함해서 대략 400kg 정도로 파악이 된다. 40kg 정도의 씨감자를 투입했었다. 일차적으로 분류한 상태에서 펀드 배당으로 가능한 감자는 220kg 정도로 보인다. 한 가구당 2.2kg. 다시 한 번 머리 숙여 사죄드린다.-,.-

판매할 물량은 없다. 결론적으로 펀드 수익을 남길 수 있는 물량을 생산하지 못했다. 판매를 한다면 배당할 감자는 없는 것이다. 판매를 한다고 해도 10kg 박스당 지금 감자 시세는 3~4만 원이다. 총액 70만 원 정도 가능한 것이다. 250평 정도 감자 농사의 결과물을 판매한다면 순익이 아닌 매출 70

만 원이 예상된다. 농사란 무엇일까? '맨땅에 펀드'의 출발점이기도 하다.

다음 날인 월요일 오후에 나머지 물량을 선별했다. 물론 맛은 있다. 이 감자가 어떤 감잔가? 전국에서 제일 유명한 텃밭 중 하나에서 나온 감자 아닌가. 전국에 생중계당하는 감자를 본 적이 있는가? 이 감자의 시식기와 요리 과정은 펀드 3차 배당이 나갈 때 소개하겠다. 그렇게 우리의 감자 농사는 장렬하게 끝이 났다. 하지만 뭐, 우리 모두 수고했다!

월요일 오후 일탈과 내가 감자를 선별하는 동안 무얼까?와 대평댁, 지정댁은 감자를 캔 자리에 콩을 넣고 있었다. 비가 예보되어 있었고 그 전에 긴급하게 콩을 넣어야 했다. 다시 시작이다. 콩! 가을에는 콩의 종결을 보여주리라 결심했다. 아자! ●

18

밀렵꾼과
에드워드 가위손

가뭄에 대처하는 방법

도대체 이 밤중에 무엇을 한단 말인가? 신고를 받고 출동했다. 밤 9시 30분. 멧돼지가 텃밭의 감자를 캐먹는 것도 아니고 이들은 도대체 뭘 하는 것인가? 아니면 이들은 밭으로 내려온 멧돼지를 잡으려는 밀렵꾼?

무얼까? 일탈, 지리산노을 언니, 콩 다시 심고 랜턴 들고 물 주고 있슴다.

막 늦은 저녁상을 물리고 쉬려는 참에 온 일탈의 문자다. 6월 21일 오후 9시 12분. 세 사람이 '맨땅에 펀드' 감자를 캐고 콩 심은 자리에 물을 주고 있다는 말이다. 날이 너무 가물다 보니 '무얼까?의 수로' 영향권 밖의 콩은 말라 죽었거나 곰팡이가 피어 죽었다. 다시 콩을 심었고 어둠 속에서 물조리개와 바가지로 1000평 밭에 물을 주고 있는 것이다. 이게 도대체 제정신을 가진 사람들이 할 일이란 말인가. 지리산노을 언니의 랜턴은 등산용이지만 종종 텃밭용으로 사용한다. 문수골 해발 800m에 밭을 가진 탓에 새벽에 랜턴을 쓰고 밭으로 가곤 하셨다.

별달리 할 말은 없었다. 도저히 사진이 나올 수 없는 조건의 빛에서 흔들리는 몇 장의 사진을 찍었다. 10시 가까워서 밭에서 올라왔고 세 사람은 그때까지 저녁을 먹지 않은 상태였다. 도시라면 야식집이건 치킨이건 길거리 우동이라도 한 그릇 대접하겠지만 여기는 밤하늘에 개구리 소리만 낭랑하다. 이미 밥을 먹은 사람은 목구멍이 더욱 차오르는 기분이다. 지치기도 했겠지만 새까만 여백으로 가득한 운조루 앞 오미동 대로에 퍼질러 앉았다. 하하호호개구리소리미안한마음소리즐겁다는소리집으로돌아가는소리…….

물조리 헬프

2012년 6월 22일 오후 7시 41분에 온 무얼까?의 문자다. 결국 다음 날 밤에는 불려 나갔다.

이틀 밤 동안 수백 번 왔다갔다를 반복하며 만들어낸 얼룩무늬.

6월 23일 아침 6시 30분. 감나무 밭 상황을 보기 위해 파도리로 가는 길에 지난 이틀 밤 동안 수백 번 왔다갔다를 반복하며 물을 준 고랑에 생긴 얼룩을 보았다. 저 얼룩을 만들기 위해서 지난밤에도 수백 번 물통을 들고 고랑 사이를 왕복했다. 스프링클러도 아닌 인간이 할 수 있는 일이 아니다. 그러나 콩에게 심은 사람들의 마음은 전달되었을 것이다. 이왕 오지 않을 비라면 구름이라도 두터운 것이 좋다. 물의 증발 속도라도 지연해야 하기 때문이다. 매니저 세 분은 이미 나와서 풀이 심각해지기 전에 '콩밭 매는 아낙네' 놀이를 하고 계시다.

클릭족들 그러다 죽어요

파도리 감나무 밭이 밀림이 되었을 것이란 사실은 보지 않아도 뻔한 노릇이다. 실제 6월 초순까지 나는 파도리에 '맨땅에 펀드' 전용 감나무 밭이

그동안 파도리에 펀드 전용 감나무 밭이 있다는 사실을 망각하고 있었다.

있다는 사실을 망각하고 있었다. 문전옥답이란 말은 허언이 아니다. 눈앞에 보이는데 풀을 외면하고 죽어가는 작물을 그냥 둘 수는 없는 일이다. 파도리 감나무 밭은 감꽃을 따주는 작업을 해야 하는 시기를 놓치면서부터 관심 밖으로 밀려났다. 실책이다. 농부와 농부 아닌 놈의 차이다. 지난 번 감자 수확하는 날 인력이 가능하다면 감자는 다른 이들에게 맡기고 파도리 밀림으로 가야 하는 수순이었다. 그러나 여의치 않았다. 문제는 예초기였다. 세 대 정도 동원할 수 있으면 세 시간이면 일이 끝나지 않을까 하는 생각을 했다. 나는 예초기질을 못한다. 박 과장은 몇 번 했고 무얼까?는 그보다 몇 번 더 해본 것이 경력의 전부다. 누군가 선수를 부를 수는 있지만 이 바쁜 시절에 우리 일로 예초기 선수를 초대하는 일은 아무래도 '시골정치공학적'인 차원에서 부담스럽다. 그냥 '우리들의 힘만으로!' 해결하기로 하고 이른 아침에 모인 것이다. 감나무 밭은? 2개월 만에 자연친화적인 밭이 되어 있었다. '장날인데 점심 전에 끝내고 장에서 밥 먹고 집에 가자.' 이것이 우리의 계획이었는데…….

뭐 세상 일이 그렇다. 무엇보다 원래 하던 일을 하지 않는 사람들이 장비 빌려서 일을 하면 장비가 말을 듣지 않는다. 예초기 한 대가 문제다. 무얼까?는 다시 마을로 내려가서 다른 예초기 징발에 나섰고 두 시간 정도 지나서 왔다. 지정댁 예초기도 말썽이라 일단 시동만 걸리게 수리해야 했다. 그래도 시골에서 6년 이상이라 예초기 소리만 들어도 제대로다 아니다 정도는 가늠한다. 무얼까?의 예초기는 골골하다. 나는 풀밭 사이에 누워 있는 지난 강전지(큰 가지를 잘라내는 전지 작업) 작업 이후 들어내지 못한 감나무 가지를 먼저 들어내는 역할이었다. '질질질질질질질질질' 끌고 풀밭 사이를 지나 밖으로 가지들을 옮긴다. 점심 전에? 젠장…… '밥 먹고 와서 딱 3시간만 더 하자!' 점심 지나서 아침부터 우리를 고뇌하게 만들었던 문제로 김종옥 형님에게 전화를 했다.

"형님, 그…… 가지 자르고 옆으로 새순이 겁나게 올라왔는데요, 그거 확 뜯어내까요?"

"긍께 그거이…… 하~ 지금 가게."

형과 형수님이 왔다. 기술 강의가 이어졌다.

"보자, 차랑(감나무 구식 품종 중 하나)이 많네. 이거 서울 사람들 별로 좋아하들 안 하는 종륜데……. 그래도 많이 열었네. 올해 전국적으로 차랑이 해거리라. 올해는 감 수확은 생각들 말고."

"안 그래도 내년에는 집어치울라고요. 이게 눈앞에 없응께 관리가 안 돼요."

"자네들이 뭔 관리를 하겠는가마는 가설라므네…… 이 순은 금년에는 그대로 둬도 돼. 어차피 금년은 수확은 포기허고……."

"아, 수확 포기하란 말 좀 하지마세욧! 여기서 2000만 원 나와얀다니까욧!"

"그것이야 자네가 한 박스에 2000만 원 받으면 되는 것이고……. 가설라므네 긍께로 요로코롬 수직으로 올라간 것은 뜯어불고 밑으로, 옆으로 난 것들 중에서 살리면 돼야. 긍께로 이렇게 빈 공간 쪽으로 방향을 잡아 주는 거이제. 이런 가지는 내년에 감 겁나게 달 가지여."

"내년에는 감이 많이 달려요?"

"무조건 많이 달려. 이거 봐라 이런 순이 내년에는 하나 둘 시엇……."

2013년까지는 이 밭을 해야 할까? 겁나게 많이 달린다는데.

"대충 해. 자네들이 우리같이 농사지을 사람들도 아니고. 이 정도만 해도 충분혀."

"지금 저희를 의식하시는 거예요? 라이벌로?"

대답이 없다. 형수가 예초기질하는 두 선수를 보고 묻는다.

"삼춘, 몇 시부터 이라고 있어요?"

"아침 6시 반요."

형님이 거든다.

"예초기질을 저래가꼬는 내일까지 해도 끝나것냐. 엔진을 이빠이 올리고 확확 휘두럼서 쳐나가야제. 끈도 짧게 하고. 저렇게 끈이 길어가꼬 뭔 힘을 받것냐."

기술 강의와 예초기 강의를 끝내고 형네는 내려갔다.

일은 끝이 나게 되어 있다. 종옥이 형이 알려준 방식으로 예초 방식을 변경하고 속도가 빨라졌다. 거의 오후 5시가 되어간다. 몇 시간을 한 것이야. 최소한 8시간은 했겠다. 지친다. 풀과 벌레 사이에서 하루 종일 보냈으니 온몸이 서걱거린다. 윤하 엄마(박 과장 마누라)가 오후 4시 12분에 문자를 보냈다.

클릭족들 그러다 죽어요

거의 사망 직전에 일이 끝났기에 다행이다. 감나무 밭은 다시 하의실종이 되었다. 종옥이 형의 말 중에서 기억에 남는 말은,

"과실나무는 훤한 게 좋아. 가지 빽빽해봤자 쓸데없어. 필요한 만큼 있어야제."

이론적으로 이해를 하겠다. 돌봐야 할 나무가 다섯 그루 정도면 종옥이 형만큼 키울 수 있겠다.

저 입 모양! 시옷과 비읍이 연속으로 발사되는 입 모양이 분명했다.

박 과장의 저 입 모양! 분명히 파인더로 보았다. 시옷과 비읍이 연속으로 발사되는 입 모양이 분명했다. 박 과장, 너 오늘이 사표 수리하는 날이다. 이런 '신의 직장'을 그만둘 생각을 하다뉘! 그래 옛날 직장 가고 싶겠지. 그 직장(모 출판사) 요즘 6시간 근무로 언론에 자주 오르내리더라! 카메라를

미안하다. 가위손 주인공 얼굴이 아니어서.

보더니 금방 변하는 저 표리부동한 인간의 표정. 트리플A형이라고 그렇게 떠들어대더니…….

"아까 봤어요? 가운데서 벨 때 풀이 확 날리는 거. 가위손에서 왜 그 얼음 날리는 거 같았잖아요. 우리 사진 찍어서 가위손 주인공 얼굴 붙여줄 수 있어요?"

"일도 아니지."

여튼 욕봤다. 그런데 감나무 밭은 아무래도 1년 더 해야겠다. 내년에는 여기서 3000 땡긴다. ●

세 번째 배당

7월 10일은 아침 6시로 알람을 맞춰두었다. 일이 많은 날이다. 카페&게스트하우스 마당에 잔디를 입히기로 한 날인데 새벽부터 작업을 한다고 했다. 시간이 경과하면서 문제가 발생한 게스트하우스 굴뚝을 보수하는 일도 같이 진행 예정이었다. 여기까지는 나와 무관하다……기보다는 주종목이 아니다. 몸 쓰는 일. 잘 못한다. 문제는 '맨땅에 펀드' 세 번째 배당 택배 작업을 해야 하는 것이다. 이제까지 두 번의 배당은 박 과장, 무얼까?,

아들 등이 같이 작업을 했다. 그러나 이날은 상황이 여의치 않았다. 잔디 작업에 K형이 매달렸고 굴뚝 보수의 여파로 공구리에 구멍을 뚫는 일에 무얼까?가 투입되었다. 정확하게는 어찌하다 보니 그리되었다. 박 과장은 이제 카페를 지켜야 한다.

　현실적으로 나와 일탈이 택배 작업을 진행하는 수밖에 없는 상황이다. 그나마 다른 보직에 비하면 에너지 출혈이 적은 일이지만 이번에 여섯 가지 품목을 하나로 묶어 택배 작업을 해야 한다. 다른 때보다 박스 사이즈도 크다. 일찍 출근했지만 소득 없는 몇 시간을 보냈다. 뭔가 준비가 안 된 것이 많다. 생각했던 박스는 남는 공간이 너무 많아 다른 박스를 구해야 했다. 종옥이 형님에게 감 박스 여분을 문의하고 100개를 가지러 갔다. 감 박스는 튼튼하다. 박스만 1kg이다. 나의 애마 메르세데스 아방떼에 구겨 넣고 작업 현장으로 돌아왔지만 아무도 받아줄 사람은 없다. 진작부터 대기 중인 감자로부터 시작하여 포장해야 할 물품들이 펼쳐진 모습을 보니 하루가 많이 길 것 같다는 생각이 들었다. 우체국에 주소록 메일로 보내고 그 일로 번거로운 통화까지 몇 번 하고 나니 짜증까지 난다. 별 수 있나.

　개별 품목 포장은 되어 있는 상태고 박스 무더기 뒤에서 일탈은 감자를 100개의 비닐에 나누어 담고 있었다. 나는 100개 박스의 밑면 테이핑 작업을 진행했다. 매번 느끼는 것이지만 감 박스는 왜 이렇게 무겁지? 일단 100개를 진열해 놓고 여섯 개 물품을 담고 공간은 비닐이건 헌 박스건 신문지건 여하튼 메꾸어야 할 것이다. 배송받고 박스를 풀었는데 열다섯 분 정도는 꿀 박스가 두 개라고 좋아했다가 하나는 빈 박스라는 사실을 발견하고는 실망하실 것이다. 장난으로 그런 것이 아니라 에어백이 모두 소진되어 빈 박스라도 집어넣어 흔들림을 방지해야 했다. 꿀과 매실 효소가 걱

배송받고 박스를 푼 열다섯 분 정도는 꿀 박스가 두 개라고 좋아했다가 하나는 빈 박스라는 사실을 발견하고 는 실망하실 것이다.

정이었다.

아마도 이번 배당이 가장 많은 품목이 나가게 될 것이다. 돈으로 환산해도 대략 5만 원 정도의 물량이 투입되었다. 부피보다는 내용물이 그렇다. 꿀(양봉), 매실 효소, 우리밀 가루, 우리밀 통곡, 허브차, 감자다. 재미 삼아 약간의 +를 넣었는데 '맨땅에 펀드' 부지에서 자라고 있는 고추이거나 자주감자 몇 알이다. 감자를 제외하고는 모두 생산자들에게 개별 포장을 요구했다. 개별 선전물을 넣어도 된다고 했다.

허브, 밀가루와 통곡, 진짜 꿀, 매실

수련의 허브 또는 애플민트는 구례군 마산면의 김수련 할머니의 마당 허브를 손수 한잎 한잎 따서 말려 만든 소량의 허브티다. 추가 주문은 불가능하다. 이제 꽃이 피어서 모두 자르고 새잎을 기다리는 중이다. 향이 강

194

하니 티백 하나로 다섯 분 정도는 드실 수 있다. 첫 물은 빨리 건져내고 그 다음은 조금씩 천천히 건져내면 된다. 아니면 0.9ℓ 정도의 뜨거운 물에 띄 워 놓고 한꺼번에 우려내도 된다.

밀가루와 통곡은 당연히 운조루 무화학농 4년차 땅에서 수확하고 가 공한 우리밀이다. 밀가루는 테스트를 통해서 제빵성이 높은 것으로 판명 되었다. 수제비, 전 등 일반적인 밀가루 음식을 만들기에 좋다. 단, 밀은 일 반 수입밀보다 물을 적게 잡아서 반죽해야 한다. 소금을 아주 조금 넣은 미지근한 물을 조금씩 투입하면서 반죽을 하는 것이 좋다. 우리밀 통곡은 현미라 생각하시면 된다. 밥을 하기 30~60분 전에 미리 불렸다가 쌀과 섞 어서 밥을 하시면 된다. 밀가루와 통곡은 여전히 구입하실 수 있다.

꿀은 전문 양봉업자의 꿀이 아니다. 바로 '맨땅에 펀드' 지도위원이자 감 농사의 달인 김종옥·서순덕 부부의 꿀이다. 농장의 감나무 수분을 위 해 벌통을 놓아둔다. 농장 부지의 면적과 주변 환경으로 인해 이른바 '벌 밥(설탕)'을 주지 않아도 벌들은 충분한 꿀을 모아 온다. 이번 꿀은 5월 꿀 인데 주로 아카시아 꽃이고 찔레꽃도 제법 들어간 꿀이다. 이른바 잡화꿀 인데 지난해에 주문해 1년이 지난 지금까지 먹어본 결과 가격 대비 품질 이 탁월하다.

"진짜 꿀이냐?"는 우스운 질 문이 우리나라 꿀 시장에서 가장 흔한 질문일 것이다. 진짜 꿀이다. 당도는 설탕을 먹인 꿀이나 한봉 보다 높지 않다. 그래서 가급적이 면 시원한 곳에 두시기를 권한다.

꿀도 상할 수 있다. 진짜 꿀이라면. 벌통 앞에서 종옥이 형이 말했다.

"열어보까?"

"아, 뭐하게요!"

감나무를 위해 놓아둔 벌통에서 나온 꿀의 양이 장난이 아니기에 판매를 하기로 했다. 며느님이 운영하는 사이트가 있다. '자연의 뜰'이란 쇼핑몰이다. 이곳에서 여분의 꿀을 주문하실 수 있다.

매실 효소. 고민 많았다. 우리들이 직접 담아서 9월에 보낼 것인가, 구매해서 보낼 것인가, 두 가지 모두 진행할 것인가. 3년 후를 보면서. 여하튼 매실 효소의 기준점은 3년이 지난 것이어야 한다는 전제였다. 모든 풀과 열매는 방어기제적 성격의 독성이 있다. 특히 씨앗. 통상 90일 숙성시켰다가 매실을 건져내고 바로 드시거나 한다. 3년이라는 시간은 과실류의 자체 독성으로부터 거의 자유로워지는 시간이다. 구례읍 계산리 독자마을

꼭대기에서 유기농으로 매실 농사를 짓는 정은래 선생님의 효소로 결정했다. 정은래 선생님이 지리산닷컴으로 매실을 싣고 오셨다. 무작정 귀농 형태의 농사 경험이 전무한 여성이 홀로 3000평 매실 농장을 꾸리는 일은 쉽지 않다. 농사 기술이 없었으니 면적에 비해 턱없이 적은 매실을 생산했다. 배우면서, 구박받으면서 지금의 농장을 일구어왔다. 완전히

신뢰할 수 있는 분이다.

매실 효소 여분이 남아 있으니 주문하실 수 있다. 택배비 포함 0.9ℓ 페트병에 1만 5000원이다. 너무 싸다는 의견을 말씀드렸다. 자주 듣는 말이라고 했다. 그러면 더 받으시라고 했다. 싫다고 했다. 고집불통이다. 대화가 안 된다.

그리고 직접 경작한 감자

그다음으로 '맨땅에 펀드'에서 직접 경작한 감자다. 많이 보내지 못한다. 대략 2kg 기준으로 큰 놈에서 밤 사이즈까지 넣었다. 이유는…… 농사를 실패했기 때문이다. 또는 지나치게 성공한 탓일 수도 있다. 감자 중에서는 전국에서 제일 유명한 감자인 것은 분명하다. 최근에 내가 가장 많이 먹은 끼니는 감자밥이다. 밤과 앵두 사이즈 감자를 소비해야 하니 지리산닷컴 스태프들은 감자를 열심히 먹고 있다. 개인적으로 모든 감자 요리를 통틀어 요리라 할 수 없는 감자밥을 제일 좋아한다. 감자를 받으시면 감자밥을 권한다. 간단하다.

1. 감자를 씻는다. 껍질은 벗기지 않아도 된다. 사실은 사이즈가 작아서 벗기기 힘들다. 이때 물을 평상시 밥 할 때보다 조금 적게 잡는 것이 좋다. 감자 자체에 수분이 있다.

2. 양념장을 만든다. 재료는 보시는 그대로다. 물론 정해진 룰은 없다. 취향대로.

3. 이번에는 진간장과 참기름, 고춧가루를 넣었다.

4. 그릇에 밥을 담고 양념을 올려서 감자를 깨면서 비벼 드시면 된다.

앵두감자, 밤감자로 만들어야 제맛인 감자밥 조리법.

일탈과 나, 둘이서 오후 4시까지 일을 끝내는 것은 불가능해 보였다. 그렇다면 배송은 하루 지연되어야 한다. 광양에서 섬진다원을 운영하는 친구들이 문자를 보내왔다. 카페로 놀러오겠다고. 바빠서 힘들다고 했다. 혹시 바쁘지 않은 것 아닌가라는 답 문자가 왔다. 우씨! "come & see! & help!" 손맛 매운 세 사람이 갑자기 벼락처럼 작업장으로 입장했다.

섬진다원 부부와 정은래 선생님이 오지 않았다면 당일 배송은 힘들었을 것이다. 여하튼 그래서 기적처럼 세 번째 발송이 가능할 수 있었다. 보낸 물건들이 무사히 도착하기만을 기원했다.

　지리산닷컴 스태프들 모두에게 이날 하루는 아주 길었다. 각자의 노가다 현장에서 수고가 많았고 해가 질 무렵에는 모두 떡이 되어 있었다. 늦은 저녁을 먹고 돌아오는 길에 차 안의 사람들에게 물었다.

　"야! 다른 사람들도 귀촌해서 이렇게 빡빡하게 사나?" ●

맨땅에 펀드 — 배당 안내문

2012. 07. 10

꿀, 매실 효소, 우리밀 2종, 허브차, 감자

안녕하십니까. 지리산닷컴 '맨땅에 펀드'입니다. 포장 작업 때문에 마음이 급해서 오늘은 간략하게 설명드리겠습니다.

■ 꿀

산감 농사 짓는 김종옥 농부의 꿀입니다. 이른바 '벌밥'이라는 설탕을 먹이지 않은 잡화꿀인데 주로는 아카시아 꽃에서 벌들이 모아 온 꿀입니다. 1.2kg 정도입니다. 추가로 필요로 하시면 http://www.naturalgarden.kr에서 주문 가능합니다. 사이트에 종류와 가격이 있습니다.

■ 매실 효소

구례군 계산리에서 유기농 매실 농사 짓는 정은래 선생의 매실 효소입니다. 3년이 지난 것으로 주문을 했습니다. 완전히 믿을 만한 분이구요. 역시 추가 주문은 가능합니다. 정은래(바울라) 010-3676-2683인데 택배비 포함 1만 5000원일 겁니다.

■ **수련의 허브 또는 애플민트**

구례군 마산면 김수련 할머니의 마당 허브를 손수 한 잎 한 잎 따서 말려 만든 소량의 허브티입니다. 추가 주문은 불가능하구요. 이제 꽃이 피어서 모두 자르고 다른 새잎을 기다리는 중입니다.

■ **밀가루와 통곡**

밀가루는 테스트를 통해서 제빵성이 높은 것으로 판명되었구요. 수제비, 전 등 일반적인 밀가루 음식을 만들어 드시면 됩니다. 단, 밀은 일반 수입밀보다 적게 잡아서 반죽하셔야 합니다. 통곡은 현미라 생각하시면 됩니다.

■ **감자**

'맨땅에 펀드'에서 직접 경작한 감자입니다. 양은 적습니다. 대략 2kg 기준으로 큰 놈에서 밤 사이즈까지 넣었습니다. 죄송합니다.-,.-

백일홍이 피는 것도
몰랐다

20

땅이 배우다

두문불출까지는 아니었지만 외부로 경고장 하나 남겨두고 작업에 집중했다. 카페&게스트하우스가 생기고 난 이후로 작업 환경은 더욱 산만해졌다. 휴가 시즌은 시작되었고 한 달 정도 많은 사람들이 지리산을 찾을 것이다. 여름의 특징은 1년 중 가장 많은 일이 몰린다는 사실이다. 그 산만함과 분주함 속에서 작업하는 것을 즐기는 편이다. 나에게 약간의 가학성이

있는 것은 분명하다. 사방에서 나를 향해 압박해오고 그런 시절이면 문자
와 전화가 더 유난하고, 스트레스를 받은 나는 타이레놀과 얼음을 한 알
씩 깨문다. 꼬박 이틀 반을 매달려서 연곡분교 학교설명 인쇄물을 완료했
다. 연곡분교는 구례군에 남아 있는 유일한 분교다. 지리산닷컴은 연곡분
교의 폐교를 막는 일에 집중하고 있기도 한데 나는 이 일이 '맨땅에 펀드'
라는 '작은 저항'과 같은 맥락이라고 생각하고 있다. 인쇄물 디자인 작업
은 끝이 났고, 다음 일을 들어가기 전에 잠시 텃밭을 둘러보러 나갔다. 무
얼까?가 항상 살펴보고 돌보지만 펀드라는 남의 돈을 가지고 노는 주범
은 어차피 나이기에 밭을 머릿속에서 완전히 지우는 것은 힘들다.

이번 장마는 아주 많은 비가 온 편은 아니었다. 차라리 마른장마에 가
까웠고 그런 현상은 몇 년 전부터 반복되었다. '맨땅에 펀드' 농지는 비교
적 무사하다. 장마를 견디었고 콩들은 모두 장하게 자리를 잡았다. 비가
많이 왔다면 너무 긴 고랑의 물길을 어떻게 잡을 것인지 걱정스러웠겠지
만 특별하게 난리를 떨 상황은 발생하지 않았다. 전체를 일별해도 콩은 확
연하고 그 사이로 풀도 확연하다.

그런 날이 있다. 아무리 바빠도 '가봐야겠다'는 생각이 드는 그런 날. 몇
걸음 나가면 '맨땅에 펀드' 농지이지
만 지나치는 것은 지나치는 것이고 바
라보는 것은 바라보는 것이다. 마음을
잡고 살펴보는 일은 항상 시간과 품과
정성을 필요로 한다. 애초에 주 단위
로 '맨땅에 펀드' 상황을 중계하겠다
고 했지만 사실 연중 몇 차례는 펑크

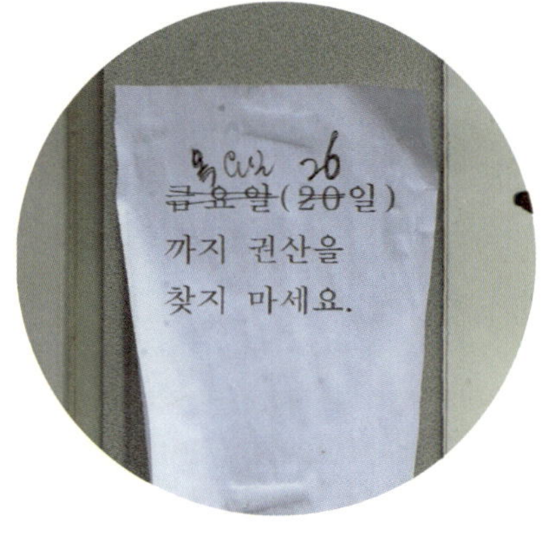

가 나리라 예상하고 있었다. 나는 기계가 아니니까. 게다가 특별한 사건사
고가 없다면 지금부터 당분간은 풀과 작물의 세력 싸움이 정리되는 시기
이고 작물들의 모든 에너지는 오로지 '성장'에 집중한다. 사람이 개입할
여지가 별로 없다는 뜻이다. 풀을 한 번 정도 잡아주면 달리 일도 없고 막
상 한여름은 농한기다. 하늘이 흐렸지만 콩잎이 예쁘다. 경상도에서는 콩
잎을 젓장에 담아서 삭혀 먹었다. 구례로 옮겨온 이후 전라도 사람들은 콩
잎을 먹지 않는다는 사실을 처음 알았다. 내가 콩잎을 따고 있는 것을 본
마을의 엄니들은 '소나 먹는 것을'이라며 안타까워 하셨다.

언젠가 무얼까?의 지시에 따라 내가 심은 옥수수 라인이 제법 옥수수
인 것처럼 자리를 잡았다. 이미 몇 번 이웃에서 옥수수를 얻어먹었는데 우
리 옥수수는 느리거나 시각적으로 좀 시원찮다. 속대가 자리를 잡았는지
잡아보았다. 나름대로 속이 차오르고 있었다. 무겁게 짓누르는 하늘, 멀리
걸어가는 영감, 그리고 옥수수 초록 잎은 여름 풍경의 전형이다. 그래서
옥수수를 심었다. '맨땅에 펀드' 농지는 수확과 판매에 중심을 두기보다
는 이렇듯 시각화와 스토리 생산에서 하나의 주연배우 역할을 하는 것이
다. 땅이 배우다. 그것이 옳은 것이다.

토란이와의 상봉

콩알만했던 토란 잎을 기억하는가? 이제 잘라서 토란대를 말려야 할 정도
로 자랐다. 멀리서 볼 때는 실감을 하지 못했는데, 막상 가까이서 이렇듯
몰라보게 자란 토란 잎을 보니 20년 전에 도회로 나갔다가 잃어버린 아들
을 상봉한 듯 느닷없고 반갑다. 어깨를 쓸어내리고 시린 눈을 마주보며 하

몰라보게 자란 토란 잎을 보니 감개무량이다.

는 소리 그대로,

"니가 참말로 그 토란 맞냐?"

"야, 아부지. 뭣 헌다고 그날 지를 잃어버리셨시유!"

"연곡이한테 신경 쓴다고 그날 좀 그랬다. 갸가 많이 약하지 않냐."

"하여간에 우리 이제 헤어지지 말아여! 꺼어이 꺼어이~."

"장담은 못 한다만 여튼간에 내가 잘못했다. 꺼어이 꺼어이~."

고구마, 땅콩, 고추, 상추, 들깨의 안부

고구마 순은 더 이상 순이 아니다. 이제 땅을 점령하고 자리를 잡았다. 다른 풀 걱정은 하지 않아도 되는 상황이다. 당분간 발아래 물은 충분한 상황이니 이제 강렬한 햇볕을 받고 주변으로 세력을 확장해 나갈 것이다. 한번 자리를 잡고 나면 고구마처럼 수월한 작물도 없다. 고구마는 얼마가 되었건 '맨땅에 펀드' 가입자들에게 배송될 것이다. 감자보다는 시각적으로 자랑스럽지 않을까 하는 기대를 한다.

땅콩 밭으로 발길을 옮긴다. 얼핏 보면 좀 심란할 수도 있지만 큰 문제는 없다. 우리가 볼 땐 그렇고 마을 사람들이 볼 땐 문제가 많은 상태다. 우리가 맞다. 땅콩보다 높이 올라온 풀은 땅콩 아래서 올라온 것이 아니다. 땅콩과 땅콩 사이의 풀들이다. 그 풀까지 잡을 수는 있겠지만 일단은 조금 더 둘 생각이다. 조금 더 자라고 풀씨가 맺히기 전에 베어서 눕힐 생각이다. 그리고 땅콩 잎이 낮고 넓게 땅을 점령하고 나면 수확 때까지 별일은 없을 것이다. 그때부터는 들쥐와 두더지들이 땅콩을 파먹는 상황이 악재지만 이 밭을 배회하는 누렁이를 믿어볼 생각이다. 산과 가까웠다면 엄두도 내지 않았을 것이다. 멧돼지들이 하룻밤이면 쑥대밭으로 만들 것이기 때문이다. 낮은 땅콩 잎 아래로는 깨끗하다. 풀은 없다. 있다고 해도 더 이상 자랄 수 없는 풀들이다.

'이곳은 음지'라는 의사표현을, 땅은 그늘에서 자란 버섯으로 대신하고 있다. 그리고 두 계단 정도 위 밭으로 올라선다. 200평 정도인 이 밭에는 풀이 많다. 채종밭 용도이거나 이런저런 소규모 작물들이 심어져 있다. 얼결에 시작한 2012년 '맨땅에 펀드'의 산만함으로 인해 규모있게 관리하고 있지는 않지만 2013년에도 이 밭에는 풀이 많을 것이란 점은 분명하다. 호박은 경사로에 심어주고 넝쿨은 위로 올려준다. 호박잎 쌈을 최근에 많이 먹었다. 100가구 보내드릴 양은 물론 되지 않는다.

그리고 고추와 상추다. 이 아이들은 노지에서 장마에 가장 약하다. 상추는 풀을 잡기 위해 뿌리기도 했지만 결국은 '녹아버렸다'. 고추는 장마를 기준으로 살아남을 것인지 고추탄저병으로 주저앉을 것인지 기로에

왼쪽 위부터 고구마, 땅콩, 고추, 상추, 들깨.

무질서한 듯 펼쳐진 이 풀밭 속에는 의도한 많은 작물들이 자라고 있다.

서 있지만 목숨은 부지하고 있었다. 비와 태풍에 많이 떨어졌고 탄저병도 있지만 생각보다는 선방하고 있다. 지금부터 나오는 고추는 가급적이면 말릴 생각이다. 소량이라도 겨울 김장 작업 시기에 양념값을 줄일 수 있을 것이다. 아, 김장! 문수골 해발 700m 정도에 배추를 심으려면 이제 고랑 작업과 기타 등등에 대한 준비에 들어가야 할 시기다. 고랭지는 좀 일찍 심는다.

아무 탈 없는 것은 그 옆의 들깨다. 들깨는 정말 거의 언제 어느 곳에서나 별 탈이 없다. 잎으로 먹기에는 센 편이라 고민 중이다. 그대로 두고 가을에 들깨를 받을 것인지 그냥 베어버릴 것인지 장아찌를 담을 것인지. 펀드 가입자 분들 중 혹시 여름에 오미동을 방문하실 계획이 있는 분들에게 이 들깻잎을 원하시는 만큼 따가게 했다.

212

가장 낮은 곳에서

무질서한 듯 펼쳐진 이 풀밭 속에는 의도한 많은 작물들이 자라고 있다. 풀과 함께. 나는 이 모습이 아름답다. 옥수수, 동부 콩, 깻잎, 고추, 열무, 상추, 호박, 몇 종류의 참외, 수박, 오크라(226쪽을 참조), 오이……. 그 모든 것들이 서정주의 「상리과원」이란 시에서처럼 지지배배로 자라고 다투면서 하나의 덩어리로 자리하고 있는 것이다. 돈 되는 단일 품종을 길러서 특정한 면적의 땅에서 우월하거나 유일한 식물로 성장하는 것이 우리 눈에 익숙한 밭이나 논의 풍경이다. 그것은 땅의 의지와는 무관한 일이며 그 '정리정돈'을 위해서 많은 화석연료가 투입되고 있다. 마을의 농부들 눈에는 '땅을 망쳐버린' 모습이고 우리들 눈에는 '땅을 살리고 있는' 광경이다.

그리고 그 아래 가장 낮은 곳에서 모든 열매 맺는 것들은 꽃을 피우고 있다. 그리고 개똥참외를 찾던 중에 눈에 밟힌 메주콩의 꽃은 눈물겹게 예뻤다. 호박꽃은 익숙한 것이고 동부 콩도 꽃을 피운다. 꽃잎의 상처는 장마와 태풍을 거쳐온 훈장이다. 개똥참외가 어디서 나고 있는지. 무얼까?에게 물었지만 그도 모른다고 했다. 수박부터 참외까지, 뿌려둔 대부분이 비슷한 모양이라 열매를 보아야 알 수 있을 것이다. 그러나 이 순간

왼쪽부터 메주콩 꽃, 호박꽃, 동부 콩꽃.

개똥참외는 별로 중요하지 않다. 지금은 꽃이다.

개똥참외인지, 수박인지, 호박 종류인지 모를 꽃을 발견했다. 필사적이라는 생각이 들었다. 빛을 향해 얼굴을 쳐들고 젖은 몸을 말리려는 몸부림이 역력하다. 시기적으로 보자면 이 참외(혹은 수박, 혹은 호박?)는 사람이 그 맛을 보기에는 제법 늦은 편이다. 하지만 식물은 그것이 생의 목적이 아니다. 열매를 맺고 다음 생을 위한 씨앗을 퍼뜨리는 것. 오로지 그 목적을 위해 필사적으로 '살아낸다.'

아,

그 여정을 위해 저리도 사생결단으로 살아가는데.

미안하다.

미안하다.

미안하다.

백일홍이 피는 것도 몰랐다.

염천 콩밭에서

21

무성한 콩잎과 잡초 사이로 몇 개의 점

염천(炎天). 불 화(火) 자가 두 개다. 덥다가 아니라 뜨겁다. '맨땅에 펀드'
를 시작할 때부터 오뉴월 염천의 콩밭을 매는 일은 상상만으로도 아득하
게 느껴졌다. 세상이 그렇지만 요즘 구례는 한낮 기온이 34~35도. 불과 2
주일 전의 햇볕과는 차원이 다르다. 구름은 하늘 끝을 모르겠다는 기세로
높이 치솟고 여백은 완전한 셀루리안 블루다. 잠시 햇볕에 몸이 노출되면

사람을 태울 듯한 기세다. 단순하고 명백하게 뜨겁다. 그러나 결국 콩밭은 맬 수밖에 없다. 제초제도 멀칭도 하지 않은 콩밭은 그래서 이 염천에 바라보는 것만으로도 고문이다. 7월 26일 콩밭에 매니저들을 투입했다. 작업 시간은 새벽 5시부터 아침 9시까지로 한정했다. 그 이후 시간 작업은 노인들을 사지로 몰아넣는 것과 다름없다.

작업을 하시는 것을 알고 있었기에 아침에 출근하자마자 콩밭으로 나갔다. 그래 봤자 나의 출근은 아침 8시 정도다. 이미 해는 올라왔다. 무성한 콩잎과 잡초 사이로 몇 개의 점들이 움직이고 있었다. 주변의 넓이와 태양의 높이로 보자면 이 일은 정말 맨땅에 헤딩하는 짓이란 생각이 들었다. 풀 속에서 새벽 5시부터 어떤 작업을 했는지 가늠하거나 구분하는 것은 불가능했다. 그냥 풀밭 속에 사람들이 들어앉아 있을 뿐이었다. 연초에 소똥을 퍼부은 관계로 이곳 엄니들 말씀으로는 '콩이 미쳐분다.'는 상황이다. 영양분이 많은 것이다. 그래서 진작부터 마을 사람들은 '저 풀을 어찌할 것인가!'라고 잔소리들을 끊임없이 이어갔지만 우리는 2주일 이상을 버틴 것이다. 잡초가 영양분을 좀 더 빨아먹도록 기다렸다고 보면 정확하다.

그리고 풀씨가 맺히기 전에 풀을 베어 눕힐 생각이다. 풀씨가 맺히고 떨어지면 정말 피곤해지는 것이다. 내년에 엄청난 양의 잡초와 싸워야 한다는 뜻이다. 금년의 이 밭이 이리 힘든 것은 작년에 이 땅을 운영했던 사람들이 파종 이후 아무런 액션을 취하지 않은 탓이 크다. 풀씨와 콩씨가 땅으로 잔뜩 떨어진 것이다. 갑동댁, 대평댁, 지정댁과 무얼까?가 작업했다.

늦게 나온 나를 본 대평댁의 불평이 장난이 아니다. '우동을 사달라.'와 '너도 일을 하라.'가 반복된 불평의 내용이었다. 아침 8시지만 밭으로 내려서서 햇볕을 받아보니 머릿속이 후끈해진다. 단지 이 순간 일을 하지 않

왼쪽 라인부터 갑동댁, 대평댁, 지정댁과 무얼까?이다. 각도를 조금 달리해서 보면 새벽 5시부터의 작업이 무엇이었는지 확연히 보인다.

218

왼쪽부터 강샌, 박샌, 운암댁이다.

고 있다는 이유만으로도 마음이 불편하고 미안한 것은 맞다. 그러나 어쩌겠는가. 나는 솔직히 이 일을 하고 싶지 않다.

일전에 전국 의대생 머시긴가 거시긴가에서 몇몇 마을에 일종의 농활을 나왔을 때 이 풀을 제거하는 일을 맡길까 하는 유혹을 느꼈지만 결국 그냥 뒀다. 25명이라는 인력은 탐스럽고 욕심나는 숫자였지만 마을의 다른 집들 보기가 좀 거시기한 측면도 있었고, 그보다 그 아해들에게 이 밭을 맡겼을 때 된장과 똥을 구분할 것이란 기대를 하기 어려워 그냥 포기했다. 결국 그 농활대는 마을에서 별다른 환영도 업적도 남기지 못하고 집으로 돌아갔다. 몇 년간 이곳을 찾는 농활대를 보았지만 별로 환영받지 못했다. 사실 별 도움을 줄 수 있는 인력들이 아닌 것이다. 잡초 제거와 도랑 청소 말고는 할 일이 없다. 그조차 사실 공공근로나 노인일자리에서 주로 하는 작업이다. 개별 농가에서는 그들을 '부리는' 것을 꺼려한다. 부담스

럽기 때문이다. 그러니 농활을 기획하는 사람들은『상록수』관점의 농활
말고 직능별 특성을 살린 농활을 기획하는 것이 좋을 것이다. 의료농활이
나 전기제품을 수리해주는 농활이 현실적이다.

풀을 베니 콩들의 아랫도리가 시원해졌다. 바람이 통할 것이고 햇볕이
들 것이다.

펀드 인원 동원의 문제점

원래 감자를 심었던 영역에 다른 작업팀이 투입되었다. 강샌, 박샌, 운암댁
이다. 강샌은 팔순이 넘었다. 처음 참가하셨고 이날이 시작이자 마지막이
었다. 힘든 작업이었다. 박샌은 칠순을 넘기셨고 대구댁의 바깥어른이다.
운암댁의 등장은 다소 의외라고 볼 수 있다. 좁은 동네에서 '맨땅에 펀드'
가 인원 동원이 쉽지 않은 것은 두 가진데, 첫째, 실제 가용 인력이 열 손가
락을 채우지 못하는 점과 이웃과 이웃의 정치역학이 작용한 탓이다. 운암
댁은 펀드 초기부터 이 '뻘짓'을 비웃었지만, 원래 80년대 대학가에서도
시위대 주변에 서서 구경하던 아해들이 그다음 시위에 참가하기 마련이
다. 그래서 운암댁의 소리가 잦을수록 '운암댁이 이 일을 하고 싶은 것이
군.'이라는 생각을 했다. 참가하시기 전에 갈등 관계에 있는 매니저에게 의
사를 타진했다. 관계없다고 하셨다. 갈등의 원인은 더 이상 설명이 필요 없
는 '측량'. 작업장 자체가 수십 미터 떨어진 배치다. 스스로들 그렇게 구역
을 나누었을 것이다.

마지막 김매기

다다음날인 7월 28일 토요일 새벽부터 다시 매니저들이 밭으로 투입되었

다. 요즘 날씨는 완전히 하루하루가 똑같다. 이틀 전 작업에 이어서 콩밭
의 아랫도리를 모두 걷어낼 생각이다. 저 밭에서 일을 하다보면 참 고랑이
길다. 이날은 대구댁이 참가하였고 강샌은 나오지 않으셨다. 여섯 분. 펀드
로서는 대규모 인력 투입이다. 이제까지도 그랬고 앞으로도 이 밭은 마을
사람들의 입에 계속 오르내리는 땅이 될 것이다. 미련스러운 짓과 돈도 안
되는 짓의 표본으로 거론될 것이다. 설명을 몇 번 드려도 간혹 이해하시고
주로는 이해할 마음이 없으신 것이다. 시골에서의 대화가 벽에 부딪히는
대부분의 경우는 목적만 선명하고 과정에 대한 이해를 도통 하지 않으시
려는 경향 탓이다. 물론 도시에서도 그렇지만 면전에서는 논리는 수긍을
하는 편이다. 그러나 이곳은 아니다.

"이러저러이러저러해서 이렇게 되고 3000만 원이 이러저러이러저러……
그런 일입니다."

"긍가. 그래도 약은 해야지. 이러믄 안 되야."

"그러니까 제가 말씀을 드리지 않앗습니까. 이러저러이러저러 거시기
머시기…….."

"알았네. 그런데 왜 약을 하지 않는가?"

무얼까?는 일전 콩밭 작업에서 잃어버린 안경을 이날 아침에 찾았다.
땀 때문에 주머니에 넣어둔 안경이 흘러내린 것이다. 백사장에서 반지를
찾을 수도 있다. 우리나라 사람들은 정해진 시간에 일을 끝내는 것이 아니
라 마음속에 정해둔 일의 분량을 마무리해야 일이 끝난다. 9시 전에 들어
가시라고 해도 막무가내다. 일 끝나고 카페로 오셔서 시원한 것 한잔 드시
고 가시라고 해도 '발이 더러워서' 올 수 없다는 말씀만 남기고 모두 집으
로 들어가신다. 물론 그보다 깊은 곳에서 지리산닷컴 카페 같은 곳은 '나

무얼까?는 이틀 전 콩밭 작업에서 잃어버린 안경을 이날 찾았다.

와 어울리지 않는' 공간이라고 규정을 하셨을 것이다. 카페의 기능 중 한 대목은 분명히 '마을다방'으로서의 기능일 것인데 이 문화적 벽과 단절을 어떻게 극복할 것인지 역시 과제다. 어쩌면 풀 수 없는 문제이기도 하고 생각해보면 꼭 풀어야 할 이유가 없을지도 모른다. 다르다는 것을 부정할 필요는 없을 테니까. 그리고 그다음 날, 일요일 새벽부터 한 번 더 콩밭을 정리했다. 나 역시 대평댁의 요구대로 새벽에 나가기 위해 알람을 맞춰뒀으나, 9시가 되어서야 오미동에 도착했다. 기억에 없지만 아마도 잠결에 바로 알람을 죽이고 계속 잠을 잤을 것이다. 미안한 마음에 아예 얼굴을 보이지 않았다. 어쩔 수 없다. 날이 바뀌면 농협에서 돈을 찾아서 놉을 드리고 실질적인 김매기 작업의 종료와 수고에 감사를 드려야 할 것이다. 8월 말이나 마무리로 한 번 더 베어야 하지 않을까 하고 여쭈었더니 대평댁은,

"그럴 일 없을 꺼이네."

222

이제 가을 수확 시즌이나 되어야 펀드매니저들을 만나게 될 것이다. 이제 정말 뜨거운 햇살과 작물들의 성장이 기다릴 뿐이다. ●

2분기 결산

8월 중간 점검

휴가 중이었던 시기라 '맨땅에 펀드' 주간보고를 공식적으로 쉴 수 있어서 좋았다. 시기적으로 별 스토리가 없는 때라 사실 이야기가 빈약했다. 그래도 중간보고용 기록은 해야 하기에 8월 7일 아침 며칠 만에 밭으로 내려섰다. 백일홍이 대략 세 번째 피었지 싶다. 백일홍은 세 번 피고 진다. 이번 꽃이 지고 나면 여름은 끝이 날 것이다.

　7월 말에 김매기를 한 이후 뙤약볕은 강렬했고 가장 더운 시기를 지나고 있었다. 구례는 35~36도의 한낮 기온을 유지했다. 김매기를 한 지 10여 일 지났지만 콩 아래로 바람이 시원하게 통하는 상태다. 일단 콩 그늘이 지고 나면 풀은 콩을 이기지 못한다. 한시름 놓은 것이다. 풀을 눕혀 놓았으니 땅으로 돌아갈 것이다.

　토란은 물이 많은 땅에서 잘 자란다. 가뭄이 극심해지자 토란 잎의 상태는 그냥 시든 것이 아니라 무얼까?의 말대로 '탔다'. 토란대 좀 수확하고 돌아와서 보니 하필 흰색 티셔츠를 입은 날이었는데 토란 물이 예쁘게 들었다. 무얼까?는 한아름 토란 잎을 수확하고 "투자자들한테 보낼 수도 있겠는데요."라고 말했지만 말리고 나면 한 주먹이다. 여름 끝자락에 지리산닷컴 스태프들 육개장이나 끓여 먹어야겠다.

　콩잎이 예쁘다. 콩잎 장아찌를 담지 못하고 여름을 지날 것 같다. 이 모든 '재료'를 소비하지 못하는 것이 아깝고 마음 한편으로 불편하지만 이미 몇 년간 숙성 음식 만든다고 그에 비례하는 양념을 소비할 만큼 소비해 본 다음이라 이제 필요 이상으로 소출되는 채소를 저장하지는 않는다. 그렇게 만든 숙성 음식 대부분이 1년 후 냉장고 정리 과정에서 버려졌기 때문이다.

　고구마는 워낙 햇볕과 풀에 강하기 때문에 한 번 풀을 잡고 난 이후 거의 제힘으로 가을까지 간다. 편한 작물이다. 중간에 보이는 풀들은 그렇게 우려할 모양은 아니다.

　땅콩은 키가 자랐다. 원래는 주변 땅으로 쫙 퍼져서 번져야 하는데 풀을 늦게 잡은 탓에 햇볕을 받기 위해 키가 자란 것이다. 어느 정도 그늘이 형성되었으니 우려할 상황은 아니지만 여하튼 정상적인 모습은 아니다.

그래도 가을에 땅콩죽을 먹는 데 문제는 없어 보인다.

펀드 밭에는 낯선 아이들도 자라고 있다. 오크라.

오크라(Hibiscus esculentus)는 목화, 무궁화 등이 속한 아욱과의 유일한 야채로 열대 아프리카가 원산이며, 17세기 노예무역과 함께 브라질과 미국 남부 여러 주로 전래되었다. 키가 2m까지 자라며, 뾰족한 꼬투리를 먹기 위해 재배한다. 꼬투리는 야채로 먹기도 하고 다른 음식을 걸쭉하게 하는 농후제(濃厚劑)로도 사용한다. 우아한 모양 덕분에 영어로는 '귀부인의 손가락(lady's fingers)'이라고도 칭하는 오크라는 토마토, 양파, 스파이스 양념, 고기, 갑각류 등과 함께 조리하며, 또는 미국 남부에서 인기 있는 '검보(gumbo)'라는 수프요리에 쓰이기도 한다. 오크라는 보풀로 덮여 있어 날것으로 먹으면 따끔따끔하다. 익힌 오크라는 가지와 아스파라거스를 섞어놓은 듯한 순한 맛이 난다. —네이버.

익숙하지 않은 작물이다. 무얼까?가 가지고 있는 것을 심었다. 열대 아프리카가 원산이다. 뾰족한 꼬투리를 먹는다. 먹어 보니 맛보다는 식감이 좋다. 그러나 자주 먹을 것 같은 작물은 아니다. 동아(253쪽 사진 참조)도 있다. 호박과 참외와 수박 등이 모여 있는 구역에 있었는데 풀밭 속에 숨어 있어 작지 않은 덩치지만 쉽게 보이질 않는다. 속을 긁어 국수처럼 만들어 먹는다고 막연히 알고 있다. 그리고 칡콩도 있다. 귀한 콩이라고 해서 종자를 확보하기 위해서 심었다. 아직 먹어보지 못했다. 칡과 자연교배에 의해

콩잎이 예쁘다.

서 생겨난 종이라고 한다. 꽃의 모양으로 봐서는 동부와 엮여진 콩인 듯하다. 이런 종을 내년에는 더 확대해야 한다.

보름 뒤인 8월 22일 다시 감나무 밭과 텃밭의 모습을 살폈다. 2013년 '맨땅에 펀드' 운용 방향에 대해 고민하지 않을 수 없었다. 전국의 100명으로부터 30만 원씩을 받아서 풀 잡는 데 이렇게 돈을 쓰고 다시 그것을 보고하는 방식으로 운용하는 것이 의미가 있을까? 분명한 건 이 짓은 소모적이라는 것이다. 예상은 했지만 무망했고 이 방식은 재고되어야 한다. 그러나 저러나 햇볕 아래 저렇게 서 있을 수 있는 식물들은 정말 경이롭다.

오래간만에 파도리 감나무 밭으로 올라갔다. 문제는 '오래간만에'라는 표현이다. 차를 타고 이동해야 볼 수 있는 밭의 문제점이다. 감나무 밭은 그동안 한 번의 예초기질과 두 번의 '농약'을 했다. 금년에는 유기농 또는 무농약으로 전환하는 것이 힘들었다. 가장 큰 이유는 눈앞에서 보살피고 다듬지 않는 한 유기농이란 사실상 방치농법과 다르지 않기 때문이다. 담배 한 대 피는 시간 정도 감나무 밭을 보다가 고민이 깊어진다. 열매는 어느 정도 열렸다. 기본적인 수확을 할 것이다. '맨땅에 펀드' 가입자들에게는 소량이 될지 박스가 될지 여하튼 보내질 것이다. 금년에는 어차피 나무를 만드는 과정이다. 잘 가꾼다면 2013년에는 어느 정도 수익성을 기대할 수 있을 것 같다. 수익에 대한 유혹과 눈앞에 보이지 않는 단점 사이에서 고민했다.

다시 텃밭으로. 8월 초 무얼까?가 예초기로 풀을 벤 다음 고춧대 역시 다리 아래가 훤했었다. 하의실종이었다. 그러나 그로부터 보름 후. 풀은 정말 대단하다. 사실 지난번 풀을 벤 다음, 그것이 마지막이라고 결심했었다. 하지만 오늘 아침에 무얼까?와 밭을 둘러보면서 한 번 더 풀을 베기로 했다. 풀을 이길 수 있는 생명체는 지구상에는 없다.

메주콩이 여물어간다. 저 콩이 청국장으로 보내지면 '맨땅에 펀드 2012'는 끝이 날 것이다. 보름 전보다 무성하다. 콩잎과 풀이 모두 자랐다. 윤달이 있지만 더위가 길다. 8월 말까지 이곳은 32도 정도의 한낮 기온이 예보되어 있다.

녹두도 자라고 있다. 유용한 작물이다. 전라도에서는 삼계탕에 녹두를 넣고 죽을 끓인다. 콩을 심고 너무 한 종류만 심기는 그렇기도 하고 종자도 있었기에 심었는데 문제는 계속 수확을 해야 한다는 점이다. 그대로 두면 꼬투리가 터져서 땅으로 떨어지고 내년에 문제를 일으킨다. 키가 어느 정도 자라고 나면 넝쿨 형태로 변한다. 그래서 고랑 사이로 걸어다니면서 녹두를 따는 일이 쉽지 않다. 고랑 사이로 걷다가 녹두 줄기를 잘라먹을

8월 초 고추 예초기 작업 당시 고추밭 모습과 보름 후 풀이 뒤덮힌 모습.

수 있기 때문이다. 조금씩 수확을 하고 있는데 양은 그렇게 많지 않다.

옥수수는 역시 그렇게 튼튼하지 않은 상태에서 그래도 먹을 만하게 자랐다. 그동안 익은 것을 간혹 따서 삶아 먹었다. 조금 안쪽으로 들어서자 서리태다. 검은 콩. 꽃은 처음 본다. 얼마 전에 마트에서 집사람이 검은 콩 한 봉지를 샀는데(1kg이거나 800g 정도일 것이다.) 1만 4000원이었다. 놀랐다. 검은 콩이 그렇게 비싼지 몰랐다. 그래서 당장 '맨땅에 펀드' 부지에 서리태를 심었는지 무얼까?에게 확인했다. 이건 다이아몬드가 아닌가!

2분기 결산

2분기 지출: 6,646,700원

현 잔액 : 10,911,520원

식대: 135,000원

자재: 181,500원

물류&포장: 400,000원

인건비: 1,430,000원

배당: 4,500,000원

식대: 13만 5000원. 이 부분을 줄일 수 있는 방안이 무엇일까? 1분기와 동일한 고민이다.

자재: 18만 1500원. 필수항목이다. 종자나 시설 비용이다. 내년에도 당연히 발생하는 부분이다. 이 부분은 토종으로 전환하는 노력을 기울인다면 더 많은 지출이 예상된다.

물류와 포장: 40만 원. 난제다. 물류 비용이 장난이 아니다. 배당 횟수가 적은 것은 물류 비용 때문이다. 한 번 보내면 최저 35만 원이 날아간다. 열 번이면 350만 원이다. 그래서 자주 보내지 못하고 예정보다도 횟수를 줄이고 있다. 가령 옥수수가 1000개 수확되어도 여름 품목으로 보내는 것은 넌센스다. 내년에는 여름에 뭔가를 배송할 수 있는 방안을 찾아야 한다. 투자자들에게서 세 통 정도 메일을 받았다. 더 이상 오지 않느냐고. 그런 메일을 받으면 마음이 아무래도 편치는 않다. 남의 돈으로 소꿉장난하는 것 아닌가 하는 생각이 왜 들지 않겠는가. 분명한 것은 2013년에도 물류와 포장 비용은 최대한 줄여야 한다. 포장 등에 독자적인 디자인 어쩌구 하면서 비용을 지출할 필요는 없을 것이다. 나, 디자이너다. 때깔 나고 심플하게 포장지 디자인할 수 있다. 그러나 사치다. 기존 농민들의 촌스러운 남아도는 박스를 구하는 것이 현실적이다. 그런 비용은 배당으로 돌리

는 것이 맞다. 원래 이런 생각은 아니었지만 진행하면서 '폼은 중요하지 않다.'는 생각이 굳어진다.

인건비: 143만 원. 풀 잡는 데 들어간 비용이라고 보면 된다. 3차 배당 택배 작업한 날 나에게도 5만 원 한 번 지급했다. 몸이 지치니까 그렇게 되더라. 에잇! 나도 먹자. 7월 말 김매기에서 '강샘'은, 사실 3시간 일을 하셨는데 다소 많은 돈을 드렸다. 처음 나오셨는데, 팔순 넘는 남자 어르신이 풀 베는 작업을 하는 것은 힘들었다. 다른 분들과의 형평성을 고려하면 2만 5000원이 맞다. 그러나 단 한 번의 작업이었고 너무 고령이셔서 다시 나오시기 힘들 것 같아 4만 원으로 책정했다. 무얼까?의 아내 일탈과 지리산노을 언니에게도 한두 번 인건비를 지불했다. 본인들이 원한 것은 아니지만 지리산닷컴 스태프 또는 관련자의 가족들이 자꾸 동원되는 상황이 개인적으로 미안했기 때문에 그렇게 했다. 이 대목은 이해해주시면 좋겠다.

배당: 450만 원. 개인적으로는 꿀, 효소, 밀가루, 허브티, 감자 등으로 구성한 3차 배당에 대해 부끄럽지 않은 구성이라고 생각한다. 물론 감자가 그 모양으로 되어서 충분히 보내드리지 못한 점은 드릴 말씀이 없다. 그래도 전체 지출 664만 6700원 중 실제 배당 450만 원은 양호한 비율이라고 생각한다.

전체적으로는 이미 기금을 2/3나 고갈한 상태에서 절반만 지나왔다. 무엇을 누락했는지 실제 잔액과 계산도 오차가 있다. 개인적으로 예정했던 청국장까지 다다를 수 있는 하반기 자금 상황이 아니다. 그러나 배추는 심어야 한다. 어쩌겠나. 그냥 맨땅에 헤딩해야지. 하반기 좀 더 힘내자! ●

23

태풍

저 큰 가지를 부러뜨리는 힘이란 무얼까?

2012년 8월 28일 태풍은 소리와 실감으로 보자면 내가 7년 전 구례에 내려온 이후로 가장 강력했다. 아침 9시 좀 넘어 집을 나섰다. 밖으로 나가는 것 자체가 위험해 보였지만 태풍 상황을 직접 보고 싶었다. '맨땅에 펀드' 부지에 어떤 피해가 있었는지 둘러보기도 해야 했고 무엇보다 들판의 나락 상황이 걱정스러웠다. 집을 나서자마자 마을의 녹차공장 알루미늄 새시 벽체와 지붕이 태풍에 찢겨지고 있는 순간을 지나쳤다. 그리고 곧이어 하사마을 앞에서 재난영화적인 이미지를 보았다. 충격적이라기보다 차라리 거대한 설치미술을 보고 있다는 생각이 들었다. 우리 집은 새벽부터 정전이었다. 태풍 볼라벤은 그렇게 구례를 지나고 있었다.

힘들게 사무실 앞에 도착했을 때 마당은 돌배 천지였다. 늦은 가을에나 수확해야 할 지리산닷컴 부지의 보물 같은 돌배나무는 밤과 아침 동안 열매의 2/3를 땅으로 내려놓았다. 믿을 수 없었다. 땅에 떨어진 그 많은 열매만이 나의 넋을 빼어놓은 것이 아니었다. 하루 만에 사라진 나뭇잎들 역시 믿을 수 없는 광경이었다. 단 하루 만에 그 큰 돌배나무를 여름의 장성한 나무가 아닌 가을의 앙상한 가지 이미지로 바꾸어버렸다.

도로는 지뢰밭이었다. 나뭇가지는 무수히 부러졌고 나무 자체가 뿌리째 뽑히거나 넘어간 것도 많았다. 7년을 살고 있는 마을이 갑자기 낯선 풍경으로 다가왔다. 아주 느리게 운전하면서 짧은 거리의 마을길을 오가며 눈으로 확인할 수 있는 피해 상황들을 기록했다.

운조루 창고 셔터, 출입문 유리창, 슬레이트 몇 장 날아갔다. 날아간 슬레이트는 바로 뒤 덕암댁 집 기와와 처마를 때렸다. 마을의 모든 한옥은 기와가 날아가지 않은 집이 없었다. 태풍은 완전히 지나간 것이 아니라 여전히 구례

마을 동쪽 당산나무 큰 가지가 부러졌다.

기와가 날아가고 나무가 쓰러지는데 놀랍게도 장독은 하나도 상하지 않았다.

를 관통하는 중이었다.

마을 동쪽 당산나무 큰 가지가 부러졌다. 살펴보니 이미 벌레가 파먹고 수분이라고는 없는, 모양만 가지인 상태였다. 늙은 나무의 시간이 그렇게 많이 남은 것 같지는 않다. 그래도 저 큰 가지를 부러뜨리는 힘이란 무얼까?

하루 전날에 퇴근하면서 무얼까?와 마을 장독을 걱정했었지만 별수 없다는 의견을 나누었었다. 그러나 기와가 날아가고 나무가 쓰러지는데 장독은 단 하나도 상하지 않았다. 뚜껑이 태풍을 견딜 수 있는 이유는 무엇일까?

들판의 나락은 쓰러지지 않았다. 물론 어느 정도 바람이 지나간 방향으로 눕기는 했지만 심각한 상황은 아니다. 이상하다. 전봇대와 나무가 쓰러지는데 나락이 멀쩡하다니? 원인은 의외로 간명했다. 나락이 여물지 않아

234

무얼까?가 과학적으로 만든 거미줄이 무너졌다.

쓰러질 무게가 아직 되지 않았던 것이다. 10여 일 후에 태풍이 왔다면 나락은 대부분 쓰러졌을 것이다.

'맨땅에 펀드' 부지의 동부 콩과 오이 등 넝쿨식물을 위해 무얼까?가 꼼꼼하고 나름 과학적으로 만든 거미줄이 실질적으로 무너졌다. 콩밭 상황은 내려서지 않아서 자세히 모르겠지만 옆으로 누운 콩이 많고 땅으로 제법 떨어졌을 것이다. 해가 며칠 나온다면 스스로 일어설 것이란 믿음을 가지는 것 이외에 복구 방안은 없다.

농사, 지켜보는 것도 힘들다

오전에 읍내 마트에서 종옥이 형님네를 만났다. 하루 전에 머루를 집으로 가지고 온 형수가 긴 시간 이야기하고 갔다는 이야기를 들었다. 태풍 대비한다고 이중으로 그물망을 치고 나름으로 최선의 대비를 한 모양이다. '삼촌!' 하고 부르는 소리가 들리길래 돌아보니 형수였다. 반사적으로 물었다.

"감은?" 또…… 아주 좋지 않다. 잎이 너무 많이 떨어져서 곧 출하를 앞둔 태추 품종 등을 거의 잃었다. 이른 서리로 한 해 농사를 날려 먹은 것이 불과 2년 전 아닌가. 아! 농사 참…… 지켜보는 것도 힘들고 안타깝다.

오후에 파도리 감나무 밭으로 갔다. 열매가 좀 떨어졌다. 그보다는 잎이 많이 떨어졌고 가지에 달려 있는 잎도 찢어진 것이 많다. 아무것도 모르는 눈으로 보자면 그냥 감잎이 떨어졌을 뿐이다. 열매를 보호해야 하는 역할이 힘들어진 것이다. 그러면 열매는 힘들어진다. 이 감에서 100만 원이라도 수익을 올리기를 기대했는데……. 액수가 실질적이지 않더라도 '수익'이라는 '상징'을 얻고 싶었다. 좀 더 지켜보자. 그러나 우리 감나무 밭의 '차량'이라는 품종은 늦게 수확하는 종이라 실망감을 숨기기는 힘들다.

태풍의 중심 기압이 900hPa 이상이라거나 순간 최대 풍속이 초속 50m를 넘었다 어쩐다는 방송에서의 소리를 실감하는 것은 힘들다. 그러나 지금 내 눈앞에 펼쳐진 광경은 수치를 인식해서 이해하는 위력이 아니라 '이곳의 일상과 살림이 끝장난' 실제 상황이다. 수긍하기 힘든, 부인할 수 없는 현실인 것이다. 그리고 이틀 뒤에 태풍 덴빈이 다시 지나갔다.

태풍 안 와!

태풍이 오기 하루 전에 오래간만에 순영이 형님과 통화를 했다. 3개월에 한 번이나 볼까? 각자 바쁘기로는 좀 하는 사람들이라 같은 구례에 살면서도 얼굴 보기 힘들다. 이미 수확을 한, 조기재배 햅쌀 맛도 보고 포장지를 좀 만들어달라는 전화였다. 알겠습니다, 내일 방문하겠습니다, 그런데 내일 태풍 온다는데?

"태풍 안 와!"

분명히 그렇게 말씀하셨다. 태풍 안 와. 그로부터 12시간 후에 태풍은 홍순영의 감잎을 대부분 떨어뜨렸고 조립식 창고와 저장시설 등을 허물었고 하우스를 엿가락으로 만들었고 나락을 사정없이 흔들었고……. 이틀 동안 형은 전화를 받지 않고 넷째 딸 진주도 전화를 받지 않았다. 3일 후에 형의 농장으로 올라갔다. 온 가족이 복구 작업에 매달려 있었다. 잠시 머물다가 염치없는 손은 디자인을 빌미로 3kg 햅쌀까지 얻어서 돌아섰다. "태풍 안 와." 전화기 멀리 저편에서 벼락처럼 형님이 이야기했을 때 농부의 마음이란 이런 것이구나 싶었고, 적어도 그의 농작물은 안전할 것이란 확신 같은 것이 들었다. 그러나 홍순영은 태풍을 피하지 못했다.

잠시 고민했다. 펀드 배추를 심을 것인가, 구례의 태풍 피해 상황을 취재할 것인가. 농민들의 상황은 급박하고 암담하기에 그것을 알리는 것이

지리산닷컴 사무실의 보물 같은 돌배나무가 잎과 열매를 대부분 떨어뜨렸다.

운조루 창고의 모습

엿가락이 된 홍순영 농부의 하우스

나의 우선적인 임무와 역할이 되어야 한다는 판단이었지만 도통 엄두가 나지 않는 일이었다. 도대체 누구를 돕고 누구를 외면할 것인가?

'맨땅에 펀드'를 언제까지 지속할 수 있을지 장담할 수 없다. 심각하지 않은 이벤트로 출발했지만 최초의 구상은 '은행'이었다. 힘겨운 농민들에게 긴급자금을 지원하는 것이다. 그 상환은 그 농민의 생산물로 어느 정도 대신하는 방법까지를 생각했었다. 정확하게는 어려움에 빠진 농민의 농산물을 '미리 사주는' 형식인 것이다. 그러나 그것은 '공상'이거나 '꿈 같은' 상황이라고 생각했다. 감수하지 않아도 되는 양심의 찔림일 수도 있지만 나는 마음이 불편하다. 역시 시스템을 구축해야 한다. 이런 생각들은 중앙정부와 지방정부가 해야 할 일이지만 지난 5000년 동안 그런 경우는 없었다. 우리에게 필요한 것은 역시 더 '구체적인 계획'이다. 이 사람 저 사람 농민들을 방문해서 인터뷰하고 싶지만 그 자체가 민폐다. 좀 더 큰 힘을 가지고 싶다. 가급적이면 깨끗한 힘. ●

당신의
아름다운 배추밭

24

'맨땅에 펀드' 직접 농사의 하이라이트

8월 29일 수요일 아침. 문수골 밤재마을 꼭대기 해발 800m 농장 '산에사네' 국립공원 안이다. 오래간만에 '산에사네'로 올라섰다. 배추 때문이다. '맨땅에 펀드' 하반기 직접 농사의 하이라이트는 아무래도 배추가 될 것이다. 배추는 김장을 의미하고 펀드 농사의 마지막을 뜻한다. 실무진들의 고민은 배추 농사를 어디에서 지을 것인가 하는 문제였다. 원래는 문수골

240

에서, 그러니까 고랭지 배추 농사를 지을 계획이었지만 두 가지 문제가 있었다. 첫째, 눈앞의 배추밭이 아니다. 배추는 초반에 손이 많이 가는 작물이다. 더구나 국립공원 구역 안에 있는 농장 '산에사네'는 밤이면 산짐승들의 텃밭이다. 고라니들이 배추를 그냥 둘 리 만무한 것이다. 둘째, 물 문제다. 배추는 초기에 거의 매일, 이후에도 가물면 물을 많이 공급해야 한다. 해발800m에서 어떻게 안정적으로 물을 공급할 것인가?

8월 마지막 주에 지리산노을 언니와 무얼까? 그리고 내가 배추 농사 문제로 두어 번 이야기를 나누었다. 만족스러운 결론은 아니었지만 그냥 오미동 펀드 텃밭에서 진행하자는 것이 일치된 의견이었다. 오미동에서 배추 농사를 짓는다는 것은 '약'을 해야 한다는 의미다.(해발800m에는 상대적으로 벌레가 적다.) 1500포기 정도의 배추를 손으로 벌레잡기 놀이를 할 수는 없는 노릇이다. 물을 공급하는 것은 쉽다. '무얼까?의 수로'가 있기 때문이다. 눈앞이라는 장점도 있다. 결론은 내려진 상태에서 태풍 볼라벤을 맞이했고 정전이 된 그날 밤 K형 집에서 전을 구웠다. K형이 배추 이야기를 꺼냈다.

"아래서(오미동) 배추 짓기로 했담서."

"예, 블라블라쏠라쏠라……."

"아랫동네 배추는 젓가락이 안 가야."

"위에서 하면 물이 힘든데?"

"되야. 관정(우물) 고치고 쿨러하믄 되야."

"고라니는?"

"펜스 쳐야제."

"쉽네?"

"그래도 맨땅에 펀든디, 어찌케 약을 한 배추를 보낸단 말이여."

풀밭에서 배추밭으로 거듭날 준비를 하고 있는 해발 800m 묵정밭.

모두가 한목소리로 우려했다.

"매일 8km 이동해서 관리해야 하는데?"

"안 되면 텐트 치고 지키고."

그렇게 된 일이다. 그래서 태풍이 물러가고 난 다음 날 바로 산으로 올라갔다. 사람의 손길이 이전만 못하다는 것은 항상 풀들이 표현한다.

"여기서 하자고?"

"잉."

이곳은 작년까지 곰취 밭이었다. 2년 전부터 곰취가 사라지고 묵정밭(묵혀둔 밭)이 되었다. 300평 정도라는데 풀로 뒤덮힌 상태에서는 모르겠다. 이곳에 배추를 심어야 한다. 젠장. 일단 길부터 만들고 볼 일이다. 이날 우리의 방문 목적은 예초기질을 하기 위함이다. 형이 먼저 휩쓸고 나가면서 길을 확보한다. 낫으로 하면 제법 시간이 걸릴 일이다. 석유를 원료로 하는 장비를 이용하면 금방이다. 젠장.

K형과 무얼까?가 좌우로 협공을 펼치면서 배추 농사가 실질적으로 시작되었다 오래간만에 올라온 농장은 어쩌면 10년 전에 처음 보았을 때 그 느낌이다. 당시 전체가 묵정밭이자 버려진 땅 같았던 이곳은 서울에 살던 시절 나의 개인적인 도피처였다. 이 농장 위에는 사람이 살지 않았기에 이곳은 항상 '끝'이었다.

여름에 사무실 앞마당에 앉아 담배연기 날리면서 무얼까?와 그런 이야기를 했다. 우린 왜 이렇게 일이 많은 것이냐고. 귀촌이라고 했으면 좀 여유도 있고 한 번씩 숯불도 피우고 사는 이야기도 하고, 뭐 그래야 하는 것 아니냐고. 맨날 일이고 맨날 초를 다툰다. 이게 무슨 귀촌이야! 젠장.

또다시 석유의 힘을 빌렸다. 땅이 벗겨진다. 검붉다.

트랙터가 세 개의 나사를 박살내고 작업을 끝내다

9월 1일 토요일 아침. 트랙터를 손본다. 운조루 정수 씨가 트랙터를 끌고 산으로 오를 것이다. 뭔 일을 하려면 항상 요량했던 시간을 초과하는데 거의가 기계 문제다. 그렇게 트랙터는 문수골 8km를 올라간다. 산으로 산으로…… 마침내 숲길로 들어서고.

8월 29일 예초기 작업 시작하는 것만 촬영하고 내려왔는데 다시 와보니 상당히 변해 있다. 두 번째 태풍 지나가고 그다음 날 해가 반짝했는데 베어진 풀은 이미 말랐다. 배추밭의 조짐이 보인다. 먼저 '콩알' 퇴비를 분사했다. 많이는 말고 부족한 듯. 3년 지난 퇴비라고 해서 동의했다. 친환경 퇴비도 믿을 것은 되지 못하기에 가급적이면 당년 것이 아닌 묵혀두었다가 가스가 모두 분출되고 발효된 것을 사용한다.

244

　지리산노을 언니는 오미동으로 집을 옮긴 이후 이곳을 자주 찾지 못했다. 나와 동갑인 토끼띠 형수는 이곳에만 오면 신이 난다. 그녀는 텃밭에서 항상 제일 행복했다. 특기는 달빛 아래에서 호미질하기. 작은 체구지만 '인간 에너자이저'다.

　일단 로터리를 친다. 묵혀둔 땅이라 비옥할 것이기에 너무 깊게 땅을 파지 않도록 주문했다. 이 면적을 우리들이 '몸빵'으로 작업을 하는 것은 정말 생각만으로 하늘이 노래지는 일이다. 트랙터만 일을 하고 우리는 일단 감상만 하였기에 오래간만의 농장은 좋았다. 봄이면 건너편 산은 산벚으로 빛이 나곤 했었다. 왼편의 능선을 타고 계속 오르면 노고단에 오른다. 지금은 금지된 산길이다. 이곳에 전쟁 전에는 60여 호의 집이 있었다. 모두 소개당하고 묵혀지고 버려졌던 땅. 지금은 도시의 뿌연 하늘 아래 우두커니 앉아 있을지도 모를 어느 칠십 노인 유년의 고향.

　땅이 벗겨진다. 검붉다. 바람이 산들 불었다. 몇 번을 오가며 땅을 갈았다. 무얼까?가 아는 척 땅을 살폈다. 들어낼 수 있는 돌은 그나마 다행이고. 고랑을 타는 작업을 시작하고 바로 트랙터 날을 고정하는 나사가 부러졌다. 흙 아래에 돌이 아닌 바위가 숨어 있었다. 작업 중단. 어차피 작업은 안 되는 것이고 내려가서 점심 먹고 다시 올라오기로 했다. 이래저래 예정했던 시간은 늘어난다. 틈이 보이면 줄행랑을 치는 것이 마음 편한 오후를 보장할 것 같은데…….

　점심 먹고 다시 올라왔다. 트랙터는 세 개의 나사를 더 박살내고 고랑 작

업을 끝냈다. 정수 씨, 놉은 연말정산합시다! 우리 돈 많아. 진짜라니깐!

배추, 맛없기만 해봐라

트랙터가 그어놓은 라인을 따라 고랑을 고랑답게 만드는 작업을 일제히 시작했다. 때맞춰 따사로운 햇살이 사람을 죽이려고 달려든다. 왜 펀드 고랑은 항상 이렇게 긴 것일까. 나는 시작하자마자 힘들다. 땅의 상태는 좋은데 지난 태풍으로 물이 많은 상태라 흙을 쳐올리기 쉽지 않다. "말리고 이틀 뒤에나 하면 안 될까요?"라는 연약한 남자들의 하소연을 지리산노을 언니는 단박에 자른다.

"이거 오늘 쳐올리고 내일 모종 심고 펜스 치고 벌레 약하고……."

무얼까?도 지친다. 자기도 사람인데 마냥 흙이 좋기만 하겠나. 태풍으로 무얼까?의 집은 아직도 인터넷이 복구되지 않았고 생업 작업을 중단당한 그는 태풍 속에서 녹두 껍질을 벗겼다나 어쨌다나. 오후 4시가 넘었지만 해가 빨리 진다는 산에서 아직 마지막 햇살이 따갑게 옆구리를 찌른다. 그래도 결국 끝은 날 것이다. 여럿이 하니까. 예정보다 작업 시간이 길어지고 예상보다 힘들다. 일탈이 곡괭이를 내리찍으며 혼잣말을 했다.

"배추 맛없기만 해봐라."

그렇게 일은 끝이 났다. 힘들었다. 힘든 만큼 아름다운 고랑이었다. 해는 서산을 넘기 직전이었고 석양에 빛나는 나무와 풀들은 인상적이었다. 아랫마을로 내려왔고 나는 집으로 왔고 무얼까?와 일탈, 지리산노을 언니는 육묘장으로 가서 다음 날 심을 배추 모종을 구입했다.

"배추 모종은 좀 일찍 심어야 하지 않을까?"

"예. 새벽 5시 20분에 카페에서 만나서 커피 한 잔 마시고 올라가기로

했습니다."

나 디자이너야! 농부가 아니라구! 펀드 책임자로 박 과장을 그대로 유지해야 했다는 후회가 밀려왔다.

다음 날 6시에 산에 도착해서 작업을 시작했다. 먼저 붕소를 모래와 섞어서 뿌린다. 배추에 검은 줄이 생기는 것과 초반에 썩는 것을 방지하는 작업이란다. 해 뜨기 전의 산 공기는 신선하다. 시골로 내려오면 좋은 곳 많이 구경시켜주겠다는 무얼까?의 감언이설에 속아 이곳으로 내려온 일탈은 모종을 물에 적시고 있다. 가을걷이 끝나면 우리 모두 신나게 놀아줄게! 장담할 순 없지만. 해 올라서기 전까지, 두 시간 만에 끝내자.

이날 작업 분량은 2500포기. 펀드 가입자들에게 열 포기 곱하기 100가구. 그리고 실무진도 김장을 해야 하고 무엇보다 필연적으로 작은 사이즈일 수밖에 없는 이 고랭지 배추는 지리산닷컴에서 가능한 선까지 판매를 할 생각이다. 정말 맛있기 때문이다. 1년이 지나도 아삭한 그 배추. 두 시간 경과. 왜 일이 끝이 안 보이지? 2500개의 모종은 좀 많군. 육상 트랙 같은 고랑의 외곽순환도로 두 고랑에 갓과 무 씨를 뿌린다. 갓은 갓김치만으로, 또는 배추 속으로 섞을 것이다. 무는 벌레 유인책이자 잘 자란다면 단단한 놈으로 배당도 가능할 것 같다. 개인적으로는 시래기를 탐한다.

해가 올라오고 이틀째의 울력은 우리를 지치게 만든다. 그러나 누구 하나 불평하지 않고 일을 계속한다. 나 하나 정도 촬영을 빌미로 다른 사람 한 번 쉴 때 두 번 쉬었지 모두가 열심이다. 땅이 남았다. 배추 모종 두 판은 더 필요할 것 같다. 그것은 해질 무렵이나 월요일에 보충해야겠다. 네 시간 조금 넘겨 작업은 끝이 났다. 이제 배추는 하늘과 산짐승과 벌레들의 마

음에 달렸다. 돌아오는 주에 비 소식이 있어 서둘러 배추 모종을 옮겼다. 2주일을 잘 버텨준다면 모종은 배추가 될 것이다. 만약 안 된다면? 시간이 되면 다시 도전할 것이고 시간을 놓치면 할 수 없는 일이다. 모종이 자리 잡는 데 필요한 14일 정도의 시간. 마음을 모은다.

잘될 거야

늦은 아점을 먹는다. 허기가 밀려왔기에 식사를 준비하는 중에는 사진을 찍지 못했다. 라면과 일탈이 지어온 새벽밥은 달았다. 작년 이곳에서 키운 배추로 담은 묵은지 하나로 충분했다.

철수하기 전에 모두 뒤돌아본다. 약간 뿌듯한 마음으로 아름다운 곡선의 고랑과 연두색 모종을 바라본다. 잘될 거야. '맨땅에 펀드' 투자자 여러분. 당신의 아름다운 배추밭입니다. ●

들판 또는 면적

운조루 엄니의 안타까움

태풍을 넘긴 9월 펀드 텃밭. 우환이 있다. 피다. 벼과의 풀이다. 아주 많다.
2011년 이 땅의 운영자들이 남겨준 유산이다. 뽑는 것은 힘들다. 뿌리로
이어진 콩도 함께 일어날 수 있어 자르는 것이 정답이다. 무얼까?와 일탈
의 최근 노가다는 바로 이 피를 제거하는 것이었지만 양이 많아서 반나절
일해도 시각적으로 별 차이가 없다. 씨앗이 떨어지면 내년에도 같은 상황

250

이 될 것이다. 펀드 텃밭은 운조루 농지를 임대한 것이고 운조루 엄니의 시름은 우리보다 더 깊다. 이르면 내년에 당신이 농사지을 수도 있는 땅이기 때문이다. 그래서 "하이고 명년에 저 피를 다 어쩔꺼이여!"라는 말씀은 얼치기 농부들에 대한 타박인 것이다. 원래 어머니는 이 땅을 빌려주는 것을 탐탁하게 생각하시지는 않았다. 셋째 정수가 짓던 땅이라 정수를 통해서 뭔가를 작당하는 나의 청을 거절하지 못하신 것이다. 원래 이 땅은 정수가 나의 꾐에 빠져 몇 년 전부터 무화학농으로 경영을 했었다. 정확하게는 '꾐'이라기보다는 정수가 외부의 동력을 만난 것이지만. 여하튼 2012년 한 해건 여러 해건 결국 땅은 운조루 것이다. 당신이 짓지 않는 땅이지만 바라보는 운조루 엄니의 눈에는 항상 안타까움이 가득했다. 우리가 그렇게 풀을 잡고 어쩌고 했던 일의 3할은 엄니의 걱정스러운 눈 때문이었을 것이다.

동아 두 개 건졌다

주로 콩이라고 생각했지만 막상 가을이 되자 녹두가 무시 못하게 심어져 있다. 녹두는 보이는 대로 수확하고 있다. 소량이지만 계속 말려야 한다. 그렇다고 특별하게 배송할 양도 아니다. 혹시 있을 오프라인 행사 때에나 소용될 것이다. 사람의 일을 생각하면 단일품목이 편하고 생태를 생각하면 여러 작물이 어우러지는 것이 좋다. 봄에는 이것저것 심는 것이 좋다는 생각이었지만 막상 수확을 해야 하는 시기를 앞두니 거둬들이는 시기가 다른 작물들이 번거롭기도 하다.

콩밭 위 텃밭 200~300평(384~385쪽 참조) 상황은? 호박이 하나 생존해 있다. 개구리참외 두 개와 주먹만한 수박을 수확했다. 물론 참외와 수박은 먹을 수 있는 상태는 아니다.-,.- 모양만 우리가 알고 있는 참외와 수박이었던 것이다. 고추는 끝물을 향해 달린다. 100주를 심었는데 다른 농부들과 비교하면 거의 참패에 가깝다. 뭐 농사란게 그렇지……. 고추를 제때 따지 않는다는 타박도 많이 들었다. 태풍 지나고 큰 피해는 없었지만 그래도 시각적으로는 좀 심란해진 밭으로 내려서기 싫었던 것은 그 끊임없는 잔소리들을 듣기 싫은 탓이었다. 서서히 수확의 시절로 진입할 무렵이 되자 단순히 '농사에 대한 생각의 차이'가 아닌 '게으름'이 원인이라는 혐의를 부인하기 힘들어진 것이다. 이 장면은 변명의 여지가 없기 때문에 '제가 알아서 할께욧!'이라고 큰소리를 치기 힘들어지는 것이다.

동아는 두 개 건졌다. 어찌 해먹지? 이 아이들은 단지 촬영용이었단 말인가. 투자자들에게 보낼 양은 아니더라도 용처가 불분명한 작물을 바라보는 마음도 그렇게 편치는 않다.

땅콩 밭은 다시 시각적으로 구분하기 힘들어졌다. 피와 잡초가 극성이다. 과연 땅콩은 먹을 수 있는 것일까. 수확도 쉽지 않겠다. 풀과 피를 걷어내고 땅콩을 뽑아야 하니 다른 사람 땅콩 밭 수확보다 두 배는 힘이 들겠다. 몇 발 내려서서 풀 속의 땅콩 잎을 헤치고 가장자리만 살짝 뽑아보았다. 땅콩이 있다. 껍질을 까고 생땅콩을 씹어보았다. 맛있다. 1주일 정도 지나서 수확을 해도 될 것 같다. 양은 자신할 수 없다.

뒤늦게 토종 옥수수 라인에서 결과물이 나왔다. 오후에 때아닌 낮잠을 청하는 동안 무얼까?와 일탈이 눈에 보이는 옥수수를 따 왔다. 일단 좋은 놈들은 내년 종자로 사용할 것이다. 묶어서 말려야 한다. 나머지는 늦은 오후에 카페에서 삶았다. 소금도 설탕도 그 무엇도 첨가하지 않았다. 정말 맛있었다. 얼치기 농부들의 권리랄까.

콩밭에 올라온 피들.

절기를 우습게 보는 기후

9월 중순을 넘어서지만 예상하지 못했던 문제와 다시 마주했다. 풀. 9월이지만 여전히 기력이 왕성한 풀은 마을 어르신들이 우리들을 향해 꾸준한 잔소리를 하게 만드는 원인제공자다. 가을이 되도록 제초제와 약을 하지 않은 바보들의 텃밭놀이는 여전히 판정승이라도 거둘 기미가 보이지 않는 것이다. 곧 닥칠 수확 시기에 풀들은 우리의 발목과 손목을 잡을 것이다. 그러나 9월의 풀과 다시 전쟁을 치를 정신력도 돈도 부족하다. 처서(處暑) 지나면 풀은 자라지 않는다는 말을 경전으로 삼았는데 이제 한반도 기후는 절기를 좀 우습게 본다. 농사에 익숙한 이곳의 노인들은 마지막 여력을 남겨두고 있다. 농사 경험이 없는 나는, 또는 우리들은 매 순간 힘겹게 파도를 넘었기에 경기의 다음 상황까지 염두에 둘 만한 여유가 없었다. 9월인데 우리는 이미 지쳤다. 앞으로 적어도 두 달은 더 달려야 1년 농사

254

를 마감할 수 있다.

지난 몇 년간 바라보았기에 절기에 따른 농사 상황은 충분히 알고 있었지만 바라보는 눈길과 가꾸는 손길은 전혀 다른 것이었다. 그래서 들판은 적어도 나에겐 낭만적이지도 아름답지도 않은 하나의 '면적'으로 다가왔다. ●

땅콩 수확과
감 도둑

26

얼떨결에 땅콩 수확

9월 중순을 넘어서면서 아침 안개가 짙어졌다. 여름은 비로소 완전히 끝이 났다. 9월 22일 토요일 이른 아침에 땅콩 수확을 시작했다. 무얼까?, 일탈, 영후(아들), 나. 조금 더 있어야 수확을 할 것이란 생각을 했는데 새뜸(마을의 중간 라인 구역, 382~383쪽 마을 지도 참조)의 양동댁이 "아직 안 캐냐?"고 물어오면서 갑자기 수확에 들어가게 되었다.

무얼까?와 내가 땅콩을 뽑고 일탈과 영후가 땅콩을 추스르는 역할 분담이었다. 두 시간 정도 작업하면 끝나리라 생각했는데 언제나처럼 예상은 보기 좋게 빗나갔다. ‘맨땅에 펀드’ 부지는 일을 하면 끝이 나지 않는 경향이 있다. 역시 지나치는 댁들의 소리에 시달려야 했다. 좀 과장하면 수십 명이 참견을 했지만 내용은 딱 두 가지다. 대표적으로는,

작업 예상 시간이 번번이 틀리는 것은 전적으로 일천한 경험 탓이었다. 지난해에 내가 수확한 땅콩 밭은 대략 0.5평 정도. 땅도 고슬해서 별문제 없었다. 하지만 이 논땅은 땅콩을 캐는 일이 그렇게 쉽지 않다. 왜 땅콩을 모래땅에 심는 것이 좋은지 몸으로 알려준다. 무엇보다 잔뿌리가 끊기면서 땅속에 남는 땅콩이 많다.

점심을 먹었지만 일은 끝나지 않았다. 밭에서 하던 작업은 햇볕을 피해서 카페 앞마당으로 옮겼다. 카페지기였던 박 과장이 합류했다. 작업을 할 때면 죽어도 모자를 쓰지 않는 무얼까?와 일탈의 실랑이가 벌어졌지만 정작 조마조마한 것은 트리플A형 박 과장. 버릴 땅콩과 남길 땅콩을 심판해야 하는 장면에서 박 과장의 고뇌는 지나친 장고를 거듭한다. 작업은 그렇게 오후 늦게서야 끝이 났다. 아이고 허리야! 젠장.

일탈은 그날 뺐었고 나와 무얼까?는 이후로 3일을 더 땅에 남아 있는 땅콩 잔당들을 소탕해야 했다. 남아 있는 땅콩들이 더 실했기 때문에 포기할 수 없었다.

다음 날부터 땅콩을 씻어서 말리는 작업. 땅콩의 상태는 좋지 않았다. 가장 큰 피해 요인은 굼벵이. 그다음으로는 성장 상황이 들쭉날쭉한 까닭에 아직 익지 않은 땅콩이 제법 많았다. 막상 시작했는데 멈출 수도 없었다. 그랬다면 굼벵이들이 잔치를 벌였을 것이다.

이틀 정도 햇볕에 말리고 40kg 포대 세 개에 결과물을 담았다. 대략 100kg도 되지 않을 것이란 소리다. 선별하고 나면 30%는 날아갈 것인데 그러면 투자자들에게 얼마를 보내란 말인가? 500g이라도 가능하단 말인가. 왜 우리가 짓는 농사는 이 모양인가.-,.- 여태껏 자체 농산물은 그 초라했던 감자가 유일했는데, 땅콩까지 이렇게 되다니. 감 수확이 시작되는 다음 주까지 마음을 정해야 한다. 이 부끄러운 결과물을 보낼 것인지, 보낸다면 얼마나 보낼 것인지.

"그늘로 들어오세요." "여기도 조금 있으면 그늘이 될 거야."

감나무 밭이 털렸다

땅콩을 처리하고 무얼까?와 파도리 감나무 밭으로 갔다. 수확 시기를 가늠해야 했다. 그런데 이런 젠장! 어떤 놈들이 입구 쪽에서부터 열 그루 정도를 털어먹었다. 풀을 베지 않아서 돌보지 않는 감밭이라고 생각한 것일까? 아니면 이 마을에 연고를 둔 자식들이 성묘를 왔다가 '거의 빈집'이라는 정보를 듣고 털어먹은 것일까? 해걸이라 줄어들고 태풍으로 줄어들고 도둑맞아서 줄어들고……. 파도리 마을 누군가의 소행일 것이라는 쪽으로 심증이 굳었지만 수사를 할 방안은 없었다. 방안이 없다기보다는 목격자가 있다 하더라도 어느 누구도 제보하지 않을 것이다. '남의 일에 참견하지 않는 것'은 시골에서 아주 잘 지켜지는 하나의 원칙이다. 제일 위 나무부터 순차적으로 털렸고 비교적 깨끗하게 처리된 상태를 보아하니 도둑놈은 아주 침착하고 편안한 상태였을 것이란 생각이 들었다. 지나가던

사람들이 한두 개 맛보는 것은 흔한 일이지만 사실 시골 마을에서 이렇게 눈에 보이게 다른 이의 농작물에 손을 대는 경우는 거의 없다. 전문적인 농작물 털이범들의 소행이었다면 싹쓸이했을 것이다. 따라서 나는 예리한 CSI적 소견이 더해진 분노의 눈길을 감나무 밭 아래 마을로 던졌다.

이전에 수확한 녹두를 보며 배송 고민에 빠진 윤하.

10월 초 어느 일요일. 사람이 돌본다는 일종의 시위로 예초기를 돌렸다. 무얼까?의 1인 시위는 이틀 동안 계속되었다. 감은 많지는 않지만 어느 정도는 열렸다. 상처가 좀 많은 편이지만 먹기에는 문제가 없다. 문제는 수확이다. 대평댁, 지정댁 등을 동원할 수 있는 일이 아니다. 노인들을 사다리 위로 올려 보낼 수는 없다. 어찌할 것인가……. 우리들이 직접 할 수밖에 없다. 그러나 한 번에 모든 감을 수확할 수는 없다. 익어야 따는 것이지 나 편하자고 무조건 한 번에 끝낼 수 있는 일이 아니다.

판매를 할까? 그러면 주문이 들어오는 만큼씩만 수확하면 될 것이다. 펀드 가입자들에게 보낼 양은 가능한가? 아무래도 적게 보내겠지. 어쩐다? 여하튼 다음 해의 나무를 위해서도 열매를 거두어야 한다. ●

수확 시즌

27

2012년
10월

토란을 만나면 토란을 베고 콩을 만나면 콩을 벤다

추석 지나고 옷이 마땅치 않아 바람막이를 하나 주문했다. 새 옷을 입고 며칠을 사람들 사이를 오갔지만 아무도 알지 못했다. 그래서 결국 만나는 사람마다 이야기해 주었다.

"이거 새 옷인데."

내 말을 들은 무얼까?의 반응은 '새 옷 장만 축하드려요.'와는 거리가 아주 먼, 토란대를 베자는 것이었다. 토란대 줄기에서 흐르는 액은 아주 강력한 염색료다. 무얼까?는 확실히 좋은 놈도 아니고 이상한 놈도 아니다.

무얼까?가 토란대를 베고 나는 운반했다. 쌀가마니로 일곱 가마니가 나왔다. 길 위에서 우리를 지켜보던 지정댁은 토란 줄기를 소금물에 씻어서 말리라고 했다. 가을부터 나오는 모든 수확물은 마을 반찬공장으로 옮긴다. 그곳은 무얼까?와 일탈의 임시 살림집이기도 하다. 베고 옮기는 것은 같이 해도 그 집으로 옮겨진 토란에 대해 왈가왈부할 입장은 아니다. 내가 그 일을 하지 않을 것인데 입을 뗄 수가 없는 것이다.

부처를 만나면 부처를 죽이고, 조사(祖師)를 만나면 조사를 죽이고, 부모를 만나면 부모를 죽이고, 나한(羅漢)을 만나면 나한을 죽이고(殺佛殺祖殺父殺母)……. 수확 시즌이다. 토란을 만나면 토란을 베고 콩을 만나면 콩을 벤다. 수확도 일이지만 갈무리가 더 일이다. 베면 말려야 하고 선별해야 한다. 땅콩, 토란대, 토란, 고구마, 콩, 녹두, 팥……. '맨땅에 펀드' 부지에 있는 작물들이다. 키웠으니 거두어들이는 일은 당연한데 그 일이 쉽지 않다. 동원 가능한 펀드매니저들의 상황도 한가지다. 모두 같은 시기에 같은 작물을 거두어들이고 있는 것이다. 마을의 모든 엄니들도 '맨땅에 펀드' 부지에서 한가롭게 '외화벌이'를 하고 있을 여유가 없는 것이다. 시름 가득한 눈으로 들판을 바라보다가 옆에 서 있던 박 과장에게 벼락같은 화두를 던졌다.

"과정만 취재하고 수확 안 해도 되는 작물 없나?"

"가축을 키우시죠."

그 어떤 폭력도 정당화될 수 없다는 말씀이 미웠다.

어느 날 갑자기, 콩을 까다

10월 11일 목요일. 오미동 펀드부지로 내려섰다. 아침에 대평댁이 이미 땅으로 쓰러지는 콩을 베었다. 땅으로 떨어진 콩은 주워야 한다고 엄니들은 말씀하시지만 엄두가 나지 않는다. 일단 먼저 익은 콩부터 벤다.

결과물을 바라보는 것은 항상 흡족하지만 갈무리를 생각하면 지끈거린다. 갈무리가 되지 않으면 한 해 농사는 무의미한 것이다. 이를테면 마무리 능력이 필요한 계절이다. 이전부터 주변 사람들에게 "완성할 줄 알아?"라는 소리를 잘했다. 결정할 줄 알고 완성할 줄 알면 한 마리의 영장류로서는 제법 쓸 만한 것이다. 의외로 그런 영장류가 흔치 않다. 이제까지 내가 놀았던 물이 아닌 전혀 엉뚱한 영역에서 경기를 마무리해야 할 시점이다. 마무리투수 역할을 누가 할 것인가? 내가 아니란 것은 분명하다.

며칠 전에 갈무리한다고 나름 애쓴 땅콩은 버려야 할 물량이 많이 생겼다. 곰팡이가 생겼다. 사실은 원래부터 그랬는데 뒤늦게 알았다. 삶아 먹고 어느 날 깊은 잠에 들었다. 뽕 맞은 아이처럼. 곰팡이 핀 견과류는 먹지 말란다. 가뜩이나 우스꽝스런 땅콩 생산량인데 이제 투자자들의 분노를 유발할 정도의 양으로 줄었다.

"몇 알이라도 보내야 한다아~!"

10월 20일 토요일. 새벽부터 콩밭을 털기 시작했다. 콩을 끝장낼 것이다. 대평댁과 박샌, 그리고 무얼까?가 작업을 시작했다. 콩을 벨 시기는 설왕설래했지만 결국은 언제나처럼 어느 날 갑자기 시작되었다. 이런 현상은 시골에서 항상 발생하는 일이다. 어제만 해도 1주일 더 기다려야 한다고 말씀하셨다가 오늘 아침에는 왜 콩을 베지 않느냐는 타박을 하는 경우들이다. 그래서 이런 기현상에 대한 상시적인 마음의 준비가 필요하다. 그 준비는 간단하다. 그냥 한숨 한 번 뱉는 것이다.

아직 패지 않은 콩들이 있지만 일을 나누어서 하기에는 좀 문제가 있었다. 이미 꼬투리가 터져 땅으로 떨어진 콩들을 중심으로 전체 작업 일정을 잡을 수밖에 없다. 선별해서 수확하는 방식으로 하면 콩밭 일이 언제 끝날지 가늠하기 힘들었다. 끈기 있게 기다리는 것은 농사를 업으로 하는 사람들이나 가능한 일이다. 농사를 짓지 않았던 나 같은 사람은 도대체 기한이 정해져 있지 않은 일에 대해 갑갑증이 생기는 것이다. 결국 참지 못하고 한 번에 끝을 보게 된다.

10월 21일 일요일. 역시 이른 새벽부터 콩을 베기 시작했다. 하루 전에는 온종일 콩을 베었고 이날은 이슬에 젖었을 때 콩을 묶어야 했다. 해가 뜨면 콩이 마르고 그러면 땅으로 떨어지는 콩이 많다. 수백 단의 콩을 묶었다. 점심 전에 콩을 밭에서 들어내는 미션까지 가야 하니 마음이 급하다. 콩대가 생각보다 굵어서 낫으로 베기 힘들다. 벤다기보다 거의 쳐내는 방식이다. 그 일은 내가 도와주기 힘들 테니 콩을 옮기는 일을 돕기로 했다. 콩 묶다가 중간에 배추밭으로 올라가서 스프링클러 틀어놓고 다시 내려와서 콩 묶어야 한다는 무얼까?의 요청을 거절하기 힘들다. 수확의 계절에 이곳에서 땅과 인연을 맺고 살아가는 사람들은 고달프다. 들판과 길에는 그런 사람들의 땀이 쌀과 콩과 깨로 표현되어 있다. 가을 풍경을 카

수확의 계절에 땅과 인연을 맺고 살아가는 사람들은 고달프다.

메라로 스케치하던 지난 몇 년 간의 내가 그립다.

본격적으로 콩을 나르기 전에 막걸리 잔을 나눈다. 그래 봤자 술 못 먹는 나와 일탈, 대평댁을 빼고 박샌과 무얼까?가 잔을 기울인다. 무얼까?는 하루 전에는 지정댁의 나락을 날랐다. 2007년 오미동에 처음 자리를 잡은 그 가을에 나도 나락 운반에 멋모르고 차출된 적이 있다. 입에서 단내가 난다는 소리를 실감했다. 그 이후로 나는 나락을 옮기는 시기가 되면 차창을 올리고 마을을 지난다. 육체적으로 정말 힘들다. 그래서 콩 다발을 옮기기 전에 저렇게 막걸리 잔을 앞두고 있는 것은 일종의 '결의'다. 나락을 나른 날 오후에 무얼까?의 입에서 처음으로 '삭신이야'라는 소리가 나왔다. 그 입에서 삭신이라는 표현이 나왔으니 가을은 제법 깊었다고 봐야 한다. 나 역시 기록을 해야 하니 중간중간 카메라를 들어야 했지만 사실 그조차 귀찮다.

266

막걸리를 마시지 않는 대평댁은 계속 콩 다발을 옮겼다. 옮기는 길 중간에 작은 도랑이 있어 위험해 보인다. 그냥 두시라고 해도 그녀는 멈추질 않는다.

"아 엄니! 말 쫌 들어! 그러다가 넘어지면 내가 책임을 못진다니깐!"

"놀면 뭐흐냐. 끝나고 나 우동 사줘."

우동. 대평댁의 우동. 나는 3일째 중국집에서 점심을 해결하게 되는 것이다. 원래 반대가리(반나절) 일이니 놉(임금)만 드리고 빠이빠이하려고 했는데……. 사 드려야지. 까이꺼. 옥산식당에서 점심 대접하고 두 어르신 모두 일하신 시간보다 넉넉한 놉을 드렸다. 박샌은 펀드 마지막 아르바이트가 될 것이다. 시세보다 더 드리는 것이 결국은 독이 될 것을 알지만 그리했다.

콩은 제법 많이 달렸다는 평가를 받았다. 옮기는 횟수를 줄이기 위해서 그랬겠지만 콩 다발은 무거웠다. 콩 다발을 짊어지고 밭을 수십 번 오르락내리락하고 나니 다리가 풀린다. 일요일이라 운조루를 찾은 관광객들이 우리를 향해 간혹 사진을 찍었다. 입장이 바뀌어 콩 다발을 이고 밭에서 관광객을 올려다본다. 우리를 향해 사진을 찍던 젊은 아주머니가 옆에 선 아이에게 하는 소리가 환청으로 들렸다.

밥벌이의 지겨움

펀드는 나에게 어떤 경제적인 이득도 주지 않는다. 대략 1000만 원 정도의 사이트 제작 건이 밀려 있는 상태였다. 나는 디자이너고 무얼까?는 프로그래머다. 우연히 이 시골에서 그렇게 만났다. 지난 봄부터 내가 디자인하면 무얼까?가 웹코딩이나 프로그래밍을 하고 하나의 일이 완료되는 팀워크를 이루었다. 낮 동안 이런 노동에 소진된 무얼까?에게 주경야독하라는 재촉을 하기 힘들었다. 마음자리는 산만하고 무얼까?는 체력적인 한계점을 향해 예정된 수순을 밟고 있고, 이 가을 내 머릿속은 부풀어 터질 것 같은 돈 안 되는 일감과 자꾸 지연되는 돈 되는 일감이 아우성치는 사유의 각축장이다. 불쑥불쑥 밥벌이가 힘들 때면 밥벌이의 지겨움을 결딴내

268

고 싶은 욕구가 스멀거리지만 그 정도의 스트레스도 감당하지 않는다면 일상이 붕괴될 것을 알기에, 사람은 때로 고추 꼭지를 따거나 청소를 하거나 콩 다발을 머리에 인다. ●

네 번째 배당

작가 선생의 감밭

주말 내내 콩을 베어 옮겨나른 후 그다음 주 화요일(10월 23일). 파도리 감나무 밭으로 올라갔다. 더 이상 감 수확을 미룰 수 없었다. 22일은 비가 왔기에 전체적으로 쉬어 가는 날이었다. 비 갠 다음 날이라 섬진강은 선명했고 건너편 산은 가까워졌다. 일요일에 콩을 옮기고 저녁을 먹으며 다음 주에는 단풍 구경을 가자고 했다. 그러나 단풍을 구경하는 호강은 없을 것이란 현실을 이미 모두 알고 있다는 듯, 그 누구도 언제 가느냐는 질문은 하지 않았다. 화요일 오후의 파도리 행은 수확도 수확이지만 우리가 수확할 수 있는지 여부를 테스트하기 위한 방문이었다. 한 시간 정도 감을 땄다. 힘들었다. 속도가 문제다. 경험자들을 필요로 했다. 인건비 지출이 있어야 한다는 소리다. 지금은 빠듯하지만 그렇게 하자. 그냥 몸 편한 길을 선택하기로 했다. 종옥이 형네를 방문해서 사람과 장비를 부탁했다.

다음 날 아침 7시 다시 파도리 감나무 밭. 오동댁과 도동댁이 투입되었다. 우리 집이 있는 상사마을 엄니들이다. 뜻밖에 혈혈단신 귀촌한 '외지 것' 강진주 씨도 동참했다. 그렇게 세 분과 무얼까?와 내가 작업에 돌입했다. 나락을 베는 시즌이라 오동댁과 도동댁은 '반대가리(점심 전까지)' 일을 약속한 상태다. 점심까지 해보고 반나절 정도 한 번 더 사람을 투입할 것인지 결정하기로 했다. 종옥이 형에게 일자 사다리 두 개와 전지가위 등을 빌렸다. 종옥이 형네 농장에서 감 작업을 한다는 생각으로 이른 아침에 나온 두 엄니들은 나를 보고 좀 뜨악한 표정이었다.

"작가 선생(상사마을에서 일부 엄니들은 나를 그렇게 부른다. 이 얼마나 먼 거리 감인가.)이 감밭이 있다고라?"

감밭에 도착한 두 엄니들의 일성은 같았다.

"딸 것도 엄끄마."

그녀들이 보아왔던 선수들의 농장 감에 비교하면 우리 감나무 밭은 거의 마당 감 수준인 것이다. 점심 전에 박스 25개를(한 박스에 20kg 정도 들어간다.) 모두 채우는 것이 이날의 작업 목표다. 세 여성들이 사다리로 올라가고 무얼까?와 나는 손닿는 감을 땄다. 물론 나는 사무실을 두어 번 왔다 갔다했기에 별 도움은 되지 않았다. 안개가 짙었고 거의 영상 1도 정도의

아침이어서 엄니들은 장갑을 더 요구했다.

12시 3분까지 일을 하고 배고프다는 엄니들의 소리에 일을 중단했다. 20박스 정도 했다. 중간에 종옥이 형네 형수와 통화가 있었다. 작업 속도를 듣자 형수가 간명하게 반응했다. "감이 잘구나." 멀리 있어도 박스 개수와 감 사이즈를 판단하는 것이다. 일단 내려와서 점심을 먹었다. 오후에는 두 분이 남아서 남은 박스를 모두 채울 때까지 작업을 계속하기로 했다. 다시 오느니 끝장을 보기로 한 것이다. 밥 먹다가 콩 등등 몇 가지 질문을 했다.

"작가 선생이 언제 콩도 했대? 그냥 노는 사람인 줄 알았는데."

역시 마을 주민들이 보기에 나는 노는 놈에 가까운 것이다. 무엇인가 밥벌이를 하겠지만 농사나 마을과 관련해서 일을 한다는 생각을 하지는 않는 것이다. 마을에서 나는 역시 정체불명에 가까운 것이다. 오후 4시가 되지 않아 작업은 끝이 났다. 더 채울 박스가 없었다. 이럴 줄 알았다면 박스를 더 준비했을 것인데 분하다. 어쩔 수 없이 엄니들은 철수.

감나무 밭에 흩어진 박스를 옮기기 위해 박 과장을 다시 호출했다. 좀 약해 보여도 남자들 힘이 필요한 대목에선 박 과장이 요긴하다. 경사진 감나무 밭 곳곳에 흩어진 20kg 박스를 옮기기 위해서는 박스 개수만큼 왕복을 하면 된다. 박 과장과 무얼까?의 막걸리 타임이 있었고 서른 번 가까이 감밭을 오르내렸다. 역시 다리가 후들거린다. 수확한 모든 감은 마을 반찬공장으로 옮겨진다. 풀어놓고 보니 감이 많아 보인다. 원래는 배당으로 각 5kg 정도를 생각했는데 더 담아도 될 것 같다.

무얼까?와 일탈 그리고 박 과장과 윤하 엄마. 이들 부부가 없었다면 펀드 진행은 힘들었을 것이다.

먼 산 단풍 바라보기

다음 날 일정은 콩 닦달이다. 금요일과 토요일에 비가 예보되어 있어 다시 콩을 실내로 들였다가 밖으로 내는 노가다를 피하려면 목요일은 콩을 털어야 한다. 그러려면 펀드 배당을 위한 택배 포장 작업은 이 밤에 끝을 내는 것이 좋다. 하루 종일 밖에서 구른 탓에 몸이 천근 같았지만 이 밤에 끝장을 보자. 무얼까?와 박 과장을 비롯한 식솔들에게 미안한 마음과 독려를 겸한 고기를 먹였다. 잠시 쉬다가 다시 박스 포장 작업에 들어갔다. 네 번째 배당 물품은 세 가지다. 감 8kg과 조청 대략 1kg 그리고 땅콩 몇 알씩이다. 조청은 최광두 어르신 댁에 부탁을 해두었다. 재료는 물론 쌀과 엿기름이고 일체의 첨가물이 없는 조청이다. 최대의 고민은 바로 땅콩이었다. 맥주 한 병 정도 분량을 위생비닐에 포장하는데 마음이 무거웠다. 장난으로 받아들일 것이란 판단은 한 시간 전 상황이었고 정말 괴로웠다. 그리

274

고 눈은 감기는데 일은 언제 끝이 날
지…….

들녘밥상 명숙 씨 부부와 이장 부
부가 들이닥쳤다. 그리고 한 시간이나
지났을까? 들녘밥상 명숙 씨가 중얼
거렸다.

"사람 손이 무섭네요."

처음에는 엄두가 나지 않았는데 여럿이 하니 일이 끝난 것이다. 밤은 깊
어가고 오미동 젊은 사람들은 다 모였다.

"가을걷이 끝나고 서로 좀 한가해지면 일잔 합시다이."

나는 또 말빚을 남기고 신세를 졌다.

다음 날인 25일 목요일에 우체국 수집 차가 와서 '맨땅에 펀드' 네 번째
배당을 싣고 갔다. 단풍 구경이 가능한 날이 며칠 남지 않았다. 얼치기 농
부의 단풍놀이 소원은 그래서 미망(迷妄)인 것이다. 들판의 단풍이 갈무
리되어야 길을 떠날 수 있는 것이니 진짜 농부는 먼 산의 단풍만 바라볼
뿐이다. ●

맨땅에 펀드 — 배당 안내문

2012. 10. 25

감, 조청, 땅콩

안녕하십니까. 지리산닷컴 '맨땅에 펀드'입니다. 늦은 밤 포장 작업 때문에 간략하게 설명드리겠습니다.

■감

'맨땅에 펀드' 자체 감 농장에서 생산했습니다. '차량'이라는 품종이구요. 금년에는 이 품종이 해거리를 하는 탓도 있고 대규모 전지 작업도 있었기에 생산량이 적습니다. 물론 아마추어인 저희들이 짓는 농사이다 보니 그리 되었습니다. 농약을 두 번 했습니다. 유실수 유기농은 도저히 자신이 없어서 그리했습니다. 참고적으로 감나무는 보통 일곱 번 정도 약을 합니다. 여튼 그래도 농약을 한 것은 한가지입니다. 고개 숙입니다.-,.- 그래도 저농약이다보니 흰꽃무지벌레의 흔적이 많고 상처 난 감이 대부분입니다. 포장하는 당일에 거의 일괄 수확하다 보니 무른 것과 심한 상처를 제외하고는 모두 보내드리기로 했습니다. 대략 8kg 정도일 것입니다.

■조청

오미동에 사시는 최광두 어르신 댁에 조청을 부탁했습니다. 식혜를 만들고 가마솥에 4~5시간 정도 끓였습니다. 재료는 물론 쌀과 엿기름이 될 것이고 일체의 첨가물이 없습니다. 문제는 설탕을 넣지 않다 보니 그렇게 오래 보관하기가 어려울 것이라는 점입니다. 조청도 곰팡이가 생길 것입니다. 냉장 보관 필수구요. 뚜껑을 열고 윗부분에 설탕을 좀 뿌려서 냉장 보관하시면 더 오래 드실 수 있답니다. 만약에 윗부분에 곰팡이가 생기면 걷어내고 드시면 됩니다.

■땅콩

고민 많았습니다. '맨땅에 펀드' 자체 농산물입니다. 처음에는 500g 정도는 보내드릴 수 있다고 판단했는데 건조하고 보관하는 과정에서 많은 유실이 있었습니다. 일단 생산 당시 굼벵이의 습격이 심했습니다. 그리고 벌레 먹은 땅콩은 땅 위로 올라오고 햇볕 건조를 시켰지만 곰팡이를 피하지 못했습니다. 곰팡이 핀 견과류는 먹지 않습니다. 그래서 모두 포기하다 보니 보내드리는 우스운 시각용 소량이 되고 말았습니다. 그래도 실패의 흔적이라 생각하시고 그냥 껍질 까서 낮은 불에 볶아 드시면 맥주 한 병 정도 분량이 되겠습니다. 유구무언입니다. 자체 농산물은 항상 이 모양입니다. 농사 아무나 짓는 것이 아니란 것을 항상 배웁니다. 사죄드립니다. 꾸벅.

콩 닦달

뿌린 만큼 거둔다?

시골로 이사 온 두 번째 해에 콩을 좀 심어본 이후로 나는 콩을 심지 않았다. '콩 닦달'이 괴로웠다. 2011년 가을, 마당에 심은 몇 줌 콩을 갈무리해야 했다. 시기가 늦었고 가을비가 많은 해였다. 담 너머로 지나가던 마을 사람들이 모두 입을 열기 시작했고 할 수 없이 콩을 베고 말려야 했다. 양이 적다고 그냥 베고 옥상 위에 펴서 말렸다. 가을이면 사람들이 콩을 베

282

고 묶어서 세워둔 상태에서 말리는 이유를 몰랐던 것이다. 옥상에 늘어놓은 콩을 방치해두었고 비가 내렸다.

며칠 지나 옥상으로 올라가서 사람들 흉내를 내어 대나무로 두드리고 쓸어담으려 했지만 우선은 젖은 콩이 깔끔하게 떨어지질 않았다. 밟고 어쩌고 하다가 옥상이라 보는 눈이 없었던 관계로 대충 쓸어담았다. 다음 순서는 키질이다. 마을 사람들은 이 키질을 '까분다'라고 표현했다. 그리고 그것은 '일도 아녀.'에 속한다고 했다. 마을의 엄니들은 베고 말리고 털고 선별하는 그 과정을 톱니바퀴처럼 정확하게 처리했다. 그러나 직접 경험해본 그 과정은 사람의 화를 머리끝까지 돋우는 하나의 시험대였다. '뿌린 만큼 거둔다.'는 말이 결코 진리가 아니란 사실을 알게 되었다. 갈무리가 되지 않으면 결코 뿌린 만큼 거둘 수 없다.

700평 정도 면적에 콩을 경작했다. 목적은 펀드 투자자들에게 청국장으로 가공해서 보내는 것이었다. 10월 21일에 오미동 반찬공장 앞으로 옮겨 놓은 콩은 우리가 볼 때에는 '산더미' 같았다. 반찬공장 앞 마당은 이른바 '공구리(콘크리트)' 천국이다. 역시 건조에는 공구리가 최고! 박 과장에게 SOS를 날렸다. 콩을 펴서 진열하는 일에 한 시간 정도 걸렸을 것이다. 문제는? 다음 날 비가 예보되어 있다는 사실이었다. 저 많은 콩을

정수 씨의 콩 타막기.

과연 다시 거두어들이는 사태가 발생할 것인지. 가을 가뭄이 이어졌는데 우리가 콩을 벤 이 시점에 꼭 비가 와야 하는지. 배추를 생각하면 비가 와야 하고, 콩을 생각하면 비가 오면 안 되는 것이다. 무얼까?와 일탈에게 만약 콩을 공장 안으로 넣어야 할 상황이 오면 자정이건 새벽이건 우리에게 연락을 하라고 말하고 헤어졌다. 결국 다음 날 새벽 비가 내렸다. 무얼까? 와 일탈은 4~5시간 동안 콩을 실내로 피난시키는 일을 했다. 우리에게 문자를 보내지 않았다. 다음 날 늦잠을 자고 일어났을 때 하늘은 단지 흐리기만 했기에 새벽에 비가 온 줄은 몰랐다. 일기예보는 오후에도 비가 온다고 예언하였기에 그다음 날 아침이 되어서야 콩은 밖으로 나왔다. 그리고 며칠 뒤에 다시 비가 왔다. 우리는 결국 그 '산더미'를 두 번 옮긴 것이다. 그 과정에서 많은 콩들이 전사했다. 갈무리도 시기가 있다. 우리의 콩 닦달은 이미 늦었고 수확한 이후 제때에 건조하지 못한 콩은 상하기 시작했다.

콩이 콩알만해진 이유

결국 기계의 힘을 빌리기로 했다. 운조루 정수 씨가 지난 수 년간 한 번도 사용하지 않았던 콩 타막기를 가동하기로 한 것이다. 하루면 작업이 끝날 것이란 예상은 역시 보기 좋게 빗나갔다. 도무지 기계가 엄니들 손으로 하는 것보다 빠르다는 생각이 들지 않았다. 5일 동안 콩을 털어도 일은 끝이 나지 않았다. 기계가 잘못되었다는 의심은 자연스러운 것이었다.

　결국 종옥이 형님을 불렀다. 형과 형수님이 오셨다. 내가 청해서 이 두 분이 오실 때는 항상 웃는 얼굴인데 그 표정이 출력하는 의미는…… 이 기계는 정상적인 것인가? 우리가 하는 일은 왜 이런 것인가? 이 두 가지 물음이었다. 기계는 정상이란다. "아무 이상 엄끄마." 젠장 이렇게 비효율적

일탈과 나 둘이서 통 닦달을 마무리하느라 정작 사진은 남기지 못했다. 사진은 이전에 오미동의 최광두 어르신(오른쪽)이 콩 닦달하시는 모습을 찍은 것이다.

콩 닦달　285

인 방식이라니. 그리고 잔소리를 들었다. 콩 농사가 틀린 것이다. 너무 일찍 베었고(그건 알고 있다.) 꽃대가 올라올 때 콩대를 '날려주지' 않았기에 쓸데없이 줄기가 길다는 것이다. 그래서 영양분은 줄기로 빼앗겼고, 그래서 콩알이 콩알만하다는 설명이었다. 밭에서 거의 건조해야 하는데 시퍼런 콩대가 햇볕에 말린다고 바싹 마르겠냐는 말씀. 결국 마르지 않은 긴 줄기가 기계로 들어가니 절단이 되지 않는 것이고 타막기 구멍을 계속 막았던 것이다. 그러니 기계가 기계의 위력을 발휘할 수 없었던 것이다. 무엇보다 가장 결정적으로는,

"그 동네 사람들은 왜 삼춘들한테 그런 이야기를 안 해줬으까이?"

왜 엄니들은 우리에게 그런 이야기를 해주지 않았을까? 나는 그 이유를 짐작할 수 있었다. 음주단속 나온 경찰관은 안전벨트는 단속하지 않고 카센터에 엔진오일 교환하러 가면 미션오일은 보지 않는다. 펀드매니저들

콩 닦달은 해가 지도록 계속되었다.

은 풀 잡자고 하면 풀을 잡았고 콩 베자고 하면 콩을 베었을 뿐이다. 이 대목에서는 나는 엄니들에게 섭섭해야 할까?

종옥이 형네는 감 수확하러 바쁜 걸음으로 돌아갔고 우리는 콩 닦달을 끝내야 한다는 여전한 현실 앞에 다시 섰다. 기계에서 두 번 털고 거두어 와서 다시 나와 일탈이 육안으로, 몇 가지 첨단 장비(고기 구워 먹는 석쇠와 구멍난 플라스틱 바구니)로 콩알을 걸러내는 지루한 노동을 계속했다. 오미동 청국장을 작년에 얼마에 판매했더라? 택배비 제외 1만 원이었나? 펀드 100가구 청국장 100개. 100만 원 주고 사서 보내면 되는 일 아닌가. 청국장 100개 만들어보겠다는 이 일에 지금까지 얼마의 돈이 들어갔고 눈에 보이지 않는 시간이 얼마나 들어갔을까? '맨땅에 펀드'는 이 바보 같은 산수를 임상실험하고 있는 것이다.

그렇게 며칠간 계속 무얼까?와 일탈과 나는 조기축구회 훈련하듯 콩을 털었다. '우리 일하는 방식은 왜 이리 힘들고 느리냐?'가 계속된 우리들의 화두였다. 바닥을 쓸고 다시 최종적으로 눈알을 부라리고. 그 많던 바람은 왜 하필 콩깍지 날리던 그 며칠은 불지 않았던 것일까. 콩 닦달이 거의 끝나가던 어느 날 해거름에 일탈이 잔뜩 지친 목소리로 말했다.

"이게요. 제가 뭘 잘못해서 벌받는 것 같아요."

웃다가 미안했다. ●

고구마와 앰뷸런스

가족은 노동력 확보를 위해 탄생했다

11월 1일 목요일. 펀드매니저들을 투입하는 금년의 마지막 일이 될 것이다.
고구마를 캔다. 비가 오지 않아 땅이 너무 투박해서 수확을 미루고 있었
다. 대평댁과 지정댁이 투입되었다. 그리고 무얼까?, 일탈, 나, 지리산노을
언니, 월인정원(아내)과 운조루 정수 등이 작업에 참여했다. 고구마 줄기가
고랑과 고랑 사이까지 침투해 들어가 캐는 작업이 쉽지 않았다. 무엇보다

고구마가 비교적 깊이 내려가 있었다. 오후에는 인력이 줄어들 것이고 아무래도 하루에 끝이 날 것 같지 않았다.

역시 밭일은 지리산노을 언니가 장사다. 나는 고구마를 털어서 포대에 넣는 것으로 스스로 보직을 변경했다. 김종삼의 시도 아닌데 내가 캐는 고구마는 모두 상처가 났다. 고구마는 많이 나왔다. 호박고구마를 심었는데 '우리 농사'가 아닌 듯 씨알이 적당하고 길쭉하다. 인기 있는 고구마 모양이 많이 나왔다. 그러나 흙을 털어 담다 보니 역시…… 굼벵이의 습격을 받은 고구마가 열에 여덟이다.

대평댁과 지정댁은 끊임없이 이야기를 나눈다. 평생을 아웅다웅해왔는데 어떻게 아직도, 매일 나눌 이야기가 있는 것일까. 대평댁이 나오셨으니 또 점심은 우동이다. 3일 연속으로 옥산식당에서 면발이다. 점심 전에 운조루 정수가 마지막 고구마 순을 걷어냈다. 햇볕이 좋았다. 사람이 많으면 농담이 많고 일터는 햇살만큼 따뜻하다.

오후까지 작업은 계속 이어졌다. 수확량이 장난이 아니다. 옮길 걱정을 해야 할 판이다. 아랫논 나락을 베는 중이기에 경운기가 들어오는 것은 불가하고 몸으로 모두 옮겨야 한다. 가마니 절반 정도씩만 담으라고 했다. 그 와중에 나는 하동으로 내려가서 아들을 픽업해 왔다. 도착하자마자 바로 고구마 밭으로 투입됐다. 원래 가족은 노동력을 확보하기 위해 탄생된 것이 맞다.

머릿속이 백짓장으로 바뀌다

11월 첫날이다. 해가 많이 짧아졌다. 5시가 되면서 고구마 옮길 궁리를 해야 했다. 나는 쌓여 있는 고구마를 운조루 쪽 도로에 주차된 무얼까?의 트럭 가까운 곳으로 옮기기 시작했다. 무얼까?가 나락을 베던 정수 트랙터 쪽으로 내려가서 뭔가 수작을 거는 모습을 보았다. 잠시 후 아랫논 나락을 벤 정수가 경운기를 끌고 고구마 밭으로 올라왔다.

경운기로 고구마를 모두 옮겼다. 일탈이 마지막으로 경운기에 올라탔다.

2012년 마지막 펀드매니저 투입.

운조루 정수 씨가 마지막 고구마 순을 걷어내고 있다.

카메라를 들고 길 위로 올라가서 일탈의 경운기 시승을 기념하기 위해 셔터를 눌렀다. 마지막 셔터는 6시 1분. 고된 하루 일과가 끝이 났고 이제 먹고 쉬는 시간만 남았다. 영후와 대화를 나누면서 앞서 가는 경운기 꽁무니를 천천히 내 차로 따라 내려갔다. 무얼까?의 트럭은 먼저 출발했다. 19번 국도에서 반찬공장이 있는 금내리로 내려서는 비보호 좌회전 길에서 도로의 차들은 멈추었다. 맞은편 도로도 상황은 비슷했다. 트랙터와 각종 농기계들이 아주 느린 속도로 막바지 가을 들판에서 퇴근하는 길이었다. 그래도 이렇게까지 차가 못 가는 건 이상했다. 차들이 계속 멈추어 있길래 차창으로 고개를 내밀어보았다. 고구마 포대가 도로에 흩어져 있었다. 정수가 도로에 쓰러져 있었다. "사고다!"

갓길에 정차하고 경운기로 달려갔다. 아!

먼저 출발했던 무얼까?가 뛰어 올라왔고 내 앞의 트럭에서 같은 마을의 형님이 119에 신고 전화를 하면서 역시 도로로 내려섰다. 몸은 반사적으로 움직이고 있었지만 머릿속은 백지장으로 바뀌어 있었다. 온몸을 떨고 있는 정수의 몸을 감싸 안는 일 이외에는 아무것도 할 수 없었다. 무얼

일탈의 경운기 시승을 기념하기 위해 셔터를 누른 시간은 6시 1분.

까?는 경운기 난간에 쓰러져 있는 일탈의 상체를 묵묵히 받아 안고 있었다. 앰뷸런스가 도착할 때까지의 시간이 아득하게 느껴졌다. 현장을 수습했을 때에는 도로는 이미 어두웠다. 어지럽게 날리는 파편들과 앰뷸런스 소리, 조명, 신음 소리, 119대원들의 다급한 소리들…….

구례병원에서 촬영을 하고 곧바로 광주 큰 병원으로의 이송이 결정되었다. 다행스럽게 외상은 보이지 않았다. 앰뷸런스 두 대를 마련하고 먼저 광주로 출발시켰다. 무얼까?는 몇 가지 필요한 것들을 챙겨서 트럭을 가지고 따로 출발했다. 월인정원은 일탈의 앰뷸런스에 탔다. 사고 순간으로부터 한 시간이 경과했지만 몇 초 동안의 일인 듯 필름은 아주 빠르게 지나갔다. 그리고 상황을 알아야 할 사람들에게 전화를 해야 했다.

몇 가지 정리하고 나는 다시 사고 현장으로 갔다. 도로의 고구마는 인도로 치워져 있었다. 이 비보호 좌회전 길은 해마다 한 건 정도의 사망사

292

고가 발생하는 길이다. 최광열 어르신(최광두 어르신 동생)이 이 길에서, 조판동 어르신(금강댁 남편)이 이 길에서 명을 달리했다. 나 역시 몇 년 전에 이 길에서 좌회전 중에 날아온 비싼 바이크와 충돌사고가 있었다. 이 길에서 사고가 났다는 사실만으로 내 몸은 떨리고 있었다. 정수 신발 한 짝을 주웠다. 마을에는 이미 사고 소식이 파다할 것이다.

광주 대학병원에서 역시 병실은 여의치 않았다. 다시 옮겨야 했다. 그렇게 다시 촬영하고 입원실에 들어가고 기나긴 목요일이 종료된 것은 이미 자정을 넘어선 다음이었다. 금요일 새벽, 광주에서 구례로 돌아오는 길은 어두웠지만 머릿속은 명료했다.

동상들이나 살피소

11월 2일. 새벽에 광주에서 돌아온 나는 겨우 몸을 일으켜 다시 밭으로 나갔다. 대평댁과 지정댁이 남은 고구마를 수확하고 있었다. 소식은 이미 온 마을이 아는 것이고 엄니들은 의외로 말씀이 없었다. 환자들 상황만 말씀드렸다. 제법 병원 신세를 져야 하지만 외상은 없다고. 남은 고구마는 엄니들에게 부탁을 드렸다. 수확을 멈출 수는 없었다. 우리는 막바지 단계에 서 있었고 매듭을 지어야 했다. 말씀드리고 돌아서는데 지정댁이 소리했다.

"걱정 마라. 감자(다시 말하지만 엄니들은 고구마를 감자라 부른다.)는 우들이 정리할텐게 자네는 동상들이나 살피소." ●

쌀과 김치를 팔다

쌀이니까

쌀은 펀드 배당으로 꼭 집어넣을 생각이었다. 쌀이니까. 몇 년째 사이트에서 운조루 햅쌀을 팔아봤지만 가을 판매는 항상 신통치 않았다. 두 단지 (1900평 정도) 유기농 쌀로 한정했다. 수매하면 오히려 손해고 직거래 방식으로 농부에게 더 많은 돈을 쥐어주고 싶다는 것이 솔직한 심정이었다. 가을에 쌀이 잘 팔리지 않는 이유를 생각하고 분석한다.

그러나 밀가루를 판매할 무렵인 다음 해 7월이면 오히려 쌀이 더 많이 팔린다. 묵은 쌀이 될 것인데, 대략 쌀이 떨어진 시기이고 가격을 조금 다운시키니 판매가 용이한 경우라고 분석한다. 결국 모두 판매하긴 하지만 가을부터 초여름까지 농부는 한 번 수매하는 것만큼의 목돈을 만지지는 못했다. 결과론적으로는 수매보다 많은 수입이었지만 돈은 분산되어 들어오니 피부에 확 와닿는 수입은 아니었다. 그러나 농부는 계속 직거래를 고집한다. 유기농 경작지를 확대해온 농부 입장에서는 자신의 노력이 억울한 것이다. 서글픈 이야기지만 '이러나저러나 어차피 농사는 돈이 되지 않는다.'는 경험적 판단도 직거래를 고집할 수 있는 이유 중 하나다.

지리산닷컴 회원들에게는 쌀을 선물하는 방안을 권했다. 어차피 이 가을에 쌀은 흔하고, 무농약이건 유기농이건 검색만 하면 가격 경쟁이다. 여기서처럼 소량의 쌀을 가지고 포장과 택배 비용에서 경쟁력이 떨어지는 조건의 농부 쌀을 소비하는 것은 '의식적 지출' 성격을 어느 정도 가지고 있을 것이란 짐작을 했다. 이전보다 가격을 하락시켰다. 지금 농부는 병원에 있고 내가 가격 결정권을 위임받았다.

류정수 농부의 유기농 쌀(택배비 포함)

제품1-1 / 유기농 햅쌀(백미) 5kg - 20,000원

제품1-2 / 유기농 햅쌀(현미) 5kg — 20,000원

제품2-1 / 유기농 햅쌀(백미) 10kg — 35,000원

제품2-2 / 유기농 햅쌀(현미) 10kg — 35,000원

제품3-1 / 유기농 햅쌀(백미) 20kg — 59,000원

제품3-2 / 유기농 햅쌀(현미) 20kg — 59,000원

배추인가 산삼인가

며칠간 배추 아닌 김치 판매 문제로 머리가 팔랑거렸다. 검색해서 알아본 다른 포기김치의 가격으로는 도저히 우리 배추를 팔아치울 수 없다. '대한민국에서 제일 비싼 김치를 팔아야 하는 악덕 상인'의 역할은 필연적이다. 8월 29일부터 시작된 자칭 '아름다운 배추밭' 프로젝트는 출발에서부터 대략 100만 원 정도의 비용이 들어갔다. 모종, 친환경 배추약, 퇴비 2종, 물 공급을 위한 설비 작업……. 인건비는 계산하지 않은 것이다. 그것을 계산하면 이건 배추가 아닌 산삼에 가깝다.

이 배추는 질기다. 몇 년 동안 이런 방식(유기농에 가깝거나 고랭지이거나)으로 키운 배추로 김장을 담았는데 이 배추는 확실히 질기다. 묵은지로 갈수록 제값을 한다. 그러나 이 맛에 길들여진 나와 주변은 생김치건 겉절이건 이 배추만 좋아한다. 다른 일반적인 배추는 싱겁다. 일종의 '거친 배추'다. 전 국민의 70%는 이런 배추 맛을 선호하지 않을 수 있다. 대부분의 도시 생활자는 질기고 거친 음식에 익숙하지 않다.

거의 '90일 배추' 상태에서 뽑을 것이고 정확한 양을 가늠하기 힘들지만 대략 일반 배추 1/4 사이즈로 우리 배추의 양을 추정한다. 마트에서 파는 배추 700~800포기 분량 정도 될 것이다. 절반 정도는 '맨땅에 펀드' 투

자자들에게 보내질 것이고 나머지는 김치로 판매할 것이다. 그런 구상을 기준으로 다시 투입될 양념 가격을 산출하니 머리가 팔랑거리는 것이다. 엄니들을 만나면 항상 이렇게 물어봤다.

"엄니 배추 100포기에 고추 몇 근?"

근본을 가진 재료를 사용해야 한다는 것은 두말할 것도 없다. 그런 재료는 물론 저렴하지 않다. '내가 먹었던 것'을 기준으로 김치를 만들어서 보내야 한다고 생각했다. 김치는 명백하게 돈을 만들어야겠다는 출발선을 가지고 있다. '니즈(needs)'가 노가다를 견인했다. 선주문, 선불 받고 양념 구입하고 배추를 최대한 키워서 12월 초에 배송하기로 했다. 만드는 사람은 별 돈이 되지 않는데 소비자로서는 시장보다 비싼 김치다.

정확한 양을 적시하기 힘든 관계로 250kg까지 무조건 주문을 받고, 기적적으로 그 이상 주문이 있다면 대기자로 명단을 확보하는 방식으로 진행하기로 했다. 통상 지리산닷컴에서는 돈을 받지 않고 물건을 먼저 보내드리곤 했는데 김치 건으로 전통이 깨졌다.

당신의 아름다운 배추밭 김치(택배비 포함)

제품1 / 김치 3kg − 27,000원

제품2 / 김치 5kg − 45,000원

제품3 / 김치 10kg − 70,000원

그리고 며칠

11월이 되자 '맨땅에 펀드' 주간보고는 별 의미가 없는 시절로 접어들었다. 배추를 제외하고는 진행 중인 작물이 없다. 청국장과 쌀을 가공하고 포장 중이고 김장이 남아 있다. 그러면 2012년의 '맨땅에 펀드'는 끝이 난다.

며칠 동안 계속 쌀 배송 작업과 씨름했다. 몇 건인지, 얼마나 팔렸는지 산출하지 않았다. 그냥 기계적으로 밤이면 계좌를 확인하고 잠을 참을 수 없는 즈음까지 입금자와 주문 메일을 찾아서 엑셀 파일에 기록하고 그것을 메일로 우체국에 보내는 일을 반복했다. 다음 날이면 우체국에 가서 지난밤에 보낸 파일을 한 장 출력해서 들고 와서 그날 배송할 물량을 체크하고 주문량에 맞게 담고 포장하고 확인한다. 오후 3시쯤에 우체국 차가 오면 서류와 대조해서 마지막 확인 작업을 하고 쌀을 실어 보낸다. 대략 150통의 주문을 받았으니 500통 정도의 메일을 주고받았다고 보면 된다.

그러나 더 괴로운 것은 모든 메일을 다시 일별해서 김치 주문을 선별해내야 하고 입금자별 금액에서 김치와 쌀의 금액을 구분해내야 한다는 것이었다. 쇼핑몰 사이트가 아니라 원시적으로 메일로 개별 주문과 사연을 접수하는 방식이었으니 며칠 후에 닥칠 이 미션을 생각하면 머리가 아득해지지만 내가 선택한 방법이니 어쩔 수 없는 노릇이다.

11월 18일 점심 무렵에 연곡분교 학교설명회 일로 피아골에 있는데 전화가 온다. 최광두 어르신이다. 청국장OEM 건이다. 콩을 선별하는 중이니 촬영을 해야 하지 않겠는가 하는 제안이다. 이제 어르신들이 언제 사진을 찍어야 하는지 더 잘 아신다. 이 콩은 '맨땅에 펀드' 부지에서 우리들이 직접 농사지은 콩이다. 이 콩의 용도는 오로지 '맨땅에 펀드' 가입자들에게 청국장을 만들어 보내기 위한 것이다. 그 갈무리를 무얼까?와 일탈 그리고 내가 거의 90% 진행했다. 그리고 경운기 사고가 터졌고 마지막 선별 작업을 하지 못한 상태였다. 상황을 아는 어르신들은 빨리 콩을 가지고 올라오라고 재촉이었다. 자신들이 선별하면 반나절이면 끝이 난다는 것이다. 그러나…… '맨땅에 펀드' 농작물을 모르고 하신 말씀이다. 막상 받아보니 골라낼 것이 많은 것이다. 돌, 다른 콩, 썩은 콩……. 하루를 넘겨 선

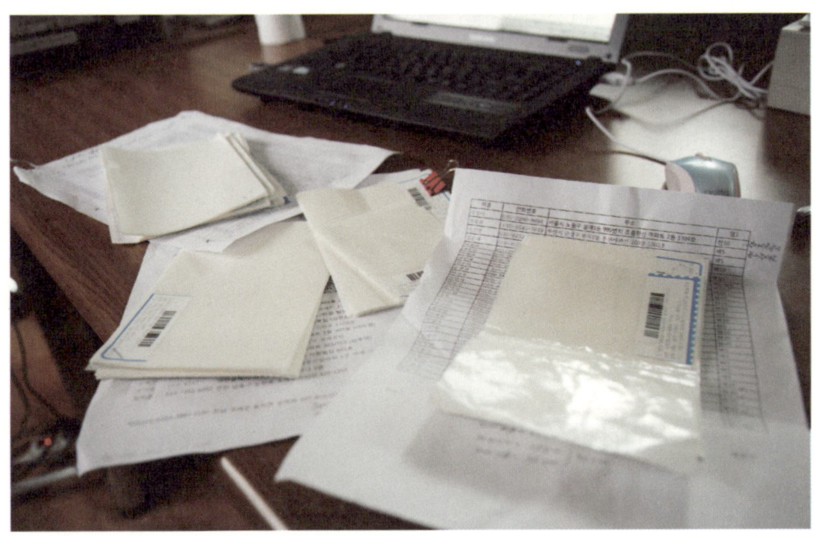

메주콩을 삶기 시작했으니 사진을 찍어야 하지 않겠나?

별 작업이 끝이 난 모양이다.

그리고 11월 20일 오전에 정미소 소음 속에서 미세먼지와 접전 중인데 다시 전화를 받았다. "메주콩을 삶기 시작했으니 사진을 찍어야 하지 않겠나?" 그냥 어르신들에게 카메라를 사다 드리는 것이 더 좋지 않을까 싶었다.-,.- 역시 "하루 종일 삶으실 것이니 오후에 들르겠습니다."라고 답했다. 장작 때서 큰솥에 우리 콩을 삶고 있다. 이틀 정도 몇 차례 삶을 것이다. 콩을 타작할 무렵부터 대략 산수를 했지만 역시 그냥 완제품 청국장 한 통을 1만 원에 마을에서 구입하는 것이 더 저렴하다. '맨땅에 펀드 2012'는 그런 사실을 확인 사살하는 과정이었는지도 모른다. 정리하자면 이렇겠다.

연간 3000만 원 + 실무진들의 좌충우돌 = ∞삽질

고구마라는 수업료

고구마. 마음이 편치 않다. 여전히. 30박스를 선착순으로 팔았고 세 건을 환불했다. 그리고 말 없는 다수는 물건이 아님에도 그냥 넘어가주셨다는 것을 알고 있다. 지리산닷컴에서 종종 벌어지는 풍경이다. 물건은 회수받지 않았다. 그럴 염치가 없었다. 아직도 다섯 가마니 정도의 고구마가 공장에 있다. 펀드 가입자들에게 배당할 생각으로 판매하지 않고 남겨둔 것인데 고구마로서 문제가 있다면 보내지 말아야 한다. 병원 경비 좀 보태겠다는 순간의 생각에 고구마를 판매했고 혹독하게 마음 고생을 하고 있다. 그러나 이 이야기를 알고 있는 일부 사람들은 지리산닷컴 사이트에 댓글로 그 고구마를 보내달라고 한다. 아직 마음을 정하지 못했다. 썰어서 말려서 어찌하는 방안을 고민했지만 인력 또는 시간이 없다. 더 이상 인건비를 지출할 생각이 없거나 김장 양념 비용이 부족한 재정 상황이다. 고구마의 상태는 날이 갈수록 나빠질 것이고 마지막 배송은 12월 초순경이 될 것이다. 그때 가서 판단하기로 했다. 고구마. 이 녀석을 운반하다가 교통사고가 났었고 이 녀석을 판매했다가 지리산닷컴의 신뢰에 상처를 입었다. 앞으로 나에게 고구마는 '수업료'의 동의어다.

토지면 농협 뒤에 있는 정미소. 20일 아침 7시 30분까지 운조루 창고 앞으로 집결 문자를 날려놓고 나는 8시에 나갔다. 여전히 건조기에 있는 류정수 농부의 쌀을 꺼내 도정해야 했다. 40kg 나락 가마니를 운반하는 일은 이곳에서는 일상적인 일이지만 개인적으로는 피하는 일이다. 옛 사람들은 80kg 가마니를 어떻게 들었을까. 40개를 만들어서 정미소로 운반했고 그냥 죽치고 앉아 왕겨도 챙기고 바로 쌀을 받을 요량이다. 모두 얼굴과 머리가 허옇게 되고 만다. 쌀이 나오는 동안 무얼까?와 박 과장이 담배

메주콩아, 활활 타올라라. 이제 거의 종착점을 향해서 비틀거리며 걸어가는 중이니 활활 타오르는 너의 힘
으로 다시 몇 걸음 나갈 것이다.

연기를 날리고 있다. 이를테면 지리산닷컴의 일시적인 위기가 발생했을 때 집을 나갔던 박 과장은 백마를 탄 기사와 같은 자태로 돌아와서 노가다를 자청했다.

"근께 내년에 다시 같이 일을 하지?"

"연봉 1억 정도면 생각해보구요."

"내 생각하고 차이가 많네. 0 두 개는 빼야겠는데."

몇 시간 먼지 속에서 작업하다 보면 돼지고기가 생각난다.

신고 온 쌀을 다시 5kg, 10kg, 20kg 현미와 백미로 구분해서 포장한다. 10kg부터는 포대로 나갈 것이기에 테이핑 작업이 많다. 테이핑을 하지 않으면 택배 용지가 제대로 붙어 있지 않는다. 지난 몇 년 동안의 택배 노하우가 쌓인 것이다. 사고가 나지 않았다면 우리가 하지 않았을 일이었다. 농부에게 5kg 100개의 주문을 넣고 끝이 날 일이었다. 그러나 돌발 상황은 주문부터 정산까지 다시 하나의 일 폭탄을 만들었고 꼬박 1주일을 쌀과 씨름했다. 앞으로도 당분간은 쌀과의 전쟁이 계속되겠지만 고비는 넘어섰다. 많이 팔아주셨다. 2t 정도 판매된 것으로 짐작한다.

광주에 있던 환자들 중 류정수 농부는 그사이 구례로 옮겨 왔다. 휠체어를 탈 수 있는 상태가 되자 병원에서 바로 쫓겨났다. 오른쪽 대퇴부 완전 골절이라 석 달은 지나야 두 발로 땅을 밟을 것이다. 가까이 있어 아무래도 심리적으로 좀 부담이 적다. 그러나 나는 정작 류정수 농부의 쌀을 처리하느라 아직 가보지 못하고 있다. 일탈은

광주 모 병원에서 광주 시내 다른 곳으로 이동했다. 설명을 들었으나 이해는 하지 못한 어떤 이유로 잠시 옮겼다가 다시 와야 한다고 했다. 여튼 옮겼고 옮긴 곳이 좀 더 쾌적한 모양이라 마음이 좀 더 편안하다고 한다. 역시 5주 정도 후에나 두 발로 땅을 디딜 수 있을 것이다. ●

배추,
90일의 여정

9월, 산짐승들의 마트를 개장하다

9월 2일 배추를 심은 날 오후에 무조건 해야 하는 일은 펜스를 설치하는 일이었다. 배추밭은 해발 800m. 동물의 왕국이다. 산골의 텃밭은 밤이면 산짐승들의 마트가 된다. 이틀 동안 트랙터와 사람이 쏟아부은 노고가 하룻밤에 날아갈 수도 있다. 배추밭의 주요한 침입자는 고라니다. 고라니에게 배추 순은 우리에게는 한우 안심이거나 제철 전어와 같은 맛일 것이다. 그날 나는 산 아래 베이스캠프에서 무전기를 들고 대원들의 무사 귀환을 가슴 줄이면서 기다리고 있었다. 아래도 이미 깜깜한데 내려오질 않는다. 어둠 속에서 텃밭 일을 하는 것이 '맨땅에 펀드'의 상징이 되어가고 있다. 어쩌면 사이트로 중계를 보고 있는 사람들에게 강하게 각인되기 위한 술책일지도. 여하튼 베이스캠프에 남아 있는 사람의 마음은 편치 않다. 어둠 속에서 K형과 무얼까?, 박 과장이 펜스 설치를 완료했다. 거의 밤 9시가 가까워서야 내려왔다.

다음 날 아침. 나는 경남 산청 아버님 산소에 있었고 무얼까?의 문자를 받았다.

지금 해가 산머리에 걸리고 파릇한 배추는 무척 이쁩니다.

9월 8일 아침 문수골. 배추 모종을 심고 6일 만에 문수골로 올라갔다. 다른 사람들은 매일 문수골을 드나들었다. 무얼까?는 당연하고 지리산노을 언니와 박 과장, 일탈, K형 등이 오르내렸다. 지난밤에 바람이 많이 불었다. 배추밭 입구 펜스가 무너져 있다. 가슴이 철렁한다. 혹시 고라니가 들어갔다면? 배추 모종은 무사하다. 나는 6일 만에 보는 것이니 이 아이들의 성장을 실감할 수 있다. 어느 정도 활착이 되었다. 뿌리를 내린 것이다. 이런 정도면 한낮 햇볕에 녹아서 사망하는 시기는 지난 것이다. 뿌려놓은 갓과 무는 고랑을 따라 촘촘하게 올라왔다. 조금 더 자라고 나면 솎아낼 것이다. 그 솎아낸 싹은 키운 사람들이 먹을 수밖에 없다.

모종이 새싹으로 변화할 때 가장 큰 적은 벌레다. 눈에 보이는 벌레는 잡지만 땅속에 숨어서 작은 실뿌리부터 갉아 먹고 중심 순을 끊어 먹는

위: 9월 초의 배추밭. 저 멀리 무얼까?가 펜스를 수리하고 있다.
아래: 9월 말의 배추밭. 모종이 조금 더 자란 모습.

벌레는 방법이 없다. 그러면 그 배추는 겉잎이 자라도 배추로서의 맛과 기능은 상실한다. 그래서 약을 한다. 우리 배추밭도 약을 했다. 고민이 있었지만 사람이 3000포기 가까운 배추벌레를 모두 잡을 수는 없다는 결론이 우세했다. 이른바 친환경 제제 투입을 결정했다. 비싸다. 일반 농약이 한 통에 5000원이면 이 약은 5만 원이다. 그래서 그런지 살충 효과가 확실하지는 않다.-,.- 중간중간 벌레가 먹은 모종이 보였다. 앞으로 한 달 이내에 두 번 정도는 더 이 약을 해야 할 것이다. 분명히 말씀드리지만 '맨땅에 펀드' 배추는 '친환경 제제 벌레 약을 한 배추'다. 유기농 배추가 아니란 말씀이다.

그다음 문제는 물이다. 문수골에 배추 심는 것을 반대한 것은 우선 물 때문이었다. 배추는 물을 많이 먹는다. 특히 초반 2주일 정도는 물이 필수적이다. 100m 정도 떨어진 곳에 물 공급이 가능한 시설이 있었는데 고장이 났다. 그것을 수리해서 호스를 100m 정도 연결한 것이다. 그리고 스프링클러 방식을 이용해서 배추밭에 물을 공급한다. 배추를 심고 다행히 비가 적절했다. 무얼까?가 고백했다. 스프링클러 용도의 호스는 고압을 견뎌야 하는데 호스를 잘못 구입했다고. 다시 구입해야 한다고 했다.

"투자자들의 돈을 이렇게 낭비하다뉘!"

여튼 배추밭의 물 문제는 그렇게 해결을 한 것이다. 사람들의 노력에 의해 배추밭은 비교적 좋은 상태를 유지하고 있다.

　하반기 펀드 자금이 부족한 상황이다. 물론 "돈 다 날렸어요!" 선언하고 가게 문을 닫아도 된다. 그러나 펀드가 펀드답게 자체적인 수익을 창출하고 펀드 배당 물품 공급을 계획대로 마무리할 수 있는 방안은 모색해야 할 것이다. 감나무 밭은 태풍 때문에 경제적 의미를 많이 상실한 상태다. 배추를 잘 키워서 고랭지 배추로 팔아 얼마간의 수익을 확보해야 한다. 1000포기는 투자자들 몫이고 500포기 정도는 자체적으로 필요한 것이고 나머지는 가능하다면 지리산닷컴 사이트에서 판매를 할 것이다. 아마도 '배추 된다!'는 확신이 설 때에 예약 판매를 시작할 것이다. 편과 비편을 불문하고 판매할 생각이다.

　무얼까?가 파손된 펜스를 다시 일으켜 세우고 보수했다. 허술해 보이는 펜스지만 고라니들은 겁이 많아서 낮은 높이라도 밭으로 진입하지 못한다.

　아침 숲은 언제나 좋다. 오래간만에 아침 숲을 느껴본다. 지리산노을 언니가 이곳에서 내려오기 싫어서 그 높은 곳에 살림을 풀었구나 싶다. 인적이 드문 곳에서는 사람이 살았던 본래 환경이 눈에 들어오고 우리 역시 아주 오랜 시간 전에는 그 속에서 자연스럽게 서식하던 존재였다는 자각이 생긴다. 새싹도 특히 아침에 예쁘다. 신기하지 않은가. 이 어린 싹들이 우리를 먹여 살린다는 사실이.

무의 싹이다. 이 어린 싹들이 우리를 먹여 살린다.

9월 12일 수요일. 어느 순간 게을러졌다. 미루어오던 사이트 작업 하나 끝내고 다른 사이트 작업 디자인이 퇴짜 맞으면서 시름시름 하다가 멈추어 섰다. 2012년은 참 이런저런 일이 많은 한 해다. 수요일 아침이 되었고 배추밭으로 가야겠다는 생각이 들었다. 배추밭은 자체로 매력적인 공간이다. 발길을 향하게 만드는 힘이 있다.

벌레가 좀 먹긴 했지만 배추는 이상 없다. 많이 자랐다. 속이 무사하면 배추는 괜찮은 것이다. 처음 약을 한 이후로 더 이상 약을 하지 않았다. 그냥 가보자는 의견이 무얼까?의 생각이었다. 일부 손실률이 발생했지만 일단 그냥 계속 간다.

세상의 모든 밭은 아침이 아름답다. 특히 이제 막 자리를 잡고 제 모양을 만들려고 하는 그 순간. 무도 쑥쑥 올라온다. 무청 시래기를 좀 확보할 생각이다. 이제 좀 더 있다 보면 솎아내야 한다. 그 시기의 무 잎 쌈은 별미다. 불과 10여 일 만에 식물의 생장 속도는 놀랍다. 씨앗과 모종이 우리들 입으로 들어가는 최종적인 모양을 서서히 보이기 시작한다. 아침이면 이 자리에서 배추밭은 항상 빛난다. 배추의 무사함을 확인하고 배추밭을 떠난다. 배추밭, 참 높긴 하다. 이곳에 오면 우리가 지리산 자락에 살고 있다는 사실을 깨닫곤 한다.

9월 27일 목요일 아침. 무얼까?의 스프링클러가 완성되었고 그 모습이 장하고 아름답다는 소문이 근동에 자자했다. 세 군데에 설치가 되었고 수압 때문에 하나 또는 두 개씩 열어둔다. 배추는 물을 많이 먹는 작물이다. 먼저 도착한 무얼까?와 일탈이 이미 물을 공급하는 중이었다. 무도 몰라보게 자랐다. 이제 솎아야 한다. 열무 잎 쌈을 먹을 시기다. 겉절이를 해도

좋다. 너무 많은 생산량을 감당할 양념이 태부족인 것이 문제지만. 요즘은 아랫동네 마당 텃밭 무 잎을 계속 먹고 있다. 이제 그만 먹었으면 좋겠다. 갓도 촘촘하게 올라왔다. 이 역시 솎아야 한다. 양이 많으니 솎는 것도 일이다.

배추는 잘 자라고 있다. 사실은 기대 이상으로 잘 자라고 있다. 매일 오르내리는 무얼까?의 발소리 때문일까. 네 포기가 벌레 먹었다는 무얼까?의 전언이다. 거의 3000포기 중에. 그걸 헤아리고 있나?

쑥을 중심으로 풀들이 올라오고 있지만 김매기는 턱없는 일이라 그냥 두기로 했다. 손을 대면 끝이 없는 일이다. 가을이라 체력적으로도 풀을 한창 잡던 시기의 정신 상태에 이르지 못한다. 밭을 벗어나기 전 잠시 해가 나왔고 배추는 빛이 났다.

추석을 보내기 위해 구례를 떠나며 배추 걱정을 많이 했다. 역시 추석을 보내러 서울로 가야 하는 무얼까?는 일탈보다 이틀 먼저 구례로 돌아와서 배추밭에 물을 주기로 했다. 배추밭은 그렇게 사람의 명절에 며칠 동안 사람 눈 밖에 난 것 이외에는 계속 사람의 발자국 소리를 들을 수 있었던 것이다.

10월의 배추밭

10월 5일 아침. 해발 800m에는 가을이 내려앉고 있었다. 배추는 확연하게 더 자랐다. 보이는 흙의 면적이 줄어가면 배추는 속이 차오를 준비를 하는 것이다. 완전히 자리를 잡았다. 비만 한 번 제대로 내려주면 사람이 물 주는 일을 잠시 멈출 수 있는데 가을 가뭄이라 계속 물을 주고 있다. 큰 바람은 없을 것이니 이제 산짐승들만 잘 방어한다면 성공적인 배추 농사를 지을 수 있을 듯하다. 언론을 보니 배추 값이 많이 올랐다고 한다. 음하하하하.

해발 800m는 추웠다. 긴팔 셔츠 하나 입고 갔다가 조금 과장하자면 동상에 걸릴 뻔했다. 아래로 내려서면서 구름바다를 감상하는 재미가 가을 배추밭 출근의 묘미 중 하나다. 아침 9시 무렵이 되면 지상의 안개는 산으로 흩어진다. 이제 저 구름바다 속으로 내려서면 그 풍경은 해발 800m보다 2시간 늦은 시차를 느끼게 해줄 것이다.

10월 18일 배추밭. 오후에 배추밭으로 올라가기도 처음이다. 하루 전에

해발 800m에서 내려오면서 구름바다를 감상하는 것이 가을 배추밭 출근의 묘미 중 하나다.

는 경기도에 있었는데 무얼까?의 문자가 있었다. 오미동에 바람이 부는데 겨울 '그 바람' 같다고. 펜스가 넘어갔을까 염려되었다. 그러나 쓸데없는 걱정이라는 듯 배추는 오후 햇살에 빛나고 있었다. 얼마 전에 무얼까?가 퇴비를 조금 했다. 잎이 옅은 것은 영양제를 달라는 소리다. 문제는 비다. 사람이 주는 물과 비는 비교할 것이 아니다. 하루 전 고속도로에서 와이퍼를 켜는 순간 구례에도 비가 오기를 빌었었다.

문수골은 단풍이 내려앉아 있었다. 배추와 단풍. 그것은 상상해보지 않은 풍경이었다. 지금 당신의 아름다운 배추밭은 단풍에 둘러싸여 있다. 당신들이 도착하면 거짓말처럼 앙상한 가지로 남아 있을 것이다. 그 모든 것은 짙고 깊다. 그런 계절이다. 그런 계절이 좋고 이런 내가 어느덧 익숙하다.

배추 사이로 풀들이 제법 올라왔지만 더 이상 자라기는 힘들 것이다. 곧 배추 잎이 그늘을 만들 것이고 배추밭은 이미 첫서리를 맞았다. 머리가

314

복잡하면 배추밭으로 떠나라. 당신의 배추밭은 충분히 아름답다. 이 배추밭은 무얼까?와 일탈의 손길이다.

이제 우리가 배추에게 해줄 수 있는 일은 거의 없다. 생사 여부의 갈림길을 벗어나면 식물은 사람보다 훨씬 강하고 현명하며 '스스로 그러하다'. 따라서 이 길은 이제 수확할 무렵에나 오르게 될 것이다. 물론 그래도 무얼까?는 틈틈이 혹시 모를 배추밭의 사건사고를 염려하여 이 길을 오를 것이다.

빛나는 길을 따라 내려왔다. 짧은 거리지만 가을은 충분했다. 배추 뽑고 옮길 일은 상상하지 않았다. 그때가 되면 이 길은 '배추로드'가 될 것이다.

11월, 배추에 관한 탁상공론

배추를 어떻게 판매할 것인가? 며칠 동안 개인적인 화두다. 심각하다. 검색에 검색을 거듭한다. 가격과 방식이 천차만별이다. 배추를 나누는 방법은 세 가지다.

1. 생배추

도덕적으로 완벽한 '맨땅에 펀드' 배추를 쌈으로 한 번 정도 소개하고 싶긴 하다. 그러나 생배추만 10포기 정도 보내면 도시 사람들은 난감해하리라.

2. 절임배추

가장 인기가 많을 것으로 예상한다. 그러나 보내는 사람 입장에서는 배송 시기를 모두 달리 해야 하고 간수를 여러 차례 만들어야 한다. 한 번 사

빛나는 길을 따라 내려왔다.

용한 간수를 보관했다가 여러 번 사용하는 것은 비겁한 짓이다. 검색해서 본 다른 절임배추의 위용을 보니 우리 배추는 모두 발육부진이다. 그 상태의 배추를 우리는 지난 수년간 맛있게 먹었지만 그런 배추를 처음 받아본 사람은 일단 시각적으로 실망하게 될 것이다. 공장 시스템이 아닌 조건에서 절임배추 포장이 김치보다 더 난감하다. 무엇보다 노하우가 없는 상태에서 어느 정도 염도와 수분으로 배송해야 하는지 난감하다.

3. 김치

완제품으로 날아가니 가장 깔끔하다. 그러나 사람 입맛은 제각각이다. 무엇보다 일반 배추 기준으로 1000포기 정도의 김장을 누가 어떻게 처리할 것인가? 최초의 구상은 희망자들이 내려와서 모두 직접 김장을 하는 것으로 펀드 노가다를 마무리하는 아름다운 광경을 구상했지만 어차피

투자자들이 2박을 머물면서 김장 풀코스를 완주하기란 밥벌이의 분주함을 고려하면 불가능한 소리다. 이곳 사람들이 모두 준비해둔 상태에서 모월 모시에 모여 양념만 집어넣고 수육과 김치를 즐기는 사진만 남기게 될 것이다. 그 뒤치다꺼리가 무서웠다.

소비자 중심 관점에서 보자면 위 1, 2, 3 모두 주문에 따라 처리하는 것이 옳다. 100가구의 펀드 가입자들에게 모두 원하는 방식을 주문받고 절임과 김장의 경우, 별도 처리 비용을 주문량에 따라 책정하고 다시 입금받으면 될 것이다. 그러나 100통의 메일을 보내고 100통의 답신을 받을 것이란 보장이 없다는 사실을 지금에서야 인식했다. 그리고 몇 번 메일을 주고받는 경우가 생길 것이다. 최소한 ①보내고, ②주문메일 받고, ③계좌와 액수를 보내고, ④확인메일이 오고, ⑤확인했다는 메일을 보내야 할 것이다. 아무리 못해도 200회의 메일을 읽고 300회의 답신을 보내야 한다는 결론이다. 현재 나의 상황에서는 비서라도 한 명 있지 않는 한 불가능한 이야기다. 도저히 안 된다. 그렇다면 가장 간명한 방법은 무엇인가? 짧고 굵은 고뇌 끝에 아래와 같이 비민주적으로 결정했다.

1. 모든 펀드 투자자들에게 완성된 김치와 쌈용 배추 한 포기를 보낸다.

- 이는 같은 날 작업하고 같은 날 배송하기로 했다.

- 양이 얼마나 될지 아직 모르겠다. 양념 값 등을 산출해봐야 답이 나온다. 배추 값, 소금 값, 고춧가루, 멸치·새우 육젓, 기타 채소, 포장, 배송 비용을 생각하면 소량이라는 것은 분명하다.

2. 김치를 팔아야겠다.

- 현재 도저히 가격을 정하지 못하겠다는 것이 문제이다.

- 가장 큰 원인은 시각적으로 일반 배추의 미니어처 같은 우리 배추가 절임 이후 몇 그램이 될지 가늠하기 난해하다는 사실이다. 우리 배추 세 포기를 합치면 일반 배추 한 포기 양이 나온다. 지난 몇 년간 그랬다. 그렇다면 현재 우리 배추밭의 총량은 일반 배추 1000포기 분량으로 추정된다.

잘 나간다는 홍진경의 '더 김치'를 기준으로 살펴보았다. 모두 국내산 재료를 사용한다고 하고 평가도 좋았기에. 5kg 기준의 가격을 살펴보니 답답하다. 아무리 계산기를 두드려봐도 우리 김치가 홍진경 이하로 가격이 내려가는 것은 불가능하다. 소량이라는 점도 있을 것이고 내가 생각하는 고춧가루와 액젓과 소금의 가격으로는 그렇다. 아주 특별한 양념도 아니고 '그래도 이 정도 양념은'이라고 구상하는 그런 재료들이다. 펀드를

하면서 금년에 뼈저리게 깨달은 것은 '사 먹는 것이 훨씬 싸다!'는 것이다. 좀 더 노골적인 본심은 '나는 정말 농사짓기 싫다!'는 것이다. 여하튼 절대적으로 피하려고 했던 '대규모 김장'을 예정하고야 말았다. 스태프 아닌 스태프들을 설득하는 일이 남았다.

땅에게, 수고하셨습니다

11월 28일 수요일. 마침내 배추를 뽑는 날이다. 해발 800m 상황을 고려해서 오후 3시가 되어 문수골 배추밭으로 올라갔다. 그동안 문수골은 영하 4~5도의 아침을 몇 번인가 맞이했었고 배추도 세 번 정도 얼었다 풀리기를 반복했다. 그러나 배추를 뽑을 때에는 풀려 있어야 한다. 언 배추 상태로 뽑으면 언 김치가 된다. 조직이 죽어서 서걱거리는 질감. 대략 2800개의 모종을 심었지만 중간에 사망하신 분들과 진드기 문제로 포기한 아이들

감자에서 배추까지 수많은 작물을 옮겨 담았던 저 포대가 2012년 '맨땅에 펀드'의 이력이다.

을 제외하더라도 2500개 정도를 뽑아야 할 것이다. 당연히 인원이 많을수록 좋다.

광양 섬진다원 부부가 '명백하게' 자원해서 도움을 주러 올라왔다. 트럭이 필요하기도 했고. 귀촌 10년차 부부는 그동안 일이라면 제법 치른 전적을 가지고 있다. 칼잡이가 앞서서 배추 밑동을 자르고 던져두면 후발대들이 배추를 살피면서 진드기를 색출하고 겉잎을 바로 처리하고 포대로 담는 과정이었다. 겉잎을 달고 산 아래로 내려오면 그 양도 어마어마할 것이기에 밭에서 바로 처리하는 것이 정답. 여덟 명의 능숙한 일꾼들이 배추밭을 휘저었다. 한 시간을 예상했지만 세 시간 정도 일을 했다. 워낙에 능숙해서.

섬진다원 김상민 선생은 말했다.

"38년 만에 이런 배추는 처음 봅니다."

　그렇다. 이들 부부는 지금 배추의 식물학적인 원형을 처음 본 것이다. 원래 배추는 한주먹 사이즈였다.

　배추는 통상 '90일 농사'라고 말한다. 8월 29일 땅을 일구면서 시작한 배추 농사, 정말 90일이 지나서 끝이 났다. 그렇게 정성으로 90일 동안 키웠는데 그것을 해치우는 일은 간단한 것이다. 미처 배추에게 작별 인사도 남기지 못하고 댕강댕강 잘라 나갔다. 허리를 펴면 남아 있는 더 많은 배추가 보이기에 마음의 여유는 없었다. 병원에 누워 있는 일탈과 정수를 생각했다. 정수는 이 배추밭을 트랙터로 일구었고 일탈은 거의 매일 이곳으로 걸음 했었다. 당연히 지금 이 순간 일탈과 정수가 배추밭에 서 있어야 하는 것이 이 영화의 예정된 엔딩 크레딧이었다.

　무얼까?의 반 토막 트럭과 섬진다원 김 선생의 트럭에 배추를 나누어 담았다. 과적이다. 모두 끝이 났다. 해가 질 시간이다. 산에서는 어둠의 접근 속도가 빠르다. 배추를 키우고 사람에게 그것을 모두 줘버린 땅에게 잠시 눈길을 주었다. "수고하셨습니다. 산벚 필 때 한번 찾아뵙겠습니다. 겨울 잘 보내세요." ●

33

김장 전투와
마지막 배당

김장 미션의 로드맵

김장 과정은 계속되는 '몸 쓰기'였던 탓에 사진을 찍지 못한 경우가 많았다. 그런 상황은 지난 1년 동안 지속된 '일을 할 것인가, 기록을 할 것인가'라는 나의 딜레마의 축약판이었다.

고추 장만은 김장에서 가장 중요한 재료 구입 미션 중 하나다. 11월 23일 장에서 고추를 구입했다. 새벽 장으로 나갔다. 구례장 서편으로 고추전이 서고 새벽이면 근동이나 남원에서 고추를 싣고 오는 상인들이 있다. 장터에 가게를 마련한 상인들이 이른 아침에 그 고추들을 싹쓸이해 간다는 사실을 알기에 그 상인들보다 먼저 고추전을 습격하는 전술을 택했다. 싸게 구입하려면 그 수밖에 없었다. 적지 않은 양이기에 작은 단가 차이가 전체 비용을 제법 좌우하는 것이다. 고추 가격은 최근 구례에서는 근에 1만 2000원~1만 4000원 정도가 좋은 놈들이었다. 추석 전후보다는 많이 하락한 상태였고 김장이 임박하면 오를 것이란 생각을 했다. 남원에서 내려온 상인이 트럭에서 고추를 내리는 모습을 목격하고 바로 낚아채었다. 100근. 양념의 양을 가늠하는 일이 가장 힘들었는데 지리산노을 언니가 이전 김장 경험을 바탕으로 이리저리 궁리를 하였다. 모자라면 머리 아픈 일이지만 많이 남아도 재료 비용 손실이 나는 것이다. 11월 25일 오후에 광양에서 피아골로 이사온 호호 아씨와 월인정원, 지리산노을 언니 등이 고추 꼭지를 땄다. 약간 엽기적인 사건은 일탈 병원으로 주말을 보내러 간 무얼까?가 고추 20근을 들고 갔다는 사실이다.

"어쩌려고?"

"병원에서 할 일도 없는데 꼭지나 따죠 뭐."

"다른 환자들한테 맞아 죽어."

"일단 옆에 환자가 없는데요."

"야! 그래도 병실에서 무슨 고추 꼭지를 따냐!"

무얼까?의 특징 중 하나는 사람 말을 듣지 않는다는 것이다.

배추를 수확한 28일. 아침 장에서 무얼까?와 함께 채소류 장을 보았다. 마늘, 쪽파, 갓 등. 문제는 장을 보는 관점의 차이였다. 나는 대략 파악한 28kg의 마늘을 한 가게에서 처리하려고 했고 무얼까?는 채소전의 엄니들

방어회와 구입한 마늘, 우리 배추로 잠시 휴식.

이 두세 개씩 까놓은 마늘을 모두 수거하자는 입장이었다. 가급적이면 많은 엄니들에게 돈을 쓰자는 이야기였다. 이런 젠장! 계속 채소전을 오가며 엄니들의 마늘 까기를 독려하는 풍경이 펼쳐졌다. 채소전 좌판의 모든 엄니들은 일제히 마늘을 까기 시작했다. 우리는 계속 순차적으로 나오는 마늘을 수거해서 차로 옮기는 짓을 반복했다. 채소 장보기를 그렇게 진행했다.

28일 오후에 배추를 모두 부리고 나니 밖이 어둡다. 섬진다원 부부는 아이들 챙긴다고 저녁도 먹지 못하고 광양으로 내려갔다. 이제 저 배추를 어떻게 처리할 것인가. 여전히 배추의 양만으로는 정확한 양념 양을 가늠하기 힘들다. 이미 김치 주문은 중단을 한 상태지만 만에 하나 700kg 이하로 김치가 만들어진다면 환불 소동이 벌어질 것이다. 이미 이런저런 장을 본다고 돈은 많이 날렸는데.

326

11월 29일에 지리산노을 언니와 젓갈, 소금 등의 장을 보았다. 이번 김장에서 아주 능숙한 선수 한두 명은 필수적이었다. 사실 나는 지리산노을 언니가 가장 적임자라고 생각하고 있었지만 차마 말을 꺼낼 수는 없었다. 지리산닷컴 스태프라는 말을 간혹 사용하지만 사실 지리산닷컴은 회사도 조직도 아니다. 단지 인간관계의 그러저러한 총합일 뿐이다. 이번 노가다가 심히 창대할 것이란 것은 너무나 뻔한 노릇인데다, 무엇보다 하루 일이 아니기에 도저히 부탁을 할 수 없었다. 내가 이 책에서 지리산닷컴의 스태프라고 지칭하는 사람은 사실 누군가의 마누라이거나 누군가의 남편일 뿐이다. 사고는 물론 남자들 몫이고 수습은 주로 여자들 몫이 되는 경우가 많았다.

그러나 젓갈과 소금을 구입하면서 결국 재료의 구입자가 자연스럽게 요리의 주체가 되어버렸다. 최악의 경우로는 내가 전체 김장의 셰프로 나서는 방안까지 고민하지 않을 수 없었다. 그러나 문수골의 선수1 섭외가 실패하면서, 두 사람이 장을 보게 되었고 지리산노을 언니의 김장 총괄 진행은 필연적인 수순이었는지도 모른다. 무엇보다 지리산닷컴의 재료학과 밥상 철학을 그녀보다 더 잘 구현할 수 있는 사람은 없다.

"형수, 그냥 형수가 진행하는 걸로 합시다."

"그래요. 이렇게 되었는데. 그러면…… 산이 삼촌하고 나하고는 30일 밤 부터 움직입시다."

"헉!(또 인사가 잘못 되었다.)"

11월 그믐밤 달은 밝았고 콩대로 불을 피웠다. 김장용 맛국물을 내기 시작한 것이다. 일체의 조미료를 사용하지 않으니 필수적이다. 뒤포리(전 남 신안 지역에서 '밴댕이'를 이르는 말) 몇 포를 구입했고 다시마와 표고버섯 으로 국물을 내는 것이다. 다섯 솥을 끓였다. 주로 무얼까?가 콩대로 불을 지피며 거의 밤새도록 솥을 지켰다.

지리산노을 언니와 내가 이 밤에 우선 처리하려고 하는 일은 배추를 쪼 개는 일이다. 먼저 어느 정도 쪼개놓아야 공식적인 전투일인 내일 바로 간 수로 입수할 수 있는 것이다. 물론 물통에 소금을 풀어두는 것도 이 밤이

찹쌀 풀을 쑤며 김장 미션의 로드맵을 그렸다.

다. 소금이 녹아야 할 것이기에. 지리산노을 언니가 어찌 구했는 지 제주도 방어를 들고 작업장으 로 내려왔다. 방어가 제철이다.

기름 오른 방어회에 김장용으 로 구입한 마늘 몇 알과 우리 배 추로 쌈을 삼아 잠시 휴식. 나도 못 마시는 소주 한 잔을 털어 넣 었다. 밤이 길 것이기 때문이다. 장 보러 다니면서 사진을 전혀 찍 지 못했다. 항상 양손에 뭔가를

328

들고 있거나 박스를 들고 있는 상황이었으니 사진을 찍을 수 없었다. 그래서 시각적으로 증명을 할 수 없다. 젓갈과 소금이 가장 고민스러운 재료였다. 소금과 액젓은 구례성당 유기농 가게에서 일괄 구입했다. 원래 생각했던 토판염이 있었지만 온라인으로 이미 품절 상태였다. 가격도 저렴했는데 아쉬웠다. 대안으로 성당의 유기농 가게를 찾았고 액젓은 분명히 맑고 깨끗했다.

"김장을 얼마나 하시길래 이렇게 많이 사요?"

너무 많은 것을 알려고 하지 마세요. 저도 괴로워요.

새우젓은 최근 새우젓에 조미료를 잔뜩 넣는다는 뉴스도 있었고 도저히 답을 구하기 힘들었다. 원래 내가 몇 년간 사용하던 원불교 교당의 새우젓을 염두에 두었지만 막상 전화를 하자,

"금년 새우젓이 맛이 없어."

단위농협으로 가서 구입을 했다. 판매를 하는 사람이 절대 조미료 넣지 않았다고 항변을 했지만, '아저씨나 나나 지리산 자락에 살자녀. 변산이건 강경이건 그쪽 농협에서 보내온 것을 역시 믿고 구입하는 것인데 진실은 아무도 모르자녀?' 어쩌겠나. 사야지. 100년 전부터 예정된 김장이었다면 미리 준비를 했겠지만.

밤은 깊어가고 며칠간 진행될 김장 미션의 로드맵을 머릿속으로 그렸다. 멍하니 반복된 동작이 이런 생각을 할 때에는 좋은데, 앞으로의 일과 지나간 일들을 생각하면서 찹쌀 풀을 쑤었다. 다섯 솥. 두 시간 정도만 하자던 일이 맛국물과 찹쌀 풀 때문에 역시 자정 무렵에 끝이 났다. 본격적인 전투는 다음 날부터이니 너무 무리하면 안 된다.

결전의 날

12월 1일 토요일. 결전의 날이 밝았다. 이 첫날 전투에서 승패는 거의 가늠이 날 것이다. 예정했던 진도까지 나가지 못한다면 이후 전선은 걷잡을 수 없이 연쇄적으로 무너질 것이다. 아침에 눈을 뜨자마자 내가 한 일은 종옥이 형네에게 전화를 하는 일이었다.

"형수, 김장 선수 두 명만 구해줘요."

10분 후 형수의 전화가 왔다.

"삼춘, 전부 오늘 김장한다네. 사람이 없네. 어째야 쓰까. 그래서…… 전문가는 아니라도 우리가 가면 안되까?"

"오늘 감 선별하러 안 가요?"

"토요일이라 택배 안 나가잖아요. 점심까지는 시간이 돼요."

천군만마를 얻었다. 종옥이 형네 형수 같은 레벨은 살림과 농사에서 '만랩'을 찍은 '고퀄'이다. 고수는 역시 달라서 작업장에 들어서자 마자 핵심적인 질문을 날리신다.

"간잽이가 누구여?"

"두 형수."

자, 달리자 용사들이여! 김장 전투가 시작되었다아아아아아~ !!! 간잽이 두 명과 칼잡이 네 명이 투입되었고 남자들은 힘쓰는 일에 동원되었다.

"박 과장, 과도한 액션 부탁해요!"

"늬예옙~!"

점심 먹고 한 시간 정도 더 지나서 배추 쪼개기와 간잽이 일은 끝이 났다.

일이나 배추는 산더미 같았다. 무얼까?와 박 과장은 무를 씻는 일에 투

박 과장에게 과도한 액션을 부탁했다.

입되었다. 이때부터 무얼까?는 살짝 맛이 간 상태였다. 며칠 전부터 감기에 몸살이었다. 지난밤 맛국물 작업 때문에 달밤에 불을 살핀 것이 아무래도 결정타였던 것 같다. 결국 방 안으로 쫓아내었다. 어지간한 무얼까?도 힘들었는지 사람 말을 들었다.

다듬은 무들은 대부분 방앗간에서 갈아 올 것이다. 나도 지리산노을 언니도 모두 김장 양념에 들어가는 무는 갈아서 넣는 스타일이다. 몇 개만 시각용으로 채 썰어 넣는다. 그런 스타일에서 일치하니까 지리산노을 언니가 이 김장을 주도하기를 원했던 것이다. 펀드 무는 일반 무의 1/4 사이즈다. 우리가 키운 것은 모든 것이 작다.

시간이 어찌 흘러갔는지 모르겠지만 어찌어찌 저녁을 먹었고 전투는 계속되었다. 이날 계동 치킨으로 저녁을 먹었나? 여튼…… 형수를 주축으로 월인정원과 윤하 엄마(박 과장의 마누라)는 실내에서 채소를 썰고 다듬는 일에 투입되었고 남자들은 간을 한 배추를 씻기 시작했다. 일정이 끝나야 정상인 시간에 매꼴 누님 부부가 서울에서 광주 찍고 작업장으로 도착했다. 지리산닷컴 주민들 중에서는 첫 도착이다. 아, 그러나 이 부부는 육체적으로 가장 힘든 배추 씻는 작업장으로 계속 투입되었다. 두 분이 아니었다면……. 우리 배추는 사이사이에 단풍잎이 앉아 있다. 사실 지난 몇 년간 나의 김장 배추도 마당의 감나무 아래 밭에서 채취했기에 아직도 종종 김치 사이에서 감잎이 발견된다. 그래서 나는 이 문제에 좀 무감한 편이었고 매꼴 누님네는 내 관점으로는 지나치게 세세하게 나뭇잎을 적발해서 씻어내는 작업을 지속했다. 그러다 보니 작업이 더딜 수밖에 없다.

한 박스 이상의 사과와 양파와 무와 거시기와 머시기와……. 시간이 흐르니 차근차근 성과물들이 다듬어져서 밖으로 나온다. 이것들은 모두 다음 날 아침에 방앗간에서 새우젓과 함께 갈아질 것이다. 원래는 이날 오후에 방앗간으로 가야 하는 것이 옳지만 그렇게 진행되지 못했다. 마음이 조금씩 다급해지기 시작한다. 매꼴 부부는 자정이 지나서 숙소로 올려 보냈다. 용병들을 밤새우게 할 수는 없었다.

최종적으로 지리산노을 언니와 나, 박 과장이 남아서 잔당을 소탕하는 전투를 계속했다. 배추를 씻는 일이 가장 많은 시간을 잡아먹었다. 마지막 제일 큰 고무통으로 들어간 배추는 사실 나 또한 어쩔 수 없이 다음 날 아침에 씻어야 한다는 입장이었다. 그러나 지리산노을 언니는 잠시 동의했다가 역시 정신을 차렸다. 간수에 담가둔 상태로 밤을 보낼 수는 없다는 것이다. 그러면? 일단 모두 건져서 거칠게 한 번이라도 씻어두고 첫날 전투를 끝내자는 이야기였다.

그래서 새벽 3시 30분이 되어서 첫날 전투가 끝이 나게 된 것이다. 새벽

전투 첫째 날의 진행 상황. 배추를 모두 씻어두고 끝이 났다.

2시 즈음에 라면 끓이고 소주가 투입되었는데 그때부터 박 과장은 다시 살아나기 시작했다. 무얼까?는 다시 중간에 방으로 들어가서 완전히 뻗어 버린 상태였다. 감기약도 준비하지 않은 상태였던 터라 심히 우려스러웠다.

전투 둘째 날

12월 2일. 둘째 날이 밝았다. 역시 오전에는 사진을 찍을 겨를이 없었다. 다시 살아난 무얼까?와 박 과장은 읍내 방앗간으로 갔고 나는 이런저런 물품을 구입하러 역시 읍내로 갔다. 나는 일종의 프리롤이다. 점심 준비는 내 몫이니 주방장 노릇을 해야 한다. 매꼴 누님 부부는 아침부터 다시 배추 씻기 전투장으로 배치되었고 지리산노을 언니 등의 기존 맴버들은 양념을 만드는 작업으로 투입되었다. 100근의 고추가 투입되는 김장 양념을 균등한 맛으로 준비하는 것은 결코 호락호락한 일이 아니다. 원래는 두 번에 나누어서 진행할 예정이었지만 '이 짓을 두 번 할 수는 없다.'는 결정을 진작에 내린 탓에 한 번에 모든 김장을 끝낼 것이다.

박 과장 일생의 노가다 중 가장 하드한 일을 만났다. 모든 양념을 버무리는 일이다. 대형 주걱이나 막대기로 잘 되지 않아서 온몸을 불사를 수밖에 없었다. 커다란 고무 다라이 속의 양념을 버무리는 일은 분명히 힘든 일이다. 지리산노을 언니는 모든 양념이 투입되어 한 번에 일을 끝내는 것보다 순차적으로 버무리는 것이 옳다는 판단이었고 박 과장은 그때마다 계속 형편없는 힘으로 연자방아를 돌려야 했다. 그 신음소리, 아직도 귓가에 맴돈다. 과도한 신음소리였다.

매꼴 누님 부부는 이틀째 전투장에서 격전 중이었고 점심 무렵에 호호 아씨와 악양에 사는 김영희 씨가 무임 용병으로 투입되었다. 역시 일단은 모두 배추 씻기 참호로 투입되었다. 수중전이 벌어지는 전투장에서는 고무장화가 필수적이다. 그래도 귀촌을 했거나 시골에서 노는 사람들은 기본적으로 일에 임하는 자세가 '당연하다'는 긍정의 힘을 내장하고 있다.

오전 동안 전투장에 필요한 물품 공급과 잡일을 처리하고 보니 점심 준비가 늦었다. 서둘러 밥을 하고 읍내에서 구입한 재료로 밥상을 차렸다. 그래도 김장이라 생굴을 무쳤고 대구탕을 끓였다. 수육은 필수. 그때까지 김치는 완성하지 못한 관계로 점심용으로 급하게 몇 포기에 양념을 발랐다. 우리 김장의 시식을 겸하는 것이다.

잎맥이 뚜렷하고 질긴 것이 틀림없는 우리 배추다. 이번 김장의 핵심은 김치가 아니라 배추다. 왜 주문을 중단하느냐는 질문, 마을의 다른 엄니들 김장을 대신 판매해도 되지 않느냐는 의견이 있었지만, 단호하게 '아니다'. 이 배추이기 때문에 판매하는 것이다. 일상적으로 또는 평생 여러분들이 보고 먹었던 그 배추로 김장을 할 생각이었다면, 그런 배추를 팔 생각이었다면 이번 전투는 없었다. 푸른 잎 많은 김치. 죽어도 네 쪼가리를 낼 수 없는 사이즈의 배추. 맛은? 나는 사실 지난 몇 년 동안 이 배추 이외의 다른 배추는 무늬만 배추라는 생각을 가지고 있다. 내 혀가 그리

일생에서 가장 하드한 노가다 '김장 양념 버무리기'.

생굴과 대구탕, 수육으로 급히 차려낸 점심상.

알고 있다.

점심 이후로는 달리는 일 이외에는 없다. 부지런히 양념을 치대고 남은 배추를 씻어대는 일이 우리 전투의 모든 것이다. 이제는 속도전과 인해전술을 필요로 한다. 김장을 처음 치대는 인력도 있다. 느리다. 배추 때문에. 쪼가리로 나누어지지 않는 배추가 절반이니 방석 같이 생긴 배추를 버무리듯 해야 하는데 이 일이 익숙하지 않은 것이다. 이런 배추도 처음일 것이고. 네 조각 배추가 나오면 모두 '심봤다!'를 외쳤다.

차곡차곡 통으로 옮겨지는 배추는 쌓여가지만, 연신 씻어서 다시 쌓여가는 배추를 바라보면 한숨이 절로 나온다. 무얼까?가 씻기 참호로 투입되고 점심 지나서 도착한 지리산닷컴 주민 정 씨 자매도 참호로 굴러 떨어진다. 그녀들이 상상했던 전투가 아니었던 것이다. 어쩌면 20대의 그녀들이 감당하기엔 너무 잔인한 전투였을 것이다.

"작업복은?"

"준비했는데요.(분홍색이군.)"

"신발?"

"그냥 이거 신으면 안 돼요?(부츠군.)"

부츠 벗기고 추리닝 투입하고 신병들은 그렇게 전쟁터로 끌려간다. 명

령은 단 하나다! '꼭 살아서 돌아오라우!'

다시 하루해가 저물어가려는 순간이다. 잠시 밖으로 나와서 담배 연기를 날린다. 옆에 서 있는 자매 중 동생 신병에게 물었다.

"어때, 견딜 만하나? 솔직하게 이야기하라."

"추워요. 흑흑."

"전쟁이 그런 거야."

오후에 다시 천군만마가 도착했다. 무얼까?의 어머니. 광주에 있는 일탈의 병원을 들렀다가 전투 현장으로 들어서셨다.

"하이고."

고수는 한 번에 상황을 파악하고 부엌으로 들어가셔서 10인분의 저녁을 뚝딱 준비하셨다. 그러지 않았다면 내가 저녁을 준비하거나 읍내로 나가서 밥을 사먹었을 것이다. 나 역시 지쳤기에.

그리고 저녁 밥숟가락을 던질 즈음에 다른 용병이 등장했다. 무려 남자. 그것도 서른 살. 그것도 총각. 그것도 옆 마을에서. 호호 아씨가 알고 지내던 동생을 부른 것이다. 사심 없이 그대로 칼바람에 자전거를 타고 달려와주었다. 이 청년에 대한 신원조회는 다음으로 미루고.

모든 배추는 씻겨진 상태이고 이제 모든 인력이 양념을 치대는 작업에 투입되어야 한다. 남자 인력 두세 명은 운반 전문으로 남겨두고 모든 화력을 쏟아부어야 할 전투의 클라이맥스인 것이다. 지리산노을 언니가 진작부터 달인의 투입을 눈짓으로 요청하고 있었다. 결국 김장 신동인 나는 고무장갑을 끼고 총을 잡았다. 그런데 그 순간 영화 「쿵푸허슬」 그 마을의 초절정 고수 엄니(무얼까?의 어머니)께서 역시 자리를 잡았다. 전쟁터는 일순간 적막이 감돌고 하수들은 숨을 죽이고 두 고수의 초식을 침을 꼴깍

위: 배추가 특이해 양념을 치대는 과정은 더 느렸다.
아래: 지리산닷컴 주민 정씨 자매에게 추리닝 공급 후 전투에 투입했다.

338

위: 갑자기 등장한 '삼십 세 파도리 총각'에 언니들은 열광했다.
아래: 김장 신동과 초절정 고수 무얼까?의 어머니가 동시에 자리를 잡았다.

둘째 날 전투의 장엄한 승리. 호호 아씨와 악양댁이 끝까지 마무리 작업을 하고 있다.

삼키며 곁눈질로 바라보고 있었다.

"박 과장 사진 좀 찍으라우."

두 무림 고수의 투입 이후 물을 빼려고 대기 중이던 배추들은 급속한 속도로 사라져갔다. 하수들은 모두 넋을 잃고 무릎을 꿇고 눈물을 흘리면서 절정 고수들의 보이지 않는 손을 바라보고 있었다는 전설적인 이야기.

자정까지 모두 전사한다는 정신력으로 전투를 끝장내자던 다짐이 무색하게 무려 두 시간 앞당겨 늦은 10시에 둘째 날 전투는 장렬하고 장엄한 승리로 끝이 났다. 호호 아씨와 악양댁이 끝까지 마무리 작업을 했다. 궂은일 마다하지 않는 자세들. 그것이 아름다움이다. 기쁜 마음으로 카페로 올라와서 급하게 월인정원이 구운 쿠키와 커피를 나누고 헤어졌다.

셋째 날 전투

12월 3일 월요일. 사흘째 전투. 포장 작업이다. 아침부터 읍내의 마트와 천막사 등을 쏘다니며 실탄을 마련했다. 일부 병사들은 떠나고 새로운 전력이 보강되었다. 지리산닷컴 회원 느티나무님이 도착했다. 토끼띠 갑장. 알고 보니 살림의 달인. 그리고 연곡분교로 전학 온 학부모 고은아 씨가 합류했다. 전투에 계속 참가했던 병사들은 약간 몽롱한 상태이자 미친 상태였지만 이날로 실질적인 전투가 끝이 난다는 희망 하나로, 이제 어쩌면 집으로 갈 수 있다는 희망으로 다시 전쟁터에 섰다.

박 과장은 추운 날씨에 밖에서 그 말 많던 '논란의 고구마' 선별 작업을 했다. 그리고 '파도리 서른 살 총각'이 이틀째 투입되었다.

일단 김치 주문자들의 물량부터 먼저 처리했다. 그래야 정확한 양을 가늠할 수 있기 때문이다. 펀드 배당 김장을 먼저 포장하고 주문 김장이 모자라는 상황이 오는 것은 견딜 수 없는 장면이기 때문이다. 그래서 펀드 투자자들이 받을 수 있는 김치의 양은 끝까지 오리무중이었다. 김치 주문자들의 물량이 택배로 나가고 난 오후부터 펀드 배당 박스 작업을 진행했다. 이제 막바지다.

다섯 번째 배당이다. 물류 비용 아낀다고 몰아서 배송한 혐의가 짙다. 정상적으로 발송했다면 아마 일곱 번 정도 택배가 날아갔을 것 같다. 사흘째 전투는 저녁 9시 무렵에 끝이 났다. 이제 박스 속에 편지를 투입하고 테이핑을 하면 끝이다. 그것은 다음 날의 일이다. 집으로 돌아와서 늦은 밤 마지막 배송 안내문 편지를 작성했다. 마지막이란 생각 때문이었는지 편지가 좀 길었다.

전투 마지막 날

12월 4일 화요일. 좀 과장하자면 부서질 것 같은 몸을 일으켰다. 마지막 날이다. 모두 쉬게 하고 무얼까?와 내가 마지막 작업을 진행했다. 쉬엄쉬엄 박스에 편지를 집어넣고 테이핑을 하면 되는 일이다. 점심 지나서 토지우체국 다마스는 언제나처럼 비실거리는 몸으로 물량을 가지러 왔다. 한 번에 모두 옮기지 못해서 짐을 부리고 다시 왔다. 언제나처럼 송장과 박스 개수를 확인하고 택배 비용을 확인하고 우체국 차는 떠났다.

2012년 12월 4일 오후 2시 35분에 전투는 끝이 났다. 11월 30일 저녁부터의 전투였다. 이 전투가 과연 승패가 있는 것인지 나는 알지 못한다. 그 기준은 오로지 내 마음속에, 당신의 마음속에 있을 것이다. 김장 전투를 진행하면서 전우들에게 말했다.

"내년에 하지 말아야 할 일은?"

"금년에 했던 모든 일이야."

매꼴 누님 부부, 호호 아씨, 악양댁, 섬진다원 부부, 정 씨 자매, 파도리 총각, 느티나무님, 고은아 님, 서순덕 형수님, 강진주 누님, 종옥이 형…… 누구 빠진 사람 없나? 지리산노을 언니, 윤하 엄마, 월인정원, 무얼까?와 엄니, 그리고 나. 지켜보시느라 마음 졸이시고 심지어 마음이 불편하셨을 모든 지리산닷컴의 주민 여러분들, 그리고 '맨땅에 펀드' 투자자 여러분들.

우리 모두 수고하셨습니다. ●

비실거리는 몸으로 택배 물품들을 실으러 온 토지우체국 다마스.

맨땅에 펀드 — 배당 안내문

2012. 12. 04

쌀, 김치, 청국장, 쌈배추, 디저트 무, 그 고구마

안녕하십니까. 지리산닷컴 '맨땅에 펀드'입니다. 마지막 배당입니다. 박스를 포장하는 동안 머리부터 심장 사이로 켜켜이 아릿한 감정이 쌓입니다.

■ 쌀

오미동 류정수 농부의 쌀입니다. 4년차 유기농으로 운영하고 있는 땅에서 재배한 쌀입니다. 물론 유기농 인증 같은 것은 받지 않았습니다. 저희가 인증합니다. 백미와 현미 각 2.5kg씩 담았습니다. 원래는 다른 종류의 쌀까지를 계획했지만 펀드 예산이 여의치 않았습니다. 송구스럽습니다. 쌀은 시식한 결과 깨어진 비율이 높았습니다. 건조율이 원인일 수도 있고 도정기가 원인일 수도 있는데 도정기의 한계를 주범으로 봅니다. 도정기에 따라 같은 쌀도 전혀 다르게 가공됩니다. 인근 토지면 정미소에서 빻았는데 오래된 기계들입니다. 물론 좋은 도정기는 가격이 비쌉니다. 동네 방앗간에서 장만할 수 있는 수준이 아닙니다. 하나의 지자체에 한 곳 정도 운영되고 있습니다. 그런 정미소를 활용할 것인지 부족하지만 마을의 작은 정미소를 계속 이용할 것인지는 비용이 아닌 생각의 차이가 결정할 문제입니다. 저희들은 작은 것을 살리고 싶은 입장입니다. 햅쌀이니 밥을 하실 때에는 물을 조금 적게 잡는 것이 좋습니다.

■ 김치

김치를 얼마나 배당할 수 있는지는 포장을 완료한 12월 3일 오후가 되어서야 결정할 수 있었습니다. 아시다시피 개별 판매한 분량이 있었기 때문에 이 물량들을 먼저 처리할 수밖에 없었습니다. 그리고 남은 양으로 배당 가능한 양을 결정했습니다. 3kg씩 담았습니다. 배추 모종이 여러분들 식탁의 김치가 되기까지 과정이 워낙에 지난했기에 적은 양이지만 맛있게 드시기를 기대합니다. 문수골 해발 800m 농장에서 저희들이 직접 키운 배추들은 결과적으로 흉작이었습니다. 절반은 속이 차오르지 않았습니다. 11월 10일 이후로는 거의 성장이 없었습니다. 가장 큰 원인은 가뭄이고 부차적인 원인은 퇴비 부족입니다. 퇴비를 얼마나 투입할 것인지는 저희들 내부에서도 이견이 있었는데 결국 일반적인 퇴비 투입량의 30% 정도만 공급했고 영양부족은 필연적이었습니다.

김치가 많이 질길 것입니다. 그리고 푸른 잎이 많을 것입니다. 작업에 참여하시거나 구경하신 나이 드신 어르신들의 한결 같은 말씀은 '옛날 배추 맛'이라는 것입니다. 물론 그들은 더 이상 옛날 배추를 키우지는 않습니다. 거대한 배추를 키우지요. 저희 배추는 잘 자란 놈이 마트에서 보실 수 있는 일반적인 배추의 25% 정도 사이즈입니다. 맛과 식감에 대한 평가는 철저하게 경험에 기반한 제각각의 것인데 한번 드시고 평가해주시기 바랍니다. 질기지만 고소합니다. 아삭합니다. 개인적으로는 이 배추로만 지난 5년간 김장을 했기에 일반적인 배추에서 '배추 맛'을 느끼기 힘듭니다.

양념 젓갈과 소금은 사실 저희들조차 '국내산'이라는 주장을 검증할 수단
이 없기에 고민스러웠습니다. 모두 조금 비싼 것들로 장만을 했습니다. 구례
성당 유기농 매장에서 판매하는 액젓과 소금, 지역 농협에서 '조미료 넣지 않
은 새우젓'이라고 강하게 주장하는 새우젓을 구입했습니다. 고춧가루는 새벽
구례장에서 가급적이면 생산농가에서 소량 팔기 위해 나온 것들입니다. 아주
좋은 고춧가루라고 말씀드리기는 힘들고 '좋은 고춧가루' 정도로 평가받을 수
있을 것입니다. 나머지 자세한 가공 과정의 이야기는 사이트를 참조하시기 바
랍니다.

■ 청국장

'맨땅에 펀드' 부지에서 저희들이 직접 키운 콩으로 만든 청국장입니다. 참 한
많은 콩입니다. 확실한 국산 콩이구요. 절반 정도의 콩은 수확이 빠른 편이었
고 전체 콩을 선별하기까지의 과정이 길었고 서툴렀기에 콩을 다룬 기술로 보
자면 낙제점이지만 콩 자체의 맛은 단단합니다. 오미동의 최광두 어르신 댁에
저희 콩을 드리고 제작을 의뢰했습니다. 장작불 피워 가마솥에서 끓인 콩으로
청국장을 만들었습니다.

염도가 낮은 청국장입니다. 받으시면 1회 드실 분량으로 위생비닐에 나누
어 담기 바랍니다. 그리고 1주 이후로 소비할 것 같은 경우에는 모두 냉동 보관
하시기 바랍니다. 냉장 보관으로는 오래 보관하실 수 없습니다. 식재료가 썩
고 상하는 것은 당연한 일입니다.

■ 쌈배추

김치만 드시는 것보다는 이 배추를 쌈으로 드시면 가장 확실한 배추 자체의
맛을 느낄 수 있습니다. 도착해서 시들해 보이더라도 상한 겉잎 정도 제거하고
깨끗하게 씻어서 물기를 빼는 동안 배추는 살아날 것입니다. 아주 짙은 초록
은 보이지 않을 것입니다. 그러나 훨씬 단단한 질감과 아삭함을 맛보실 수 있

습니다. 그냥 저희들이 맛보는 그 맛을 경험하시는 것이 좋겠다는 생각으로 한 포기씩 넣었습니다. 생된장에 찍어서 먹습니다만 취향에 따라 쌈장을 만들어 드시면 되겠습니다.

■ 무

무는 총각김치로 담아서 보내드릴 만큼의 양이 생산되지 않았습니다. 그래서 이 역시 받아보시면 지난번 땅콩 사태와 같이 '이걸 왜 보냈지?'라는 의문 또는 분노를 느끼실 수도 있습니다. 깨끗하게 씻어서 총각김치 스타일로 썰어 식사 후 디저트로 드셔보세요. 이 역시 사이즈와 다르게 아삭하고 단단한 맛을 느끼실 수 있을 것입니다. 실패한 농사이건 어찌 되었건 여러분들의 힘으로 지은 농사이니 한입이라도 맛보시면 좋겠습니다. 50년 전만 해도 농작물의 사이즈가 균등하지 않았습니다.-,.-
배추와 무는 위생비닐에 포장하면 좋지 않을 것 같아서 그냥 담았습니다.

■ 고구마

고구마를 보내드릴 것인지는 참 고민스러웠습니다. 두 사람이 지금 병원에 누워 있게 된 그날의 작물이기도 해서 개인적으로는 마음이 편치 않았습니다. 무엇보다 고구마의 상태가 굼벵이의 집중적인 공격으로 수확할 당시부터 흉터가 많았습니다. 한 달이 지났고 상태는 더 나빠졌습니다. 중간에 소량 판매한 고구마는 세 건의 환불 사태까지 있었습니다. 부끄러웠습니다. 스태프들의 의견도 분분했습니다. 그리고 결정했습니다. '이런 고구마였습니다.'라는 것을 보고 드립니다. 곰팡이 핀 녀석들을 골라내고 하였지만 잘 다듬어서 가급적이면 구워 드시기 바랍니다. 편으로 썰어 프라이팬에 살짝 구워 드시는 방법도 있습니다. 그러면 양도 좀 많아 보이고요.-,.-

'맨땅에 펀드 2012', 이제 마감합니다!

마지막 배당이 나갔습니다. 2013년 2월이 정확한 마감일이 되겠지만 겨울에 더 보내드릴 물품이 없는 관계로 2012년 12월로 펀드를 마감합니다. 물론 최근 저희들의 상황도 이른 마감을 재촉한 요인이기도 합니다. 대략은 구상했던 농작물 또는 가공품을 모두 구성한 2012년이었습니다. 물류 비용 등을 감안해 묶어서 보내드린 경우가 대부분이었습니다.

당연히 결산 보고를 드려야 하는데 파일을 정리하지 못했습니다. 택배는 나가야 하고 파일은 준비되지 않았으니 사이트에서 최종 보고드리겠습니다. 원하시는 분들은 개별 메일로 정리된 파일을 보내드리겠습니다. 사실은 11월부터 감, 고구마, 김치 등의 판매를 펀드 자금으로 이월시켜서 소비와 지출을 구분하는 작업을 아직 하지 못했습니다. 그래도 실무적인 지출은 계속되어야 했기에 지출 총액은 계속 집계 중이었습니다. 결론적으로 김장을 할 비용은 부족했습니다. 총괄 3000만 원의 펀드기금은 최종적으로 150만 원 정도 적자였고 그 적자는 이번의 김치 판매로 보충을 한 것입니다. 자세한 산수는 역시 사이트에서 말씀드리겠습니다.

펀드 001번을 제외하고는 본인의 펀드 가입 번호도 모르시는 상태에서 마감을 합니다. 유구무언이 당연한 송구스러운 지경인데 유구유언 중입니다. 제법 많은 생각들이 스쳐 지나갑니다. 어제 오후에 박스를 가지러 광의면으로 가는 길에는 비가 내렸습니다. 펀드의 시작부터 오늘까지의 많은 일들이 차 안을 날아다녔습니다. 재미있었습니다. 기뻤습니다. 시렸습니다. 아팠습니다. 그 모든 감정이 혼합되어 핸들을 잡고 혼자 좀 뜨겁게 올라오는 것이 있었습니다. 저희도, 여러분들도…… 우리 모두는 과연 무슨 일을 한 것일까요?

12월 12일에서 14일 사이에 '맨땅에 펀드 2013' 모집에 들어갈 것입니다. 이번에는 규모를 조금 더 늘일 계획입니다. 펀드 운용 인력도 좀 더 체계적으로 구성하고 무엇보다 펀드 운영 방식을 전혀 새롭게 기획할 것입니다. 2012년의 경험이 2013년을 결정하게 될 것입니다. 300명 모집을 목표로 작업에 들어가지만 개인적으로는 300명을 채우는 것 보다 과연 2012년 '맨땅에 펀드' 투자자들 중 몇 분이나 재투자를 결정하느냐가 이 일의 정확한 성적표라고 생각합니다. '이타적 투자의 지속성'이라는 비현실적인 언어 조합을 꿈꿉니다.

　감사했습니다. 머리 숙입니다.

2012. 12. 4. 새벽 오미동에서

지리산닷컴

대략적인 결산 보고

34

2012년
12월

펀드 기금

총수입: 30,000,000원

총지출: 29,294,980원

누락: 705,020원

- 누락은 펑크가 난 액수. 어떻게 처리할까요?

- 1분기 때 뭔가 좀 큰 액수를 기록하지 않았는데 도저히 기억이 나지 않습니다. 평

소 저의 성향으로는 굉장히 양호한 미기록 지출 상태인데, 일반적 회계 기준으로는 대단히 높은 누락 액수지요. 3억 원도 아니고 3000만 원에서 70만 원 누락은.

- 감히 제 연봉으로 처리해주시기를 요청합니다.

김치

수입: 3,122,000원

지출: 3,040,920원

순익: 81,080원

- 하하하하하하하하하하하하⋯⋯.

- 전우들에게 송구스럽습니다. 원래 계획한 지출은 200만 원이었거든요.

- 실질적으로는 김장 지출의 양념 비용이 펀드 투자자들을 위해 40% 넘어갔다고 보시면 됩니다. 기대했던 '엄청난 이윤'은 발생하지 않았습니다.

- 배추 모종과 스프링클러 작업 등에 들어간 비용을 더한다면? 70만 원 정도의 적자일 것입니다.

- 뭐 이런 장사를 할 수 있는 것인지. 정말 하늘이 내린 사업 수완이라고 볼 수밖에는⋯⋯.

- 김치는 대략 전체 750kg 만들었습니다.

감+고구마+토란

수입: 835,000원

지출: 206,000원(택배/포장/환불)

순익: 629,000원

- 이 대목은 전체 산수에서 제외하겠습니다.

12월 7일 금요일. 대략적인 결산을 지리산닷컴 사이트에 올렸다. 다음 날 경북 봉화로 며칠간의 출장이 예정되어 있는 터라 1차적인 정리를 더 미룰 수가 없었다. 돌아와서 다시 세밀히 정리하기로 했다.

그 외에는 얼마 동안 새로운 일에 진입하지 않고 몸을 추슬렀다. 한 해의 마지막에 도달해 있고 나에게는 아직 끝내지 못한 몇 가지 일들이 남아 있다. '맨땅에 펀드'는 2012년에 나의 개인적인 일들을 많이 지연시켰다. 나에게 있어 2012년은 어쩌면 '맨땅에 펀드'와 연곡분교가 70% 이상의 의미를 차지할 것이다.

펀드 배송 5회, 쌀 배송, 밀가루 배송, 감, 고구마······. 내 책상에는 대략 1000장 정도의 택배 영수증이 쌓여 있다. 결산을 해야 하는데 쉽게 엄두가 나지는 않는다. 특히 11월부터 급속하게 뒤죽박죽이 되어버린 내 계좌에서 그 모든 항목들을 구분해내는 일은 제법 '주의'와 '집중'을 요하는 일인데 나는 사실 완전히 긴장이 풀린 상태다. 그래서 가급적이면 꼬박꼬박

356

기록을 하려고 했던 기존의 수입·지출 파일에 최근 택배 발송 내역을 집계해서 맨 위 개략적인 산수를 끝낸 것이다.

그리고 해질 무렵에서야 구례병원으로 가서 류정수에게 최근에 출간한 내 책 『아버지의 집』을 손에 쥐어 주었다. 구례에 있는데도 문병을 자주 하지 못했다. 봉화로 출발하기 전에 일탈을 문병할 계획이었지만 다음 주로 미루었다. 그렇다. 일상적으로 내 머릿속은 11월 1일 이후로 병원에 누워 있는 두 사람에 대한 생각이 많이 자리하고 있다. 일을 하다가도 문득 생각이 나는 것이다. '맨땅에 펀드 2012'는 어쩌면 이들이 병원에 누워 있는 한 종료될 수 없는 것이다. 한 사람은 대략 한 달 후, 다른 한 사람은 대략 두 달 후에나 오미동으로 귀환할 것이다. 우리는 일상적으로 병원에 있는 사람들 이야기를 잘 하지 않는다. 그냥 눈앞에 닥친 전투에 대해서만 이야기한다. 그러다가 어느 장면에서 '너의 마음속'을 듣는 경우가 있다.

대부분이 제각각의 이유로 그날 일의 원인을 자신에게 두고 있는 것이다. 제각각의 자책이 최근 우리를 움직이게 한 에너지였을 것이다. 그러나 이제 우리 그것을 그만 내려놓자. 우리들 중 어느 누구도 상황을 피하지 않았고 곁눈질 없이 정면을 응시했다. 그래서 고맙고 그래서 힘을 얻었다. 그것이면 족하다. 우리는 그것을 확인했고.

목요일 저녁 준비를 하는데 일탈의 문자를 받았다.

역시 지리산닷컴은 밖에서 지켜보는게 더 잼나네요.^^ 앤딩크레딧에 이름을 못올린 게 좀 아숩긴 한데 그래도 뭔가 뭉클하네요. 눈물 날라 그래요.

'맨땅에 펀드 2012' 마지막 글은 일탈과 류정수를 위한 엔딩크레딧이다. 두 사람을 위한 김치를 남겨두었다. 그리고 오미동의 대평댁, 지정댁,

갑동댁, 대구댁, 박샌, 운암댁, 영후…… 이곳에 등장한 모든 분들과 풀과 꽃과 나무와 종자와 열매와 바람과 비와 눈과 천둥과 번개와 무엇보다 맨 땅에게. ●

에필로그

어딘가에 있을 무언가를

'맨땅에 펀드'가 종료된 2012년 연말에 손님이 찾아왔다. 한국농수산식품유통공사에서 용역 의뢰를 받은 모 대학의 조사팀들이었다. 근자에 유행하는 '꾸러미' 사업을 중심으로 한 CSA(농사의 책임과 수확물이 공유되는 농민-소비자 간의 제휴, 2013 한국농수산식품유통공사 용역보고서 「CSA 활성화 방안 연구」-28쪽의 설명) 사례로 '맨땅에 펀드'를 취재하기 위한 방문이었다.

이런 방문이나 매체에서 던지는 첫 질문은 항상 같다.

"맨땅에 펀드란 게 도대체 뭡니까?"

나의 대답도 항상 같다.

"저도 잘 모릅니다."

시건방이나 무성의로 그런 것이 아니라 실제 나 역시 '맨땅에 펀드'란 것을 어떻게 규정해야 하는지 잘 모른다. 또는 그런 개념 규정이 명확해야 한다는 강박이나 의무감도 없다. 역시 표현이 모호하여 상황을 더 악화시키겠지만 동물원의 옛 노래 「시청앞 지하철 역에서」의 노랫말 한 대목과 같은 것이 '맨땅에 펀드'라는 생각이다.

그렇듯 더디던 시간이 우리를 스쳐 지난 지금

너는 두 아이의 엄마라며 엷은 미소를 지었지

나의 생활을 물었을 때 나는 허탈한 어깨 짓으로

어딘가에 있을 무언가를 아직 찾고 있다 했지

당연하게도 아주 거창한 꿈을 말하는 것이 아니다. 구체적이지도 않다. 다만, 30년 전에 지금 나의 모습을 예정하지 않았던 사람들 마음속에 잠자고 있던 "어딘가에 있을 무언가를" 끄집어내는 것이 '맨땅에 펀드'의 의미라고 생각한다.

"너도 아직 그런 생각을 하고 있었어?"

그것을 확인하고 싶었다. 어처구니없는 펀드 기획안을 보고, 투자를 결정하고, 메일을 보내고, 심지어 심사를 받아야 하고, 그리고 얼굴 한 번 본 적 없는 이의 계좌로 이체 확인 버튼을 클릭했던 100명의 투자자들도 나와 같은 생각이었을 것이다. 그들이 배당받고 싶었던 것은 내 가족이 안심할 수 있는 밥상이라기보다는 "어딘가에 있을 무언가를" 확인하는 일이었을 것이다.

이타적인 펀드의 이례적인 성공

'맨땅에 펀드'는 기존 시장의 잣대로 보자면 명백하게 바보 같은 투자 행위다. 투자 행위의 본질이 '이타적'이기 때문이다. '맨땅

에 펀드'의 핵심적인 두 가지 특징
은, 소비자가 생산자(공급자), 품
목, 가격에 대한 선택 또는 결정권
을 가지지 못한다는 점과 주 단
위 펀드 중계를 통해 함께 생산하
는 동질감을 유지한다는 사실이
다. 일상에서 우리가 구매를 결정
하는 가장 큰 이유는 두 가지다.
필요와 가격. '맨땅에 펀드'는 이
두 가지 구매 요건 중 무엇 하나
도 충족시킬 수 없는 상품이다.

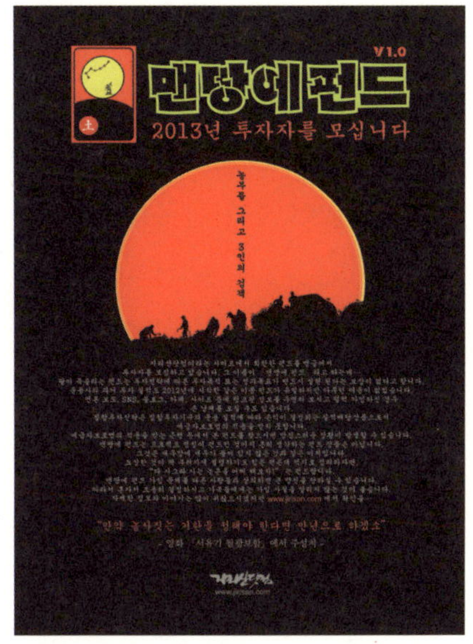

이런 성격의 30만 원짜리 상품
을 100개 팔아야 했다. 그래서 채택한 전략이 '이래도 살래?'라는 방식이
었다. 우리가 가진 모든 문제점을 좀 더 과장하고 희화화하는 것이다. 실
제 발생할 수도 있는 문제점을 심각하지 않은 것처럼 표현하고 포장하는
것이다. 그러나 모든 단점을 숨기지 않고 설명했으니 상품 구매의 책임을
온전히 소비자에게 전가시킬 수 있는 것이다. 우리가 가진 장점을 나열하
거나 심각하고 진지하게 투자 가치가 충분하다는 투로 상품을 광고했다
면 100개의 계좌를 모두 팔 수 없었을 것이다. 세상에는 그렇게 스스로를
자랑하는 상품이 열에 열하나이기 때문이다.

솔직하지 않은 세상에서의 경험이 우리 인생의 99%을 차지했다면 '맨
땅에 펀드'를 통해서 다른 1%의 세상을 만들어보고 싶었다. 3000만 원 연
봉을 기준으로 보자면 연간 30만 원의 투자는 자신의 피와 살을 1% 포기

하는 바보 같은 투자에 해당한다. 1%는 어쩌면 포기할 수 있는, 한 번 정도 속아줄 수 있는 마지노선이었을 것이다. 2012년 투자자 100명 중 2013년에도 속아보자고 다시 투자를 결정하신 분들은 67명이다. 재구매율 50%를 넘어선 것은 개인적 잣대로 보자면 만족스러운 수치다. 그렇다면 '맨땅에 펀드 2012'는 정말 성공적이었을까? 정확하게는 이루고자 했던 목표를 달성했을까? 더 정확하게는 목표라는 것이 있기나 한 것이었을까?

'맨땅에 펀드'가 진짜로 원하는 것

'맨땅에 펀드'가 생산하고자 했던 것은 농산물이 아니라 이야기였다. 생산하고자 했던 이야기의 내용이 시골 마을이고 농사고 농부였던 것이다. 따라서 개인적으로는 유기농산물이나 무농약 같은 것에 주요한 관심을 두지 않았다. 시골에서 7년 정도 살아보니 한국 농업 문제를 풀어나갈 중심 과제는 직거래를 중심으로 한 유통이지 농산물 생산방식이 아니었다.

선언적 국가 농정과 소비자가 아무리 유기농을 강조해도, 엘리트 농부나 귀농한 젊은 농부들이 스스로 직거래를 개척하지 않으면 기대하는 경제적 보상을 받기 힘들다. 이런 현실은 시골의 무지랭이 늙은 농부가 유기농으로 전환하지 않거나 못하는 이유이기도 하다. 농사짓고 블로그와 SNS 꾸준하게 운영하고, 사진과 글까지 다룰 줄 아는 슈퍼맨을 아직 보지 못했다. 따라서 '맨땅에 펀드' 운용사 지리산닷컴의 주요한 역할은 중계방송이었다. 중계는 충실하게 수행했다. 그러나 자체 임대 농지를 운영하는 방식을 취하면서 최초 구상보다 일의 하중이 커졌다. 취재하고 구라만 풀면 될 것이란 판단은 완전한 환상이었다. 7년을 시골에서 살았는데도 그런 오판을 하는 것이다.

이루기 힘든 꿈이라고 생각했지만 장기적으로는 펀드를 진행한 오미동 정도 규모의 마을(실 거주 40가구 정도)이 도시 1000가구 정도와 끈을 맺는다면 마을경제 자체를 해결할 수 있을 것이란 구상을 했다. 자체 임대 농지를 운영했던 이유도 점진적으로 오미동 내에서 펀드 영향권 안의 농지를 확대하려는 의도 때문이었다. 거칠게 표현하자면 '돈을 보여주고' 따라오시라는 사인을 보내는 방식이다. 이것은 장기적인 관점을 필요로 하고 지리산닷컴과 나의 지구력을 필요로 하는 일이다. 그 출발점은 사람이고 그래서 펀드매니저를 두었다. 2012년은 이른바 놉(인건비)을 지불하는 방식이지만 이후에는 소액이라도 월급을 지불하는 방식을 생각했다. 농지가 없거나 노동 가능한 마을 분들은 임금을 지불하고 마을 농산물은 지리산닷컴이 지자체나 농협 대신 직접 수매하는 것이 가장 이상적인 모양이다.

면 단위에서 노인일자리와 공공근로를 진행한다. 일거리를 주는 것이다. 농협은 수매라는 제도를 통해서 1년에 두 번 정도 농민들이 목돈을 만질 수 있게 한다. 이 모든 것은 시골 경제를 움직이는 헤게모니의 핵심이다. 그래서 '맨땅에 펀드'가 마을 사람들을 위한 월급제 일자리를 만들고 직접 수매를 실행한다는 것은 하나의 혁명이다. 한 사회를 운영하는 시스템 중심부에 있는 '권력' 입장에서 시스템의 영향권 밖에 존재하는 '그 무엇'은 아주 불편한 존재다. 생각해보라. 농협에서 5만 6000원의 수매가를 제시했을 때, 지리산닷컴은 7만 원의 수매가를 제시한다. 중간 유통 과정을 최소화할 것이니 가능한 일이다. 기존의 권력과 싸우거나 청원할 필요가 없는 것이다.

  그러나 '맨땅에 펀드 2013' 기획안은 다른 방식을 채택했기 때문에 주절거린 미션은 실패했거나 유보된 것이다. 단순 일자리 창출은 가능했지만 그 인력이 제한적이었다. 마을에서 운용 가능한 인력은 내 생각보다 훨씬 적었다. 따라서 펀드매니저들은 몇몇 사람들로 굳어졌다. 그리고 얼마 지나지 않아서 기존의 인력들은 일종의 카르텔을 형성했다. 이전부터 살아온 사람들 사이에, 보이지 않지만 명백하게 존재하는 일종의 구획은 전체 판을 새로이 짜지 않는 한 나 같은 '외지 것'이 개입해서 해결할 수 있는 문제가 아니다.

  또 펀드매니저들과 지리산닷컴의 관계가 단순히 돈을 주고받는 관계에 머문다면 문제가 있는 것이다. 펀드매니저들은 효율적으로 일을 하지 않았다. 자신이 알고 있는 농사 노하우를 말하지도 않았다. 펀드매니저들에게 '맨땅에 펀드'는 단지 생각보다 짭짤한 아르바이트 같은 것이지 '내 농사'는 아니었다. 돈을 매개로 한 관계 이상으로 진전되지 않았다. 따라서 돈의 공급이 끊어지면 관계도 끝이 나는 것이다. 펀드를 진행하기 전에도 마을 엄니들과 나의 관계는 좋았다. 얽혀 있는 이해관계가 없었기 때문이다. 펀드는 좋았던 관계에 돈이라는 요소를 더했고 그 요소는 독이 될 수도 있는 것이다. 뭔가 다른 방식을 마련해야 했다.

  '맨땅에 펀드'는 공과 사를 막론한 기관의 지원을 배재하고 뭔가 일을 꾸미는 것이다. 시골에 살다 보면 각종 지원이 허공에 비닐 날아다니듯이 보인다. 도시에 살 때에는 보이지 않았는데 시골에서는 잘 보인다. 그것은 대한민국의 정책 지원이 시골에 집중된 탓에 그런 것이 아니라 이곳은 그만큼 인구가 적고 여백이 많기 때문일 것이다. 전 국토에서 진행되는 정책 지원의 규모는 시골 마을과 비교할 액수가 아니다. 그럼에도 불구하고

시골에서 정책 지원의 결과물은 피부에 와닿지 않거나 낭비에 가까운 경우가 많았다. 원인은 간단하다. 지원금의 탄생은 마을과 영농조합법인의 '니즈'가 동기가 아니다. '그런 돈'이 마련되어 있어 '니즈'가 탄생한다. 그리고 눈먼 돈은 손가락 사이로 빠져나간다.

시스템 밖에 존재하고 싶다

'맨땅에 펀드'는 결국 자본으로부터, 예산으로부터의 독립을 염두에 둔 실험이었다. 어느 누구도 결정적인 액수를 투자할 수 없다. 1인 1계좌가 원칙이었다. 혹여 작고 큰 지자체에서 지원을 제안해 온다고 해도 받지 않으면 그만인 것이다. 실제 진행 중에 그런 제안들도 있었다. 어차피 어딘가에 소모될 예산인데 우리가 좀 사용한다고 죄가 되는 것은 아닐 것이다. 장기적인 운영을 생각하면 사회적 기업이나 협동조합 성격의 법인을 설립

하고 인건비를 지원받는 방안을 내부적으로 논의하기도 했다. 부인할 수 없는 펀드 운영의 중심인 나조차 언제까지 무임으로 이 일을 할 수 있을까? 그러나 몇 차례의 논의는 항상 '그냥 이대로 가자.'로 정리되었다. 그 망할 놈의 '정서'가 그것을 용납하지 않았다. 더 솔직하게는 '쪽팔리잖아.' 가 개인적인 이유였다.

2012년 연말에 찾아왔던 한국농수산식품유통공사의 용역 의뢰를 받은 조사팀들이 최종보고서를 보내왔다. 그리고 며칠 뒤에 해당 기관의 메일과 전화를 받았다. 2013년 2월에 'CSA활성화 토론회'를 개최하는데 '맨땅에 펀드'팀도 참석할 수 있는지 물어왔다. 물론 참석하지 않았다. 그리고 이후에 자료를 검색하다가 그날 모임의 내용을 일별할 수 있었다.

농수산식품유통공사는 110억 원의 예산을 책정해서 총 출자금 1억 원 이상, 조합원 열 명 이상인 꾸러미 또는 CSA에 해당하는 전국 열 군데를 선정해서 지원하겠다는 정책을 세운 모양이다. 공동 사이트 제작은 항상 예산 집행에 포함되는 단골손님이고 홍보와 융자 지원을 골자로 한 내용이었다. 이전에 유기농이 대형마트 유기농산물 코너로 걸어 들어갔을 때 게임은 끝이 났다는 표현을 한 적이 있다. 주류 시스템은 항상 주변과 변방의 쓸 만한 아이템을 시장으로 흡수하려는 노력을 게을리하지 않는다. 범생이건 개털이건 교실에 존재해야 통제할 수 있으니까.

'맨땅에 펀드'는 여전히 시스템 밖에 존재하기를 원한다. 그렇게 생존하는 것이 '어딘가에 있을 무언가를' 포기하지 않는 모습이라고 생각한다. 이것은 물론 절대적인 조건은 아니다. 방법론의 차이일 것이다. 나 역시 나중에 필요할지도 모를 퇴로는 열어두어야 할 것이다. 그러나 아직은 그 퇴로를 사용할 생각이 없다.

행복했다

나는 결코 긍정적인 사고방식을 가진 사람이 아니다. 최선보다 최악의 경우를 상정하는 것이 과업에 임하는 나의 기본자세다. 펀드 진행 과정의 여러 대목에서 힘들었다. 예상보다 많은 시간이 투여되었던 탓에 개인적인 밥벌이 업무도 제법 피해를 입었다. 생각보다 잦았던 몸 쓰는 일을 나는 진실로 싫어했다. '나는 사무직이다!'라고 항변했지만 주변에서는 나의 외침을 무시했다. 옥산식당에서 점심 먹는 것이 어느 순간부터 정말 싫었지만 멀미 때문에 더 멀리 이동하는 것이 힘든 대평택의 상황을 외면하지 못한 것도 표현한 것보다는 더 힘들었다. 길 아래 땅에서 농사를 짓는다는 것이 얼마나 많은 간섭에 시달려야 하는지 알아가는 과정도 피곤했다. 반복되는 잔소리를 배경음으로 자동 변환시킬 수 있는 사람은 그렇게 많지 않다.

그런데 즐거웠다. 그것은 이상한 일이기도 했고 당연한 일이기도 했다. 즐겁지 않았다면 '맨땅에 펀드'를 진행할 이유가 없었다. 계획은 엉성했고 일은 서툴렀기에 힘든 것은 예정된 것이었고 우리는 예정된 시기에 예정된 만큼 지쳐갔다. 그것은 죽을 것 같은 피곤함이 아니라 예정된 마지막을 향해 걸어가는 약간 나른하고 기분 좋은 피곤함이었다.

도합 500개 정도의 택배가 날아갔고 토요일 배송을 요구했던 한 분에게 딱 한 번 주중 배송이 된 것 이외에 실수가 없었다. 투자자들은 사이트에서 응원과 안타까움을 댓글로 반응했고 단 한 사람도 불만을 표시하지 않았다. 불만이 없을 수 없지만 그 불만을 표현하지 않기로 작정한 그 무언의 카르텔이 감동적이었다. 이곳 오미동에서, 서울 양재동에서, 광주 용봉동에서, 대구 범어동에서, 부산 명륜동에서, 파주 문발동에서 피곤한

하루를 끝내고 모니터 앞에 앉아 농사짓는 바보들과 농사도 모르는 바보들의 좌충우돌 이야기를 지켜보고 이 영화가 해피엔딩으로 끝날 수 있도록 끝까지 인내해준 투자자들이 없었다면 애초에 이 영화는 불가능했다. 그들은 썩은 고구마와 밤톨 크기의 감자와 곰팡이 핀 땅콩과 상처 난 감을 참아주었고 심지어 두 손으로 받아주었다. 내 부모가 지어준 농사라면 가능할까. 그래서 '맨땅에 펀드'는 행복했다.

모든 일이 끝난 12월 6일 오후. 휴식을 겸한 눈 풍경을 촬영한다고 이곳저곳을 돌아다녔다. 오후 3시 무렵에 무얼까?의 집이자 '맨땅에 펀드' 작업장을 방문했다. 인기척을 내었지만 무얼까?는 반응이 없었다. 조용히 방문을 열었다. 곤히 잠들어 있었다.

자칭 '나는 설비다.'라고 말하는 친구답게 전동 드라이버를 손에 쥔 채

잠이 들었다. 무얼까?가 잠이 든 것을 보니 정말 펀드가 종료되었다는 실
감이 밀려왔다. 일탈과 정수 그리고 무얼까?의 왼발에게 특별한 고마움을
전하고 싶다.

언젠가 우리 다시 만나는 날에 빛나는 열매를 보여준다 했지

우리의 영혼에 깊이 새겨진 그날의 노래는 우리 귀에 아직 아련한데

라라랄라라라랄라……

'맨땅에 펀드'는 2013년 지금도 계속 진행 중이다.

2013년 5월 지리산자락 오미동에서

지리산닷컴 이장 권산

부록 차례

부록 차례

부록1 ─ 최종 결산 내역

고백컨대 2012년 12월, 지리산닷컴 사이트에서 말씀드린 결산과 차이가 크다. 당시 누락 705,020원으로 말씀드렸다. 누락이란? 기록하지 못한 지출이다. 원래 돈 관리가 허술한 사람이라 어느 정도는 예상을 했지만 2013년 1월 말에 최종 파일을 무얼까?에게 넘겨 항목별 정리를 부탁했는데 돌아온 파일에서 누락 액수는 2,048,100원으로 증가해 있었다. 고민과 자학이 시작되었다. 나는 왜 돈 관리가 안 되는 것일까. 누락 액수를 줄이기 위한 장부 조작 유혹과 차액을 채워 넣는 방법, 그리고 그냥 솔직하게 밝히고 '나를 죽이시오!'라고 쌩까는 방법 중에서 하나를 선택해야 했다. 아니면 나의 인건비로 이해해달라고 할까? 고민하다가 투자자들에게 결산 보고 파일을 발송하는 시기가 차일피일 미루어졌다. 아무도 왜 결산 보고를 하지 않느냐는 항의를 하지 않았다. 그냥 넘어갈까……. 책 출간을 앞두고 마지막 원고를 만지면서 결국 이 책을 통해서 고백하는 방식으로 결정을 했다.

"투자자 여러분들께서는 누락 2,048,100원 그대로의 결산 보고서를 받아주시기 바랍니다. 저를 쳐 죽이시려면 구례로 내려오세요."

총결산

수입 내역

구분	내역	비고
펀드 기금	30,000,000	
김장 판매	3,122,000	
합계	**33,122,000**	

지출 내역

구분	내역	비고
펀드 지출	28,032,980	1분기, 2분기, 3분기
김장 지출	3,040,920	
합계	**31,073,900**	

차액	**2,048,100**	**총수입 – 총지출 ▷ 누락**

1분기(3~5월)

No.	항목	금액
A	자재 소계	1,366,480
B	식대 소계	298,300
C	인건비 소계	3,715,000
D	배당 소계	4,150,000
E	임대료 소계	2,300,000
F	물류 소계	700,000
	1분기 총합계	**12,529,780**

2분기(6~8월)

No.	항목	금액
A	자재 소계	231,500
B	식대 소계	135,200
C	인건비 소계	1,430,000
D	배당 소계	4,500,000
E	물류 소계	350,000
	2분기 총합계	**6,646,700**

3분기(9~11월)

No.	항목	금액
A	자재 소계	1,666,000
B	식대 소계	260,500
C	인건비 소계	3,695,000
D	배당 소계	2,500,000
E	물류 소계	735,000
	3분기 총합계	**8,856,500**

김장 지출 내역

No.	항목	금액
	김장 총합계	**3,040.920**

맨땅에 펀드 — 2012 결산 보고서

상세 내역

1분기 결산

No.	항목	금액	내용	날짜
1	A – 자재	620,000	퇴비	
2	A – 자재	88,000	감자1	
3	A – 자재	79,000	감자2	
4	A – 자재	40,000	씨고구마	
5	A – 자재	200,000	포클레인	
6	A – 자재	60,000	전기톱 연료	
7	A – 자재	56,000	땅콩 종자	
8	A – 자재	30,000	감나무 빨간약	
9	A – 자재	10,000	토란 종자	
10	A – 자재	5,000	땅콩 종자 한 되	
11	A – 자재	4,000	들깨 종자 반 되	
12	A – 자재	3,000	옥수수 반 되	
13	A – 자재	12,980	포장 비닐	
14	A – 자재	30,000	포장 놉1	
15	A – 자재	28,500	식대감나무연고	
16	A – 자재	15,000	작업 의자	
17	A – 자재	10,000	토란 종자2	
18	A – 자재	23,000	채소 씨앗	05.03
19	A – 자재	12,000	물뿌리개	05.04
20	A – 자재	40,000	호스압력분사기	05.07
	A 소계	**1,366,480**		
21	B – 식대	51,500	점심	
22	B – 식대	12,400	술과 컵 등	
23	B – 식대	6,000	짬뽕 국물	
24	B – 식대	20,000	1차 배송 식대	

No.	항목	금액	내용	날짜
25	B – 식대	30,000	점심	
26	B – 식대	17,500	점심값	05.01
27	B – 식대	20,000	점심	05.07
28	B – 식대	5,500	윤병술 인터뷰	05.09
29	B – 식대	21,000	점심	05.14
30	B – 식대	25,000	점심값	05.22
31	B – 식대	2,900	아이스께끼	05.22
32	B – 식대	20,000	점심값	05.24
33	B – 식대	1,500	생수 3병	
34	B – 식대	45,000	점심	05.26,27
35	B – 식대	2,500	생수 5병	
36	B – 식대	5,000	비비빅 10개	
37	B – 식대	12,500	점심	05.30
	B 소계	298,300		
38	C – 인건비	20,000	대평댁	
29	C – 인건비	300,000	감 인건비	
40	C – 인건비	20,000	감 연고 놉1	
41	C – 인건비	150,000	엄니 놉	
42	C – 인건비	150,000	놉 3인	05.01
43	C – 인건비	2,000,000	신성호	05.08
44	C – 인건비	150,000	놉 3인	05.22
45	C – 인건비	150,000	놉 3인	05.24
46	C – 인건비	200,000	놉 4인	05.26
47	C – 인건비	200,000	놉 4인	05.27
48	C – 인건비	225,000	놉 5인	05.28
49	C – 인건비	150,000	놉 3인	05.30
	C 소계	3,715,000		
50	D – 배당	900,000	산마늘	
51	D – 배당	350,000	두릅	
52	D – 배당	900,000	인큐오이	05.14

No.	항목	금액	내용	날짜
53	D – 배당	2,000,000	산마늘, 표고	05.14
	D 소계	4,150,000		
54	D – 임대료	1,500,000	논 임대료	
55	D – 임대료	800,000	감 임대료	
	D 소계	2,300,000		
56	E – 물류	350,000	택배	04.23
57	E – 물류	350,000	택배	05.14
	E 소계	700,000		
	1분기 총합계	12,529,780		

2분기 결산

No.	항목	금액	내용	날짜
1	A – 자재	10,000	고구마 순 (대평댁)	06.01
2	A – 자재	2,000	상추 씨 (대평댁)	06.01
3	A – 자재	50,000	박스	07.10
4	A – 자재	169,500	수로 비용	07.17
	A 소계	231,500		
5	B – 식대	10,000	점심	06.08
6	B – 식대	17,500	점심	06.09
7	B – 식대	29,000	점심	06.16
8	B – 식대	31,500	점심, 맥주	06.17
9	B – 식대	4,000	음료	06.17
10	B – 식대	18,000	점심감	06.23
11	B – 식대	7,200	비비빅	06.23
12	B – 식대	18,000	식대	07.10
	B 소계	135,200		
13	C – 인건비	30,000	대평댁 놉	06.09
14	C – 인건비	150,000	놉 3인	06.16
15	C – 인건비	150,000	놉 3인	06.17
16	C – 인건비	60,000	놉 2인	06.18

No.	항목	금액	내용	날짜
17	C – 인건비	150,000	놉 3인	06.21
18	C – 인건비	200,000	놉 4인	06.23
19	C – 인건비	50,000	규성 놉	07.10
20	C – 인건비	50,000	권산 놉	07.10
21	C – 인건비	80,000	대평댁 놉	07.27, 28
22	C – 인건비	80,000	지정댁 놉	07.27, 28
23	C – 인건비	80,000	갑동댁 놉	07.27, 28
24	C – 인건비	80,000	박샌 놉	07.27, 28
25	C – 인건비	80,000	운암댁 놉	07.27, 28
26	C – 인건비	50,000	대구댁 놉	07.27, 28
27	C – 인건비	40,000	강샌 놉	07.27
28	C – 인건비	50,000	서규성 놉	
29	C – 인건비	50,000	노정애 놉	
	C 소계	1,430,000		
30	D – 배당	2,200,000	꿀	07.10
31	D – 배당	1,100,000	매실 효소	07.10
32	D – 배당	800,000	밀가루	07.10
33	D – 배당	400,000	허브차	07.10
	D 소계	4,500,000		
34	E – 물류	350,000	택배	07.10
	E 소계	350,000		
	2분기 총합계	6,646,700		

3분기 결산

No.	항목	금액	내용	날짜
1	A – 자재	250,000	배추 모종	
2	A – 자재	50,000	배추 약	
3	A – 자재	82,000	호스 1차	
4	A – 자재	92,000	호스 2차	
5	A – 자재	86,000	쿨러 작업	

No.	항목	금액	내용	날짜
6	A – 자재	40,000	물엿	06.01
7	A – 자재	162,000	퇴비	06.01
8	A – 자재	45,000	일자사다리	07.10
9	A – 자재	50,000	박스 100개	
10	A – 자재	9,000	테이프	
11	A – 자재	300,000	청국장 OEM	
12	A – 자재	50,000	박스 100개	
13	A – 자재	450,000	감밭 약 – 이종회	
	A 소계	1,666,000		
14	B – 식대	23,000	배추 점심	09.01
15	B – 식대	30,000	땅콩 점심	09.22
16	B – 식대	5,000	막걸리	09.22
17	B – 식대	17,000	점심	10.20
18	B – 식대	26,000	점심	10.21
19	B – 식대	5,000	막걸리	09.24
20	B – 식대	40,000	점심	09.24
21	B – 식대	13,000	점심	10.25
22	B – 식대	5,000	막걸리	10.26
23	B – 식대	28,000	점심	11.11
24	B – 식대	28,000	점심	11.13
25	B – 식대	23,000	점심	11.14
26	B – 식대	17,500	점심	11.15
	B 소계	260,500		
27	C – 인건비	30,000	영후 놉	09.22
28	C – 인건비	100,000	박샌 놉	
29	C – 인건비	150,000	대평댁 놉	
30	C – 인건비	45,000	진주씨 놉	
31	C – 인건비	45,000	도동댁 놉	
32	C – 인건비	25,000	오동댁 놉	
33	C – 인건비	50,000	권박서 놉	

No.	항목	금액	내용	날짜
34	C – 인건비	100,000	대평댁 놉	11.01
35	C – 인건비	100,000	지정댁 놉	11.01
36	C – 인건비	3,000,000	신성호	
37	C – 인건비	50,000	영후 놉	11.15
	C 소계	3,695,000		
38	D – 배당	1,000,000	조청 100개	
39	D – 배당	1,500,000	류정수 쌀	
	D 소계	2,500,000		
40	E – 물류	346,500	택배	10.25
41	E – 물류	3,500	택배	10.26
42	E – 물류	385,000	택배	12.04
	E 소계	735,000		
	3분기 총합계	8,856,500		

김장 지출 내역

No.	항목	금액	내용	날짜
1		96,000	소금 60kg	11.14
2		1,200,000	고춧가루 100근	11.23
3		285,000	마늘 28kg	11.28
4		105,000	쪽파 20단	11.28
5		15,000	갓 6단	11.28
6		42,000	계동치킨(배추 뽑고)	11.28
7		87,800	축협하나로 / 사과, 건어물, 양파	11.29
8		235,000	농협하나로 / 젓갈, 양파, 사과, 찹쌀, 설탕	11.29
9		99,500	구례성당 / 액젓, 소금 20kg	11.29
10		53,000	저녁밥	12.01
11		24,410	점심장	12.01
12		27,000	축협 / 뒤포리, 다시마	12.02
13		47,710	농협 / 까나리, 종이컵, 소주 등	12.02
14		38,000	방앗간 / 막걸리, 비닐	12.02

No.	항목	금액	내용	날짜
15		10,000	통비닐	12.02
16		100,000	파도리 총각 놉	12.03
17		100,000	쿵푸엄니(신성호 맘) 놉	12.03
18		110,000	스티로폼, 비닐 등	12.03
19		156,000	택배	12.03
20		9,500	택배	12.06
21		200,000	전체 회식(펀드 스태프 망년회)	12.31
김장 총합계		3,040,920		

전라남도 구례군 토지면 오미리 오미마을 안내도

문수계곡
산책로
대나무.소나무
도토리나무 군락지
운암댁
본동
갑동댁
운조루
지청댁
대평댁
금강댁
하죽마을
오미정
당산나무
대구댁
맨땅에 펀드 농지
새뜸
완공 예정
곡전재
섬진강대로(19번 국도)
토지면•하동방면
오미마을 반찬공장

지리산댓껍
운조루
옥수

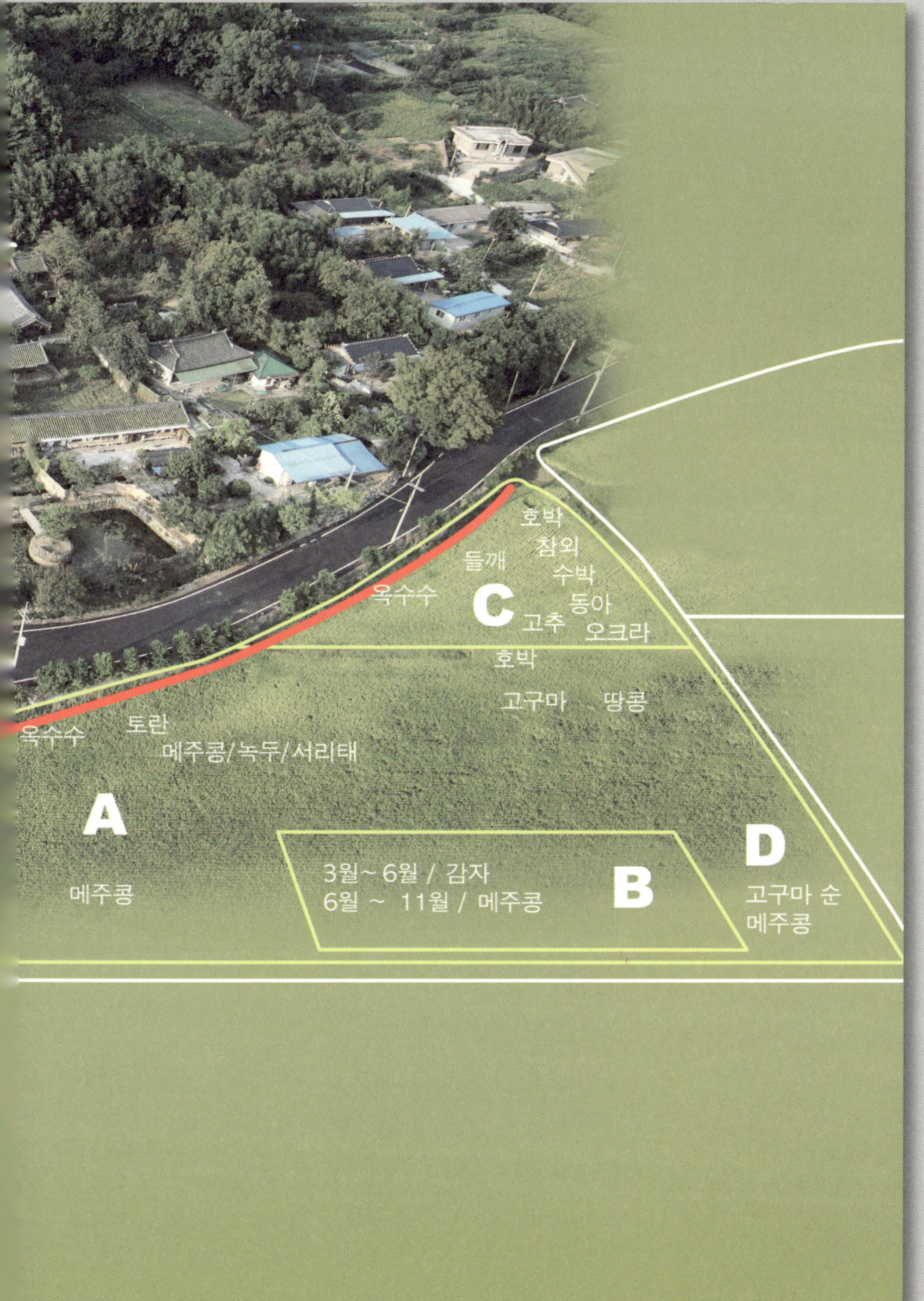
호박
참외
수박
들깨
동아
옥수수
고추
오크라
C
호박
고구마
땅콩
옥수수
토란
메주콩/녹두/서리태
A
D
3월~6월 / 감자
6월 ~ 11월 / 메주콩
B
고구마 순
메주콩
메주콩

대평댁(수석펀드매니저)

1936년생 쥐띠. 구례군 산동면 대평마을 출신이다. 스물두 살에 오미동으로 시집와 그때부터 2012년 현재까지 계속 오미동에만 거주하고 계시다. 계속 농사만 지음. 천성적으로 근면 성실하고 먹을 것을 잘 나누어준다. 뇌쇄적인 눈웃음의 소유자. 표현이 다소 원색적이고 직설적이다. 농약 없이 농사를 짓는 것을 상상도 해보지 않았다. 파전 등을 지나치게 거대하게 구워서 주변을 힘들게 한다. 멀미 때문에 차를 타지 못해 20분 거리의 고향마을을 가지 못한다.

지정댁(펀드매니저)

1943년생 양띠. 칠순을 넘기셨다. 구례군 광의면 지천리 출신이다. 스무 살에 오미동 최씨 집안으로 시집와서 지금까지 살고 있고 2남 2녀를 두었다. 집 앞으로 감나무가 십여 그루 있어 감나무 집이라고 부르기도 한다. 대평댁과 나란히 위치하고 있으면서 오미동 동편의 정치적 동지이자 톰과 제리 역할을 서로 반복하고 있다. '거시기'를 특히 많이 사용하는 언어 습관으로 인해 타지 사람들은 통역을 대동하지 않으면 의사소통이 약간 힘들 수도 있다.

대구댁(펀드매니저)

댁호 그대로 대구 출신이다. 보기엔 50대 후반으로 보이지만 연식은 보기보다 좀 많이 되셨다. 본인에게 여쭈어도 정확한 나이를 말씀하지 않으신다. 다만 바깥 어르신인 '박샌'이 칠순을 넘기셨으니 60대 초중반 정도가 아닐까 하는 추정을 한다. 대구 경북 억양과 전라도 억양이 짬뽕 되어 지극히 오묘한 음색을 구사하게 되었다. 바깥 어르신이 박샌이다. 동네 엄니들 중에는 비교적 조용하신 스타일이다.

갑동댁(펀드매니저)

기본 정보에 관한 취재가 힘들다. 마을의 다른 엄니들에게 여쭈었지만 원래 이곳은 '남 말을 잘 하들 안 하는 동네'인 지라 역시 60대 중반의 연세로 추정할 뿐이다. 청각 장애가 있으시다. 따라서 말씀하시는 것도 정확하게 새겨듣기는 힘들다. 바깥 어르신인 강샌은 오미동 토박이니 역시 구례군 마산면 갑대에서 40여 년 전에 시집 오셨을 것이다.

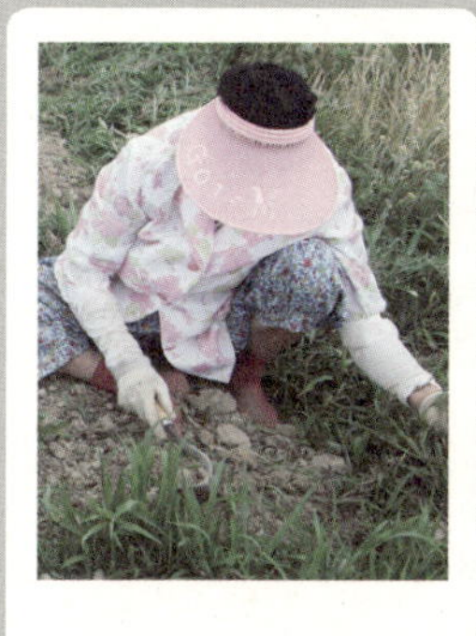

김종옥 & 서순덕(펀드 지도위원)

김종옥. 58년생 개띠. 구례군 광의면 수월리에서 나고 자랐다. 그리고 그의 아내 서순덕. 같이 감 농사를 짓는다. "군대 가기 전에 딱 한 번 객지 생활을 했제. 자동차 정비하고 이런저런 장사." 그리고는 계속 농사다. 어떤 늙은 농부가 3000평만 과수원을 가지고 있으면 '요 짓(쌀농사) 안 해도' 먹고살 수 있다고 말해서 빚으로 지금의 감 농장을 구입. 1996년경부터 감 전업농으로 돌아섰다. 과수 부문에서 기술영농의 달인. 홈페이지 : http://www.naturalgarden.kr

홍순영(펀드 지도위원)

1958년생 개띠. 구례군 광의면 온당리에서 나고 지금까지 살아왔다. 2000년 초반 무렵에 농약으로 쓰러진 이후 친환경 농사만 짓는다. 스스로 잡초와 산야초를 채취해서 제제를 만들어 농약과 비료로 사용하고 있다. 그의 쌀에서는 오메가3가 검출된다. 쌀에 무슨 짓을 했는지 과학수사가 필요한 친환경 농사의 대표주자.
홈페이지: http://www.ecosoon.com

윤병술(펀드 참여할 뻔한 농부)

1964년생이다. 곡성에서 태어났다. 전남대학교 농대 원예학과를 졸업했다. 중학교 3학년 때부터 농부가 되겠다고 작정했다. 대학 졸업 후 광주원예농협에서 8년 동안 근무했다. 1998년 11월에 구례로 귀농했다. 하우스 시설 조건이 맞는 물건이 나왔기 때문이라고 한다. 친환경으로만 농사짓는다. 2013년 펀드 참여 활약이 기대되는 농부.

블로그 : http://blog.naver.com/ybs6

지리산노을 언니(펀드 참여 농부)

1963년 곡성에서 태어났다. 광주에서 대학을 나왔다. 대학을 다닐 당시에도 전혀 연관 없는 단과대학 앞 화단에 꽃과 채소를 키우는 등의 기행을 일삼았다고 한다. 졸업하고 바다 건너가서 오랜 시간 살다가 2002년에 남편의 고향 구례로 귀촌했다. 해발 800m에 농장 '산에사네'와 오미동에서 카페&게스트하우스 '산에사네'를 동시에 운영하고 있다.

홈페이지 : http://www.sanesane.org

류정수(펀드 참여 농부)

오미동의 아흔아홉 칸 집 운조루 셋째 아들. 건축을 전공하고 도시에서 잠시 생활했지만 고향으로 귀농했다. 대략 여섯 단지 정도의 농사를 짓고 있다. 본인은 태평농법을 지향하지만 주변에서 볼 때에는 방치농법이 아닌가 하는 의심을 강하게 품고 있다. 펀드 참여 농부를 넘어 종종 동원되는 준운영자 급으로 분류할 수 있지만 그렇게 욕심나는 인력은 아니다.

홈페이지: http://www.unjoru.net(운조루)

박 과장(펀드 실무자였지만 중간에 잘림) 부부

2010년, 서울에서 구례로 이사 온, 젊다고 분류할 수 있는 부부. 구례에 정착한 이후 아들 윤하를 낳았다. 대략 10년차 월급쟁이 생활을 마감하고 별 다른 대책 없이 시골 행을 택한 부부. 박 과장은 농사에는 소질이 없고 여타 노동에는 더 소질이 없는 저질체력男. 부부 모두 많이 시끄럽다. 블로그: http:// blog.naver.com/undersea73

무얼까?(펀드 실무자) & 일탈

2012년 서울에서 구례로 이사를 온 비교적 젊은 부부. 무얼까?는 컴퓨터프로그래머가 주업이고 일탈은 도서관에서 오랫동안 근무했다. 지리산닷컴의 오프라인 행사에 참여한 것을 시작으로 거처를 옮긴 경우다. 무얼까?는 외모적으로 시골 사람보다 더 시골스럽기 때문에 현지 정착에 아무런 문제가 없었다. 스스로 '나는 설비다.'라고 주장하며 마을 이집 저집의 수도, 전기, 세탁기, 닫힌 문 열기 등의 잡무를 스스로 즐겨하는 포유류. 텃밭 놀이를 제일 좋아하고 돈이 되는 프로그래머 일을 제일 싫어한다.

무얼까? 블로그: http://blog.naver.com/andjfrrk
일탈 블로그: http://blog.naver.com/indialove

권산(펀드 책임자)

유기농을 지향하여 비닐멀칭도 거부하는 원칙주의자이지만 직접 김을 매야 하는 시점이 되면 3초의 망설임도 없이 포클레인의 힘을 빌리는 입농사의 대가. 몸 쓰는 일을 정말로 싫어하면서도, 늘 스스로 그런 일들을 벌여 피학적 쾌락을 만끽하는 어리석은 스타일이다. 외모와 다르게 섬세한 성격으로 인간관계에 능하고 그런 능력으로 마을의 복잡한 파벌 속에서도 독자적인 세력을 구축해 마을 유지나 동네 깡패 수준의 완장질을 하기에 이르렀다. 다른 이력은 책의 프로필을 참조하시라. www.jirisan.com

부록5─작물 파종·수확 시기

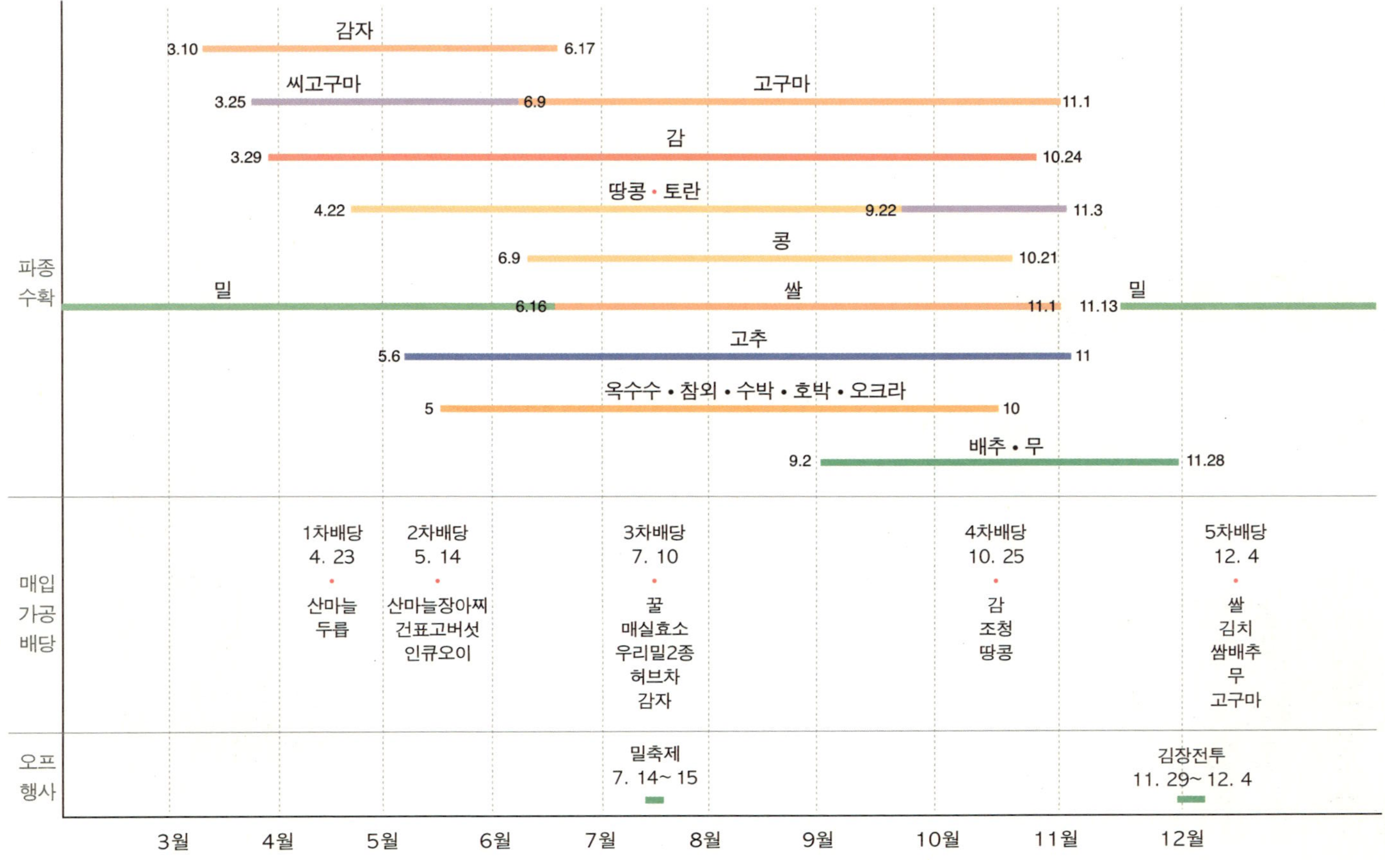

맨땅에펀드 투자설명서
V1.0

인류 역사상 가장 위험한 펀드가 시작된다!
제정신으로는 결코 투자할 수 없는 뽕펀드!!
하늘에 수익률을 맡기는 초절정 무책임 펀드!!!

목 차

* 투자설명서 V1.0입니다. 진행하면서 투자설명서 내용은 조금씩 바뀌게 될 것입니다.

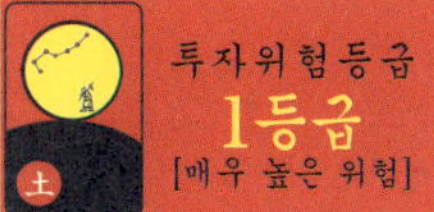

「맨땅에 펀드」는 자산의 종류 및 위험도 등을 감안하여 1등급(매우 높은 위험)에서 5등급(매우 낮은 위험)까지 투자 위험 등급을 5단계로 분류하고 있습니다. 따라서 이러한 분류 기준에 따른 투자신탁의 위험 등급에 대해 충분히 검토하신 후 합리적인 투자 판단을 하시기 바랍니다.

투자 결정 시 유의사항 안내

01 | 투자 판단 시 투자설명서를 반드시 참고하시기 바랍니다.

02 | 이 집합투자기구의 투자 위험 등급 및 적합한 투자자 유형에 대한 기재 사항을 참고하시어 귀하의 투자 경력이나 투자 성향에 적합한 상품인지 신중하게 투자 결정을 하시기 바랍니다.

03 | 투자설명서 상 기재된 투자 전략에 따른 투자 목적 또는 성과 목표가 반드시 실현된다는 보장은 없습니다.

04 | 과거의 투자 실적이 없는 펀드이니 미래에도 실현된다는 보장은 당연히 없습니다.

05 | 판매 조직은 투자 실적과 무관하며, 특히 타 블로그, 카페, 사이트 등에 링크된 정보 또는 언론 매체에서 우연히 보시고 가입하신 경우 그들 소문 전파의 주체들은 집합투자신탁의 가치 결정에 아무런 영향을 미치지 않습니다.

06 | 집합투자신탁은 집합투자기구의 운용 실적에 따라 손익이 결정되는 실적배당 상품으로서 예금자보호법의 적용을 받지 아니하며, 특히 예금자보호법의 적용을 받는 은행 등에서 본 펀드를 찾으시면 망신스러운 상황이 발생할 수 있습니다.

07 | 투자자가 부담하는 선취수수료와 투자금 운용 관리 및 관리 보수 등을 감안하면 투자자의 입금 금액 중 실제 집합투자신탁 금액은 작아질 수 있습니다.

08 | 이 투자설명서는 다른 회사의 투자설명서를 형식적으로 훔쳐온 것에 불과하여 정식 투자설명서의 표현과 동일하지 않을 수 있습니다. 따라서 다른 회사의 정상적인 투자설명서를 참고하셔도 아무런 도움이 되지 않을 것입니다.

「맨땅에 펀드」 모집 내용

「맨땅에 펀드」 디스커버리 완전 맨땅투자신탁!
운용기간 | 2012년 3월 10일 ~ 2013년 2월 28일

01. 투자기구 명칭 | 「맨땅에 펀드」

02. 판매조직 | 지리산닷컴
* 판매조직에 대한 자세한 내용은 www.jirisan.com을 방문하셔서 메뉴 중 '큰산아래이야기' 10편 이상을 읽고 간을 보시기 바랍니다.

03. 작성 기준일 | 2012년 3월 20일

04. 투자설명서 효력발생일 | 2012년 3월 21일

05. 모집(매출)증권의 액수 | 1구좌 삼십만 원(300,000원)

06. 모집(매출)증권의 수 | 100구좌 모집
* 선착순 우선 + 적합성 심의를 거친 후 결정

07. 모집(매출) 기간(판매기간) | 이 투자조직은 폐쇄형 투자기구로서 모집 기간을 정하지 아니하고 100구좌를 모집할 때까지 계속 모집할 수 있습니다.

08. 투자증권신고서 및 투자설명서의 열람 장소 | 전라남도 구례군 토지면 오미동 일원을 방문하셔야 열람이 가능합니다.

09. 입금계좌 | 투자 확정 후 개별 통지해드립니다.

「맨땅에 펀드」는 자산의 종류 및 위험도 등을 감안하여 1등급(매우 높은 위험)에서 5등급(매우 낮은 위험)까지 투자 위험 등급을 5단계로 분류하고 있습니다. 따라서 이러한 분류 기준에 따른 투자신탁의 위험 등급에 대해 충분히 검토하신 후 합리적인 투자 판단을 하시기 바랍니다.

「맨땅에 펀드」개요

인류의 운명을 건 마지막 전쟁이 시작된다!
자본시장의 악성코드와 같은 불량 펀드!

A. 「맨땅에 펀드」 배당1 - 자체 농지 생산물을 나눈다

자체 임대 밭 1100평과 감나무 밭 1000평, 쌀과 밀 이모작 경작을 하는 논 2000평에 대책 없이 투자하고 그 생산물의 50%를 투자자들이 나누어 가집니다. 감자, 고구마, 옥수수, 이런 콩 저런 콩(된장, 간장, 고추장), 땅콩, 토란, 배추(김장), 일부 채소류 등이 2012년 파종 예상 품목입니다. 밀가루와 쌀, 감은 필수 품목입니다.

B. 「맨땅에 펀드」 배당2 - 자체 농지 생산물 판매 수익을 나눈다

자체 농지에서 생산된 50%는 투자자 이외의 구매 희망자들을 대상으로 지리산닷컴에서 직거래 판매합니다. 판매 수익이 발생하면 10원이라도 투자자들에게 연말 배당합니다.

C. 「맨땅에 펀드」 배당3 - 바른 농부의 농산물과 임산물을 나눈다

자체 농지에서 생산하지는 않지만 1년 동안 다양한 먹을거리를 공급하기 위해 주변의 믿을 만한 농부들로부터 제철 농산물과 임산물을 구매합니다. 산마늘, 곰취, 고사리, 두릅, 매실 등이 그렇습니다. 이 품목 중 대부분은 장아찌와 효소 형태로 가공해서 보내드립니다.

D. 「맨땅에 펀드」 배당4 - 작은 일자리와 유기농을 확대한다

「맨땅에 펀드」자체 농지를 품고 있는 오미동 엄니들에게 아주 작은 일자리를 제공할 것입니다. 궁극적으로는 농지 면적을 키워 한 마을과 펀드 가입자들의 직거래만으로 시골 마을 GDP의 50% 정도를 책임지는 것이 목표입니다. 수익이 보장되면 엄니들이 농약을 하지 않는 농사를 지을 수 있습니다.

E. 「맨땅에 펀드」 배당5 - 조금 더 행복해진다

큰 것이 작은 것을 보호해주지 않고 모두 잡아먹어 버립니다. 대기업은 동네 골목 구멍가게와 피자가게, 치킨가게까지 잡아먹고 있습니다. 온라인에서는 직거래로 위장한 몇몇 대기업들과 나쁜 유통업자들이 키워드를 장악하고 검색 결과 상위 순위를 점유하고 있습니다. 막상 농민들이 운영하는 직거래 사이트는 소비자들에게 접근할 수 있는 기회마저 박탈당하고 있습니다. 맨땅에펀드는 이런 아름답지 못한 세상 풍경을 파탄내는 데 작은 힘을 보태고 싶습니다. 화를 내고 주먹을 흔드는 일보다 우리들에게 필요한 것은 구체적인 행동과 그것을 가능하게 해주는 실천의 기회입니다. 조금 더 행복해지기 위해 우리는 싸움을 준비합니다. 인류의 운명을 건 마지막 전쟁에 참여하는데 행복하지 않을 도리가 있겠습니까?

「맨땅에 펀드」 헤드라인

Don't Tell My Mother!
직계 존속은 말릴 수밖에 없는 발칙한 펀드!

비 전

집합투자업자 '지리산닷컴'은 펀드 운영 경험이나 투자 경험이 전혀 없는 회사입니다. 성공적 자산 운용과 편안한 노후를 원하시면 즉각 투자사를 옮기세요. 지리산닷컴은 투자자의 유쾌한 기분을 유지하는 데 주력할 생각입니다.

투자 원칙

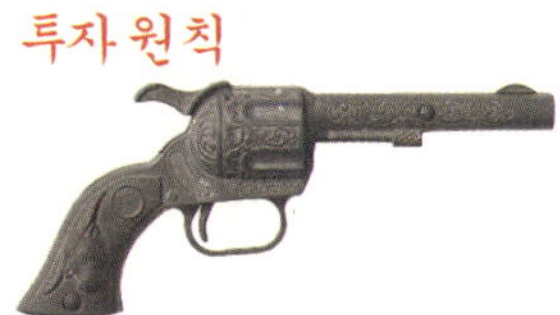

① 「맨땅에 펀드」는 타 업체와의 경쟁에는 관심이 없습니다.
② 「맨땅에 펀드」는 수익에 대한 기대는 있지만 위험 요소는 살피지 않습니다.
③ 「맨땅에 펀드」는 장기적인 관점에서 투자합니다.
④ 「맨땅에 펀드」는 팀 어프로치(team approach)에 의하지 않고 몇몇 사람의 직관 또는 기후에 따라 투자를 결정합니다.

이런 곳에 투자합니다

① 우리 농업에 꼭 필요한 필수 작목에 투자합니다.
② 바른 농부, 착한 농부의 생산물에 투자합니다.
③ 토종 종자를 보전하는 일에 투자합니다.
④ 위기에 빠진 농부를 구출하는 일에 투자합니다.

보유자산 상위 5종목

① 유기농 우리밀과 쌀 2단지(2000평)
② 맨땅 텃밭 1단지(1100평)
③ 감나무 밭(1000평)
④ 평생 농사 경험을 몸으로 무장한 다수의 펀드매니저
⑤ 운용 수익을 종종 망각하는 운용사 직원들

투자위험등급
1등급
[매우 높은 위험]
土

「맨땅에 펀드」는 자산의 종류 및 위험도 등을 감안하여 1등급(매우 높은 위험)에서 5등급(매우 낮은 위험)까지 투자 위험 등급을 5단계로 분류하고 있습니다. 따라서 이러한 분류 기준에 따른 투자신탁의 위험 등급에 대해 충분히 검토하신 후 합리적인 투자 판단을 하시기 바랍니다.

「맨땅에 펀드」 운용 인력 1

30~50년 텃밭 운용 경력의 전문 펀드매니저들!
참견과 욕설의 고수들로 구성된 드림팀!

수석펀드매니저

택 호 ｜ 대평댁
profile 1936년 生 쥐띠. 구례군 산동면 대평마을 출신.
　　　　스물두 살에 오미동으로 시집옴. 그때부터 2012년
　　　　현재까지 계속 오미동에만 거주 함. 계속 농사만 지음.
장 점 ｜ 천성적으로 근면 성실하고 먹을 것을 잘 나누어준다.
　　　　뇌쇄적인 눈웃음의 소유자.
단 점 ｜ 표현이 다소 원색적이고 직설적이다.
　　　　농약 없이 농사를 짓는 것을 상상도 해보지 않았다.
　　　　파전 등을 지나치게 거대하게 구워서 주변을 힘들게 한다.
　　　　멀미 때문에 차를 타지 못해 20분 거리의 고향마을을
　　　　가지 못한다.

항시 운용 가능한 다수의 펀드매니저 보유

｜ 지정댁, 금강댁, 남원댁, 지아 엄마, 양동댁, 박샌, 최샌 등이 그들입니다.
｜「맨땅에 펀드」 특성상 파종과 수확의 규모에 따라 신축성 있는 인력 운용이 예상됩니다.

* 펀드매니저들의 성향상 항시 농약을 지참하고 있는지 여부를 예의 주시해야 함.

「맨땅에 펀드」는 자산의 종류 및 위험도 등을 감안하여 1등급(매우 높은 위험)에서 5등급(매우 낮은 위험)까지 투자 위험 등급을 5단계로 분류하고 있습니다. 따라서 이러한 분류 기준에 따른 투자신탁의 위험 등급에 대해 충분히 검토하신 후 합리적인 투자 판단을 하시기 바랍니다.

「맨땅에 펀드」운용 인력 2

오팔 년 개띠 지도위원들과 발랄한 기쁨조!
농업 역사상 가장 어처구니없는 조합!

58년 개띠 지도위원

김종옥	홍순영
1958년 生	1958년 生
기술농업의 달인	환원순환농법의 대가
감, 과수 담당	쌀, 밀, 기타 작물 담당

발랄한 기쁨조

박용석	권 산
1973년 生	1963년 生
부상의 달인	입 농사의 대가
「맨땅에 펀드」전체 진행	「맨땅에 펀드」기록 담당

기타 출연진

「맨땅에 펀드」는 자산의 종류 및 위험도 등을 감안하여 1등급(매우 높은 위험)에서 5등급(매우 낮은 위험)까지 투자 위험 등급을 5단계로 분류하고 있습니다. 따라서 이러한 분류 기준에 따른 투자신탁의 위험 등급에 대해 충분히 검토하신 후 합리적인 투자 판단을 하시기 바랍니다.

「맨땅에 펀드」 운용 계획 1

결과를 예측할 수 없는 안개 정국!
농산물 시세에 따라 천국과 지옥을 왕복하는 레이스!

투자 및 지출 예상 항목들

지출이 3000만 원을 넘길 것 같습니다. 그러나 정확하게 예측하기 힘듭니다. 일단 자체 농산물 판매에서 어느 정도 수익이 발생할 것이라는 기대에서 전체 펀드를 운용할 수밖에 없습니다. 인건비2는 확정입니다. 종자 구입, 인력 배치, 포장, 택배 등 전체 진행을 12개월 동안 그냥 노력 봉사시킬 수는 없습니다. 비교적 예측 가능한 것은 포장 비용과 택배 비용, 인쇄물 비용 정도입니다. 가장 큰 변수는 자체 생산물이 아닌 타 작물 구입 비용과 인건비1 입니다. 물론 100명을 모두 모집할 수 있다는 가정에서 산출한 수치이니 8월까지 펀드 모집 상황에 따라 투자 예상 항목은 조정되어야 합니다.

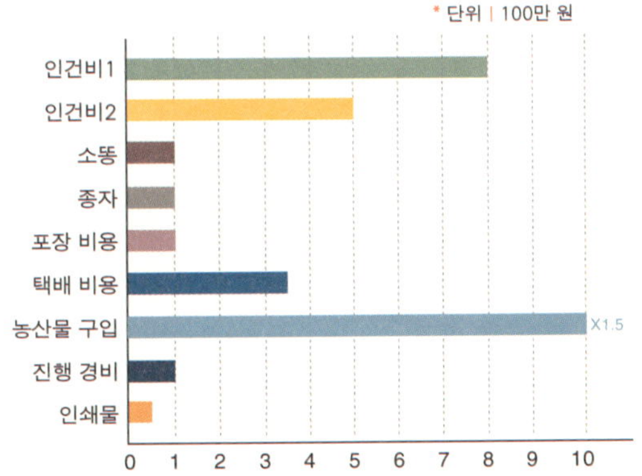

수입 예상 항목들

텃밭 작물들의 생산량이 양호하다면 어느 정도 판매 수입이 가능합니다. 우리밀은 여전히 굳건한 효자 종목으로 자리할 것이지만 농부의 밀을 전량 자체 수매해야 어느 정도 수익이 가능할 것인데 이는 유럽 증시의 상황과 맞물려 돌아갈 것입니다. 파도리 감나무 밭에서 수확할 감과 가공해야 할 말랭이 판매도 중요하지만 2012년에는 대대적인 가지치기를 해야 하는 관계로 수확량은 절반으로 줄어들 것입니다. 자체적으로 장아찌와 효소, 장류 판매에서 어느 정도 매출을 올려야 할 것입니다. 효소와 장아찌, 장류는 선주문 후작업 방식이 될 것입니다.

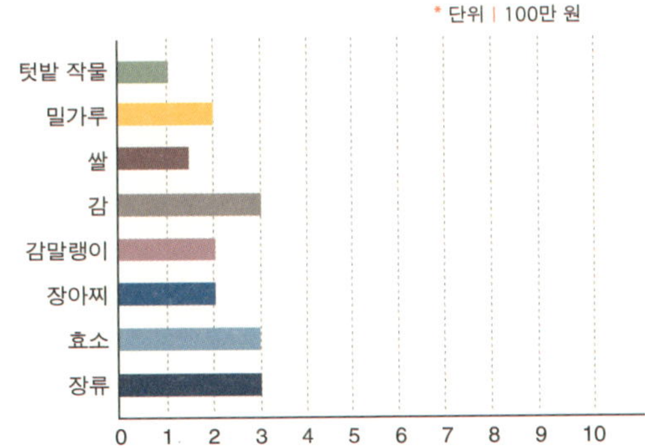

「맨땅에 펀드」 운용 계획 2

불확실한 기획, 필연적인 혼란!
첫해는 투자자와 운용사 둘 중 하나는 죽음이다!

연간 운용 계획 및 일정 안내

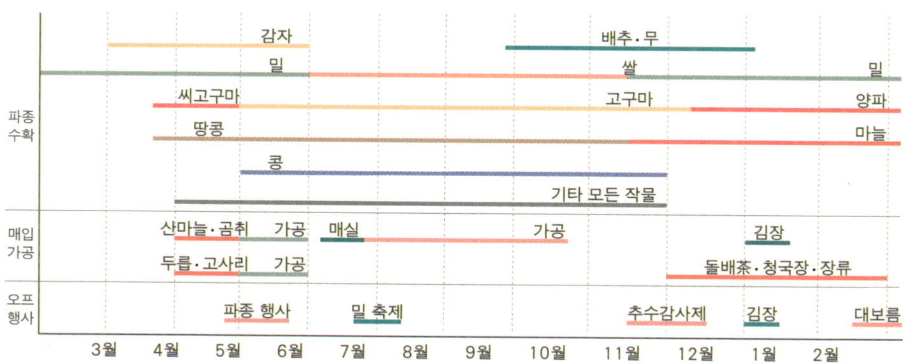

01 | 파종·수확

3월 현재 여전히 정확한 파종 작목을 정하지 못하고 있습니다. 원래 논으로 사용하던 땅이라 텃밭 조건도 좋지는 않습니다. 4월까지는 우여곡절 끝에 종자를 구하거나 작목 선정 문제로 갈팡질팡할 가능성이 높습니다. 첫해는 토종 종자 중심으로 운영하지는 못하지만 일체의 화학제를 사용하지 않는 유기농을 지향합니다.

02 | 매입·가공

가장 가늠하기 힘든 대목입니다. 당년 시세에 많이 좌우될 것입니다. 역시 품목 또한 미확정입니다. 가급적이면 도시에서 흔히 접하기 힘든 품목을 예정합니다. 주로 장아찌와 효소 종류가 될 것인데 오미동 장독을 임대할 것입니다. 효소의 경우 비정제 흑설탕을 사용할 것이기 때문에 가공 비용이 치솟을 것입니다. 원칙은 최상의 재료를 최선의 방법으로 가공하는 것입니다.

03 | 오프라인 행사

역시 시기와 행사의 성격은 유동적입니다. 밀 축제, 추수감사제, 김장, 대보름 행사는 확정이구요. 나머지는 제외되거나 추가될 것입니다. 지리산닷컴에서 4월 말을 예정으로 건축 중인 키친&게스트하우스 '봉놋방' 오픈과 맞물려 약간의 변동이 예상됩니다. 수시 방문이 가능해지는 것이지요.

* 오프라인 행사 참여와 일부 가공식품(특히 김장)은 추가 비용이 발생할 것입니다.

「맨땅에 펀드」는 자산의 종류 및 위험도 등을 감안하여 1등급(매우 높은 위험)에서 5등급(매우 낮은 위험)까지 투자 위험 등급을 5단계로 분류하고 있습니다. 따라서 이러한 분류 기준에 따른 투자신탁의 위험 등급에 대해 충분히 검토하신 후 합리적인 투자 판단을 하시기 바랍니다.

「맨땅에 펀드」 출사표

한국 농업의 위기라고 말합니다. FTA다 뭐다, 수입농산물이 어쩌구저쩌구, 소리는 무성하지만 한국 농업의 근본적인 위기는 '농사를 업신여긴' 산업화와 세상의 물신화로부터 출발했습니다. 5000년이라는 한반도 사람살이 역사는 불과 100년이 되지 않는 시간 동안 급속한 변화를 겪었고 그것은 물론 전 세계적인 흐름이었습니다. 청년들이 도시를 향해, 돌아오지 않을 먼 길을 떠나기 시작한 지 어언 60여 년이 지났습니다. 그들에게 시골은 진작에 '고향'이 되었고 그들의 자식들에게 시골은 선산이 있는 작은 마을에 불과합니다. 그리하여 시골에는 언젠가부터 못난 나무들만 남아 마을을 지키고 있고 이제 그 나무들은 늙었습니다. 한국 농업은 전체 GDP의 4%도 차지하지 못하는 초라한 성적표를 들고 있습니다. 그러나 분명한 것은 여전히 한국 사람들의 정서 속에 농사는 포기할 수 없는 '그 무엇'이라는 사실입니다.

정서가 시장 논리를 이기기란 힘든 노릇이지만 어쩌면 한국 농업은 그 가여운 정서에 기대어 힘겨운 호흡을 이어가고 있는 것인지도 모릅니다. 크고 무거운 이야기로 시작했지만 우리가 하고자 하는 일은 작은 일입니다. 지리산닷컴(www.jirisan.com)은 마흔 가구 정도 되는 작은 시골 마을과 도시에서 살고 있는 사람들의 소통을 위해 펀드라는 도구를 생각했습니다. 소통을 위한 수단은 '밥상'입니다. 정확하게는 밥상을 차릴 수 있는 작물을 키우고 가공하는 비용을 먼저 받고 투자자들에게 제철 농산물을 보내드리는 방식입니다. 펀드 운용 과정에서 발생한 잉여 농산물은 판매를 통해서 펀드 운용 기금으로 사용하거나 수익으로 남을 경우 투자자들에게 배당할 계획입니다. 이 방식 자체는 특별하지도 창조적이지도 않습니다. 다만 펀드 운용 과정에서 매주 펀드를 위한 임대 농지의 경작 상황과 마을 이야기를 전해드릴 것입니다. 유기농과 무농약 농산물은 포털사이트 검색창에 키워드를 입력하기만 하면 한눈에 나타나고 여러분들 가까이에는 전국의 다양한 농산물들을 계절 불문하고 산더미처럼 쌓아놓고 판매하는 대형마트들이 즐비할 것입니다. 하여, 단순히 유기농산물을 드시기 위해 '맨땅에 펀드'에 투자하실 필요는 없습니다.

'맨땅에 펀드'는 농산물이 아닌 '작은 마을'과 '못난 나무들' 그리고 '이야기와 말씀들'에게 투자하는 바보 같은 펀드입니다. 밥은 생존을 위한 필수 항목임에도 불구하고 그 밥을 만드는 사람들과 밥 자체는 찬밥 신세입니다. 생산자는 전체 농정을 결정하는 정치와 자본에 강제당하고 소중한 생산물은 대기업과 나쁜 유통업자들의 돈벌이 놀이에 등장하는 노리개가 되었습니다. 지금도 인터넷 검색창에 원하는 농산물을 입력하고 상위에 나타나는 사이트로 전화를 하면 "네, ○○농장입니다"라는 여성의 목소리를 들을 수 있을 것입니다. 어느 도시 건물 한 귀퉁이에서 헤드셋을 쓰고 통유리 칸막이 속에 앉은 여성의 안내에 따라 우리는 직거래로 위장한 유기농과 무농약 농산물을 구입해서 먹고 있습니다. 정직하고 착한 농부들은 온라인에서조차 소비자들에게 직접 접근할 수 있는 기회를 차단당하고 있습니다. 오직 싼 가격에 농산물을 생산할 것만 강요받고 있습니다. 저희는 작은 꿈을 실현해서 거대하고 힘 있는 것들과의 싸움을 시작하려고 합니다. '맨땅에 펀드'는 일회성을 염두에 둔 펀드가 아닙니다. 우리는 생산 농지를 점차적으로 확대해 나갈 것이고 펀드 가입자도 확대해 나갈 것입니다. 그리하여 적어도 하나의 작은 시골 마을 경제를 운용할 수 있는 사례를 만들고 싶습니다. 그리하여 '맨땅에 펀드 함양', '맨땅에 펀드 태백', '맨땅에 펀드 완도', '맨땅에 펀드 정선', '맨땅에 펀드 봉화'……

2012년 3월

맨땅에 펀드

땅, 농부, 이야기에 투자하는 발칙한 펀드

1판 1쇄 찍음 2013년 5월 22일
1판 1쇄 펴냄 2013년 5월 30일

지은이 권산
펴낸이 박상준
펴낸곳 반비

출판등록 1997. 3. 24.(제16-1444호)
(135-887) 서울시 강남구 신사동 506 강남출판문화센터
대표전화 515-2000, 팩시밀리 515-2007
편집부 517-4263, 팩시밀리 514-2329

ⓒ (주)사이언스북스, 2013. Printed in Seoul, Korea.

ISBN 978-89-8371-607-1 03810

반비는 민음사출판그룹의 인문·교양 브랜드입니다.
블로그 http://banbi.tistory.com
페이스북 http://www.facebook.com/Banbibooks
트위터 http://twitter.com/banbibooks